光文社文庫

文庫書下ろし

友が消えた夏
終わらない探偵物語

門前典之

光　文　社

この作品は光文社文庫のために書下ろされました。

友が消えた夏　終わらない探偵物語　目次

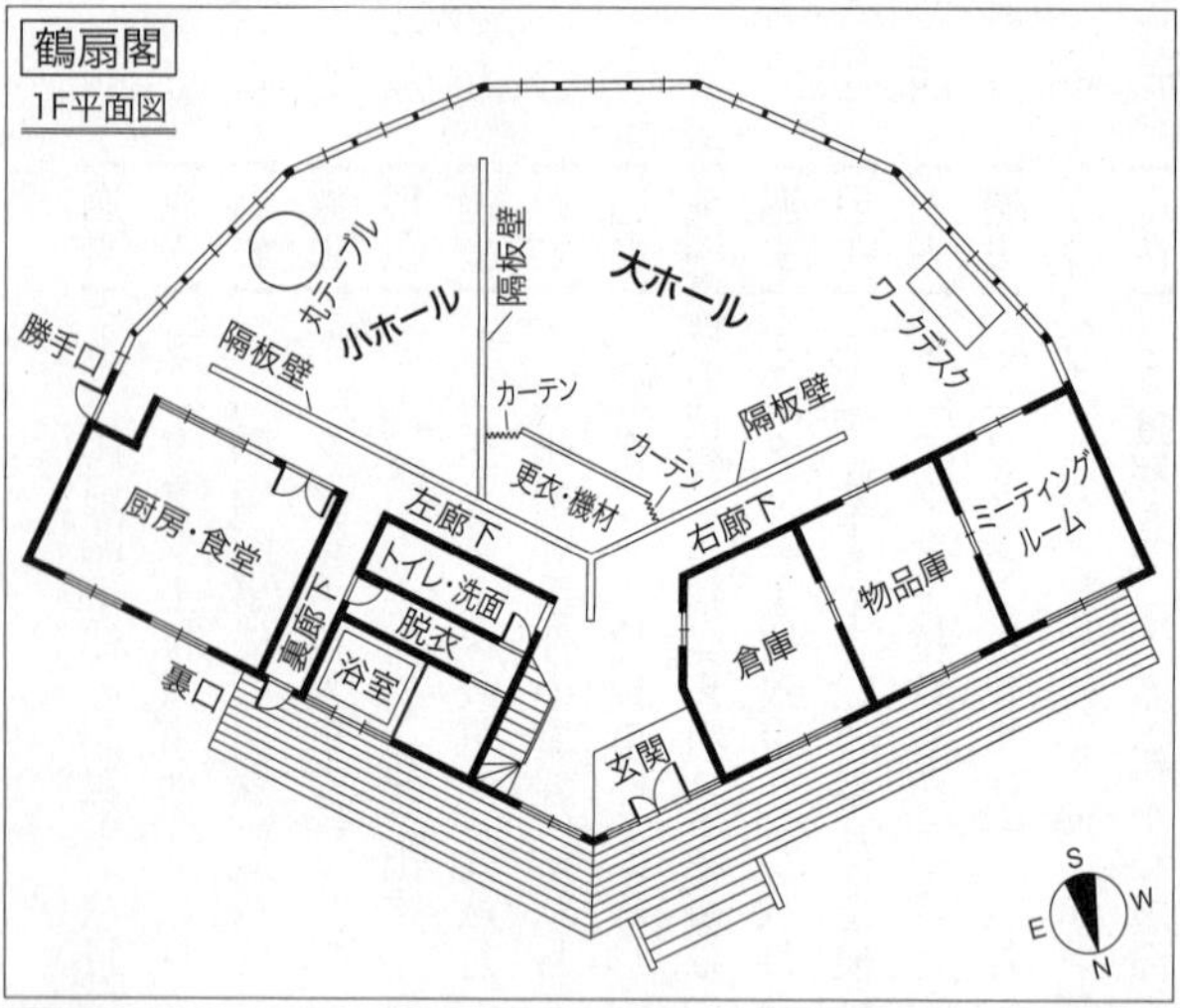
鶴扇閣
1F平面図
丸テーブル
小ホール
隔板壁
大ホール
ワークデスク
勝手口
隔板壁
カーテン
カーテン
隔板壁
更衣・機材
左廊下
右廊下
ミーティング
ルーム
厨房・食堂
トイレ・洗面
物品庫
裏廊下
脱衣
倉庫
浴室
裏口
玄関
S
W
E
N

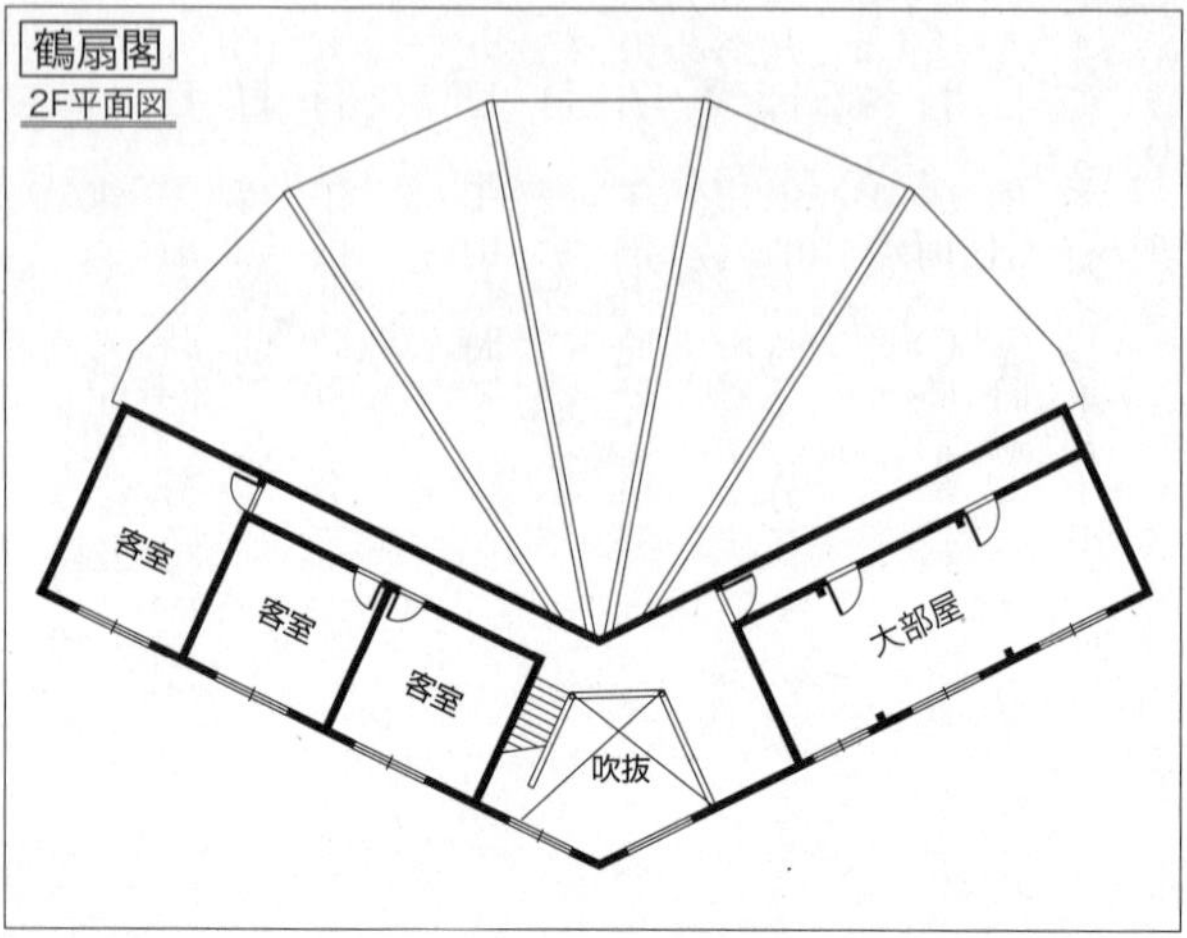
鶴扇閣
2F平面図
客室
客室
客室
大部屋
吹抜

プロローグ

目が醒めたとき、視界一面を占めたのは、眩《まばゆ》いばかりの青い色をした空で、繭《まゆ》状の小さな雲が数珠繋《じゅずつな》ぎになって、手が届きそうなほどの低空をゆっくり流れている風景だった。まるで雲の上にいて、このままじっと目を閉じていれば、どこか遠くへ漂って行ってしまいそうな、そんな浮揚感を伴いながら。

しかし、それは刹那《せつな》の感覚だった。

現実にはごつごつとした礫岩《れきがん》混じりの大地の上に横たわっていて、頭に背中、腰に脹脛《ふくらはぎ》と、ずきずき痺《しび》れるような痛みが、次の瞬間には伝わってきた。

男は、小刻みに震えながら身体を捻《ひね》り、左肘で上体を支えた。

パラパラと何かが零《こぼ》れ落ちた。二度、三度、頭を振ってみると、その小さな何かは、太陽の光を受け、きらきら輝きながら辺りに散らばった。

粉々に砕けたガラスの破片だった。

手櫛《てぐし》で髪を掻き上げると、右手は真っ赤な血で染まった。

突き刺すような痛みが男を襲い、声にならない悲鳴をあげた。

──一体、何が起きた？　何があった？　男には自分の身に起きた災いが何なのか、すぐには理解できないでいた。

痛みに耐え上体を起こしたとき、

──ごほっ、ごほっ。予期せぬ煙を吸い込み、思わず咳《せ》き込んだ。

何かが燃え、異臭を伴った真っ黒な黒煙が迫っていた。渦巻く黒煙の向こうでは白い焔《ほのお》が踊り狂っている。

──何が起こっているんだ？

──ぐごほっ。肺が波打ち、心臓が踊りだす。

男は四つん這いになり、眼前に聳《そび》える巨岩まで進むと、つかみどころを探り、腕に力を込め、身体を前へ押し出すようにして立ち上がった。

膝《ひざ》ががくがくした。

骨折でもしているのか、両足とも痺れ、踏ん張ることができない。吹きすさぶ北風に今にも折れそうな枯れ枝のようだった。

やっと立ち上がったときには、滴《した》り落ちる血はひとつの筋となって流れ、忽《たちま》ち白いシャツを赤く染める。

「──っ！」

意識が飛ぶような感覚がし、ぐるぐる目が回った。このときになって初めて、男は頭をガラスにぶつけ、全身を大地に叩きつけられたのだと理解できた。

そうしている間にも、焔はめらめらと耳障《みみざわ》りな音を立てながら、じりじり迫って、今まさに男を呑み込もうとしていた。

——このままでは危ない。

男は顔を歪《ゆが》めながら、僅かに残された体力を、意のままにならない両足に集中した。錆付《さびつ》いて動かなくなった機械のような足を一歩踏み出したとき、

「——うっ、う……。た、……さん」

何かが聞こえた。男の名を呼ぶ、女の声だった。

左手で頭の傷口を押さえ、右手を耳に当て神経を集中させる。

「……た、……すけ、……て……」今にも消え入りそうなか細い声だった。

間違いない。まだ生きている。この焔のどこかで、彼女は生き延びている。おそらくどこかに投げ出され、焔にまかれずに済んだのだ。

男に活力が湧いてきた。

そのとき、「……おーい……大丈夫……、どこだ……」

助けを求める女の声とは別に、男を呼ぶ声が聞こえた気がした。焔の彼方《かなた》から聞こえてきたようで、すぐには識別できなかった。

次の声を待ったが、ゴーッという焔の音に掻き消されてしまったのか、何も聞こえてこなかった。

あるいは気のせいかもしれないと考え始めたとき、男は思い出した。

――今、自分の身に何が起き、何が燃えているのか。そして何をしなければならないのか、全てを思い出したのだ。

――こんなところでゆっくりしていられない。急がなければ。

「ど、どこだ？　どこにいるっ！」

目に入った血を、手の甲でぬぐい、男は女を探した。そして辺りを注意深く凝視しながら、焔を迂回するように一歩踏み出した。

――誰だ⁉

誰何《すいか》しようとして、男は動きを止めた。黒煙の向こうで、何かが動いた気がしたからだ。

「……ゆっ、ゆうこか？」

大声を上げたつもりだった。が、実際には囁《ささや》くような声しか出せなかった。煙を吸い込んだせいでもあったが、感じた気配が助けを求めた女のものとは違う異質な何かを含んでいたからである。

そのとき突然、バンッという爆音がし、続けて衝撃波が男を襲った。
男は再び硬い大地に倒れた。
ガソリンに火が燃え移って爆発したのだ。倒れながら男は認識した。
地面に伏したまま、顔だけ上げ、視線を伸ばす。
岩肌が見え、木々の緑も見える。爆風のおかげで黒煙が吹き飛び、視界が開けたのだ。
だが、次には、火勢が一気に上がり、全身を焦がす熱に包まれた。
――万事休す。これまでか。男は死を覚悟した。
「う、うっ……た、……す、……」
そんな焔の中で、微《かす》かだがさっきより強い助けを求める声が、再び、した。
「ど、……どこだっ」
男は諦《あきら》めかけた気持ちをもう一度奮《ふる》い立たせた。
そして何とか上体だけ起こすと、声のする方を見つめる。
「……た、す、け、……てっ……」
今にも消え入りそうな――、しかし悲痛な叫びだった。
――時間がない。
肉を焦がすいやなにおい。女のものか、……あるいは自分のものか、もう感覚もない。

その刹那、焔の反対側に駆けていく人影が見えた。

──あ、あれは、

──あれは、確か……、

──確か……？

その先を考える間もなく、再び大きな爆音とともに、先程とは比べ物にならない強烈な焔が、凄《すさ》まじい熱を伴って男を呑み込んだ。

「ゆ、ゆうこ──っ‼」

男の叫びは爆風とともに天に吸い取られてしまった。

一【現在】…二〇〇七年晩夏　蜘蛛手《くもで》&宮村《みやむら》探偵事務所

町屋《まちや》駅とは都電荒川線、東京メトロ千代田線、京成本線と三つの路線が交錯するところで、駅自体はそれぞれ地上、地下、高架と独立している。その日は陽差しが強かったこともあり、宮村達也《みやむらたつや》は迷わずメトロを選択した。

昨日、蜘蛛手啓司《くもでけいじ》が電話で言った「日暮里《にっぽり》から京成電鉄に乗換え、二つ目の町屋で降りる。北口で降りずに南口だぞ」という言葉を忘れたわけではなかったが、小さな街でもあり迷うこともあるまいと判断したのだ。それが失敗だった。

しかも人の流れに逆らえず、0番出口から出てしまった。どちらから出ても大して違わないだろうと考えたからでもある。ちなみに京成電鉄の駅に南口、北口の表記はない。あるとすれば北方の出入り口、南方の出入り口である。蜘蛛手の説明も悪い。

地上に出るとすぐ右手に都電の踏切があって、カンカンと音がし、遮断機が下りかけている。右手に見える荒川線の駅には上下線とも電車が停車していた。

宮村は考える間もなく、下りかけ始めた遮断機を潜《くぐ》るように渡った。しかし、渡る必要はなかったのである。追われるように生きている一都民の性《さが》である。

踏切を渡ってから間違いに気づき、荒川線に沿って路地のような細い道を歩く。引き返すという選択を何故か宮村は採らない。

その先は京成線の高架下へと続いているようなのだが、道はさらに狭まり、人と自転車しか通れなくなる。さらにその突き当たりには何やら手作りの看板まで立てかけてあって左へと誘導される。この先へ行けるのかなと不安を抱きつつ左折すると、高架下を潜れるように道は分かれていた。高架下を潜って、すぐ都電の踏切を渡る。つまり戻る格好になったのだ。

斜め向かいの商店街らしき小さな道を進み、途中で右折をすると目的のビルが出現した。このまま進めば、千代田線の0番出口に到達するであろう。

町田の事務所に引けを取らないぐらいに老朽化した雑居ビルだった。一応三階建のようだが、前面道路は狭く、駐車場も当然なく、しかも左右に高層の建物がわずかな隙間で林立しているため、すごく圧迫感を感じる。

日本海で発生した事件の後、蜘蛛手はふらりと海外へ出て音信不通。突然戻ってきたと思ったら町田の事務所を引き払い、ここ町屋に新事務所を構えたというのだ。宮村に何の相談もなく。

ビル一階の入口にあるアクリル板サインに『三階：蜘蛛手&宮村探偵事務所』とある。

宮村は我が目を疑った。

階段を二段抜きで駆け上がり、目的のスチールドアの前に立つ。ドアにも同じ看板サインが掲げられてある。躊躇《ためら》うことなく、ノブを握ると身体を預け押し開く。案の定鍵はかかっていない。引越ししたところで蜘蛛手のこの無用心な習慣は変わらない。開錠か施錠かでは蜘蛛手の在、不在は計れないのだ。

で、蜘蛛手はいた。ふたつのデスクが向かい合うように部屋中央に置かれ、窓よりのデスクにパソコンが設置されてある。その周りは段ボールの山が乱雑に積み上げられたままだ。

「表の看板は――何なんだい？」息を整えるより、さっそく切り出す。

パソコンを覗《のぞ》きこんでいた蜘蛛手は、モニターから顔半分だけ覗かせると、「……ちょっと小さすぎたかな？」

「そんなことではない。十分な大きさの看板だよ」

「……？　では、字体が気に食わなかったのかな。明朝体でなく、もっとポップな文字にすればよかったか。それとも間接照明のおしゃれな看板にでもすればよかったのかな。実は僕も悩んだんだよ」

「そうじゃない。何故、僕の――」

「君は共同経営者だろ。〝宮村〟と、君の名前を載せるのは当然のことだ」

蜘蛛手は最後まで喋らせてくれない。

「確かに僕は共同経営者だ。けど、それは僕の意思ではない。蜘蛛さんが是非にと、強く望んだからだ」

「ああ～、そうか！」と蜘蛛手は合点がいったとばかり手を打ち、「〝宮村〟を先にもってこなかったから怒っているのか」

「そんなことじゃない。なぜ何の相談もなく勝手に決めるんだ。それに〝建築〟の文字が抜けているのはどういうことなんだ。設計の仕事の方が売上・利益とも上なんだぜ」

蜘蛛手はキャスター付き回転椅子を蹴って全身を現すと、眉根を寄せ、肩をすくめてみせる。

「それに引越し代はどうしたんだよ。敷金礼金だって、ここらでも四〇万円は下らないんじゃないのか。そんなお金どこにあるんだよ。町田の事務所の原状回復費と同じように、また僕の自宅に請求書が送られてくるんじゃないだろうね」

蜘蛛手はすぐには口を開かなかったが、いったん椅子を元に戻し、モニターの陰《かげ》に隠れてから、再びモニターの上から覗いた瞳は潤んで見えた。

「久しぶりに帰国してきたパートナーに対して、元気だったのかの労《ねぎら》いもなく、どうしていたのとの問いかけもない。おまけに確たる根拠もないのに不正経理との疑い――、古くからの友人を良くそこまで督責《とくせき》できるものだね」

「……」少し言い過ぎたかもしれない。

さらに蜘蛛手は沈んだ声で続けた。

「ノックもせずにいきなり飛び込んできて、挨拶《あいさつ》らしい言葉もなく、怒りの原因が何なのかの説明もないまま、僕は謂《いわ》れなき誹謗中傷《ひぼうちゆうしよう》を受けている」

「ひ、誹謗中傷とまでは……。でも、ごめん」

「そもそも引越しの件は知らないはずはない。さらに新事務所がオープンしてから一ヵ月も経つのに、共同経営者のくせに一度も顔を見せないでおいて、『看板が悪い』と一方的に僕を責めるのか――。言いたくはないが、これまで何度も君の危機を救ってきたはずだ。一度は命の危険から救い出したことだってある」

何度もとは大げさだが、一度だけ命の危険に晒《さら》されたことがあり、蜘蛛手によって助けられた。それは事実だ。

「いや、……来たかったんだけど、……仕事が忙しくて、それで、つい――」

「嘘は良くないな。大人の言い訳で一番多いのが『仕事が――』だ。請求書が届かなければ、いつまでも来なかったんじゃないのか」と首を傾《かし》げ上目遣いで見、「あわよくばこのままフエイドアウトしてしまえ、なんて――」

「違う。違う。それだけは違う」宮村は激しく首を振った。

「というと、前段は認めるんだな」今度は顎《あご》を上げ半眼《はんがん》で蔑《さげす》んでみせる。

「……だから、それは……」痛いところを突かれた。

「いいさ、君に副業があるのは知っている」

宮村達也は父親の製薬会社を手伝っていて、部下は三人ほどの東京支社の支社長ということになっている。断るまでもなく、そちらが本業となる。共同経営者の件にしても、蜘蛛手が一〇年来の友人ではないか、今後一切の関係を断ち切りたければ、そのまま振り返らずに帰るがいい、と迫るからこそサインしたのだ。

「と、とにかく僕が言いたかったのは、看板に〝探偵事務所〟としか書かれていないことだ。一級建築事務所の方はどうするんだい。蜘蛛さんが、建築設計の仕事をやるというのが条件で僕は家賃を――、いや、共同経営者になることを承諾したんだ。前の事務所と同じように噴出《ふきだ》しマークに手書きで加えるつもりではないよね」

図星だったようで、蜘蛛手は唇を突き出して頬を膨らませる。ニヒルな顔立ちの彼がそういう仕種《しぐさ》をすると、どう反応していいか分からない。全くどこで覚えたのか、悲しげな顔をしてみせたり、お道化《どけ》てみせたりして、こちらが安心したすきに、いつものシニカルな表情に戻って切り込んでくるから質《たち》が悪い。

「念のためここで断っておくけど、設計で儲《もう》けた収入は、僕は一銭も要らない。順調にいって家賃だけでも払ってもらえれば、僕はそれでいいんだ。それ以上の収入があれば、それは蜘蛛さんの儲けということで納得している」そうならないことは火を見るより明らかだったが、蜘蛛手のプライドをこれ以上刺激したくなかった。

ちらと横を見ると、真新しい応接用ソファの上には口の開いた段ボールが三つ、そしてそこから這い出してきたかのように、書物が乱雑に散らかっている。引越しの整理もつかないまま、中断しているらしい。この一ヵ月、来客があった風には見えない。

「本当は経堂《きょうどう》の事務所の方が良かったんだけどな。あそこなら環境も良くて仕事に――」

蜘蛛手は話を微妙にずらしてくる。

「烏山川緑道《からすやまがわりょくどう》に面したコンクリート打ち放しの新築物件のことだろう。あれはここの家賃の倍だ。前の事務所からいえば三倍だ」

「いや、二〇〇五年の築だから、もう二年ほど経っている。新築ではないよ」

「そういう問題ではない」蜘蛛手の方が三つほど年上だが、こういうときははっきり言った方が良い。「その家賃を払うのが僕だという事実だ」

蜘蛛手はヤレヤレと首を振ると、

「またそこに話が戻るのかい。電話でも言ったけど、金、金と君の一番いけないところだよ。金が人生を豊かにしてくれるというのは、幻想なんだよ。確かに一時は豊かにしてくれる。いや、豊かにしてくれると思い込んでしまうんだな。それが間違いだ。例えばグルメ三昧《ざんまい》した人が最終的に炊き立てのご飯と焼魚という質素な和食に戻ってしまうのと同じで――」

宮村は両手を挙げて「ああ、いいよ、分かった。分かったよ」その先は言われなくても分かりきっていた。宮村のことを金に支配された奴隷と同じだと批判を続け、最終的には悔い改めなければ、今後の人生は泥にまみれると宣《のたま》うのだ。今日はその話を続けるつもりはなかった。だから、視線を合わさず大きく頷《うなず》いた。

「分かってくれればいいのさ」蜘蛛手は嘯《うそぶ》く。

こういう風に流されるのは良くないと分かっていながらも、今日という日は特別だった。宮村には外せない約束が控えているのだ。つまらないことで時間を浪費したくない。

「この後のデートに遅刻するわけにはいかないから、大人の対応で我慢してやるとでもいいたげな態度だな。だが、そういった負け癖を直さないと君はいつまで経っても、偉大な親父殿の跡は継げないぞ」と蜘蛛手は宮村の思いを見透かしたかのように核心を突く。

「止《や》めてくれ、ここで親父は関係ないだろ」

「では、デートというのは当たりだな」

宮村は仕方なく黙って頷いた。

「でも、どうして分かったの」

「磨かれた靴。ギンガムチェックのシャツに淡いグレーのジャケット。パンツに至ってはきちんと折り目のついたヘリンボーンだ。君もいつもは僕と同じジーニストだったはずだ。男が宗旨替えをするのは女が出来たときだ」

一面的な主張だが、そのとおりだ。

「だが、決定的なのは、デートだろと言ったときの、小鼻のふくらみ具合だよ。君は不意を突かれるとそこに現れるのだ」

蜘蛛手と知り合うまでは、スマートな笑顔で心を読まれない男だと自負していたが、今やその自信は崩れ去った。

「彼女に会うのに忙しすぎて、僕に会いに来るまで一ヵ月かかったというのが本当のところだろう」

どうやら蜘蛛手は嫉妬してくれていたようだ。

この後少しだけ彼女の話をしてさっそく本題に入った。

「この一年半、どこに行っていたのかという話はまた今度訊《き》かせてもらうよ。相談したい事件性のある話もいくつかあるんだけど、それも後にする。今日はひとつだけ、別の、とびきりに面白い話を持ってきた」

「どうして、自分でハードルを上げるのかね。面白い面白くないは語る君が決めることではない。聞く僕が判断するんだ」

「まあ、聞いてよ。絶対に食いつくはずだ。なんていったって、密室殺人事件だからね」

蜘蛛手に挑発されたからかもしれないが、宮村は少しむきになって答えた。事実これからする話は南紀のある洋館で起きた連続殺人事件のことだ。謎は大きくはふたつあり、そのうちのひとつは蜘蛛手なら簡単に見破ってしまう類《たぐい》のものかもしれない。これまでに何度もそういった場面に立ち会ったものからすれば容易に想像できる。蜘蛛手という男は推理能力に長《た》けていて、決定的な証拠が提示されなくても、謎を取り巻く諸条件から可能性のあるものを抽出し、想像力で補い、その事象を再構築してみせることができるのだ。

だが、もうひとつの謎に関してはおそらく蜘蛛手でも解けない性質のものかもしれない。だからこそこうして足を運んだのだ。

宮村は大型の封筒の中から、A４判でプリントアウトされた事件記録の束『鶴扇閣《かくせんかく》事件の記録』を差し出した。

「なんだか嬉しそうだな」

宮村は口元を引き締めた。知らないうちにほくそ笑んでいたのかもしれない。ここに記されてある事件記録は実際に起こったものであり、被害者やその遺族を冒瀆《ぼうとく》するつもりはない。ましてや事件の解明に蜘蛛手が失敗すればいいと思っているわけでもない。ただいつも上から目線で宮村を蔑む蜘蛛手が、頭を悩ませている姿を見たいと思ったのは本当のところではある。

宮村は壁掛けのハンガーに脱いだジャケットをかけ、ネクタイを少しだけ緩め、蜘蛛手の向かいに、背もたれを抱くように腰かけた。

「ふーん、密室ねえ」蜘蛛手は興味なさげに用紙をぺらぺらと捲《めく》ってみせる。

「ああ、期待を裏切らないと思うよ」

「で、この記録書はどうしたんだい。つまり、誰がこれを書いて、なぜ君が持っているのかということだ。当然ここに書かれていることは事実なのだろうな」

「もちろんだ。これは実際にあった過去の事件で、一応決着がついているようだ。だから緊急性はないのだけど……」

「警察の結論は出ているということだな」

「え、うん。……まあ、そうなんだけどね――」

蜘蛛手は口を〝へ〟の字に曲げ、

「歯切れが悪いな。さっきまでの勢いはどうしたんだ」

「実は、僕も昨日これを読んだばかりでね。警察がどう動いているのか、動いていないことも含めて、まだ調べてはいない。他にもやることが立て込んでいて――」

「君が忙しいこととの理由はいいよ」蜘蛛手は鷹揚《おうよう》に微笑《ほほえ》み、「まあ、順に話してみろよ」

「蜘蛛さんは海外に出かけてばかりいたから知らないかもしれないけど、今春――二月の末頃、連続窃盗犯がやっと捕まった。世間ではオクトパスマンといわれていて、どんな窮屈なところからでも侵入・脱出できることからそう呼ばれているらしい。その男は整形を繰り返し――各地に女もいたようで、全国を転々としながら、長年逃げ回っていたんだ。そして逮捕されたとき、ボイスレコーダーを所持していた」

「その中身がこれか」

蜘蛛手は紙束を突き出してみせる。

宮村は大きく頷いてから、

「被害者のひとりが、合宿中のできごとを記録としてボイスレコーダーに残していて、それをオクトパスマンがどこからか入手したらしい。その中身を書き起こしたのがこの『鶴扇閣事件の記録』だよ。――それで、その内容というのが、摩訶《まか》不思議で――」そう言うと宮村の瞳は再び輝きだした。そして、続けた。

「三重の英虞《あご》湾を望む万葉《ばんよう》半島にある鶴扇閣という一風変わった洋館で起きた猟奇連続殺人事件――大雨で道路が決壊し、陸の孤島と化した合宿所に居合わせた西華《せいか》大学の劇団員たちが、半焼した建物から白骨死体で発見されたという事件なんだ。当時のマスメディアでも一時的にせよセンセーショナルに取り上げられたようだ」

「一時的？」

「うん、何でも西華大学の学長が政財界はじめ、斯界《しかい》に顔の利く人物で、報道にも規制をかけたようなんだ。だから、学校名はもちろん被害者の氏名も報道されなかった。その報道すら事件発覚後の一、二日だけで、続報はないというありさまだ」

「風評で受験生を減らしたくなかったのかな」

「ひどい話だよね。マスコミをコントロールするなんてできたんだね。大事件だったのに僕が覚えていなかったのはそのせいだよ。ネットで調べても三文週刊誌の記事ぐらいしかないしね」

宮村は何かに感心し、腕を組んでから説明を続けた。

「オクトパスマンは警察には黙秘を貫いている。ただ、彼には都内に住むナオミという内縁の妻がいて、鶴扇閣の事件に関しては『俺は何もしていない。鶴扇閣事件には無関係だ。建物内には一歩も入っていない。外から様子を見ていただけで、ボイスレコーダーは洋館が焼けた後、近くで拾った』と言っているそうだ」

「それで――」蜘蛛手の声のトーンが少しだけ上がった。

「そのナオミのパソコンに、この『鶴扇閣事件の記録』が隠すように保存されてあったというわけなんだ」

蜘蛛手は、再び、ふーん、と頷いた後、パラパラと捲った。

宮村は構わず話し続ける。

「オクトパスマンが逮捕されてからも、暫《しばら》くの間、ナオミは記録書の存在に気付かずにいたらしい。彼の方も面倒なことに巻き込みたくなかったようで、内縁の妻にすら喋っていなかったんだ。それが最近になって発見したらしく、本件――連続窃盗事件の弁護人に相談したというわけだ」

「十八女《さかり》か」

「そう、今回の仕事の依頼は十八女弁護士をとおしてのものだ。記録書にはオクトパスマン犯行説が唱えられている箇所があるんだけど、ナオミには無実だとする確信があるようで、是非事件を解明して、少なくとも鶴扇閣の事件はオクトパスマンの所業ではないことを証明してほしいそうだ」

「警察からは、鶴扇閣殺人事件に関しての事情聴取は受けていないのか」

「ああ、そのようだね。警察はボイスレコーダーの音声記録を確認しているはずだけど、今のところ動きはない。相変わらずだよね」

宮村はいったん結論の出た事件について、公権は動きたがらないことをこれまでの経験からいやというほど知らされていた。

「愛する男に対する女の、根拠のない妄信であるとの可能性は?」

「ないわけじゃないだろうけど——、これを読んだ限り、僕にはそう思えない」

宮村は真剣な眼差《まなざ》しで蜘蛛手を見つめた。

「分かったよ。だが、女の処《ところ》を転々としながら、連続窃盗を続ける男を助けるのは気が進まないな」

「連続窃盗事件の方は十八女さんの方で弁護するから僕たちの出る幕はないよ。あくまでも鶴扇閣殺人事件だけの依頼だ」

蜘蛛手はふーんと唸《うな》ると、「それにしても、この記録の出どころも内縁の女からのものだろ。信頼できるのか。手がかりが偽物なら真実は追究できないぞ」

宮村は分かっているよと、ひとつ頷いてから、「そりゃあ厳密にはまだ何とも言えないよ。

でも仕方ないだろ。昔の旧い事件だし――。昨日の午後なんだぜ、この記録書を貰《もら》ったの。斜め読みが精いっぱいだよ。詳しいことは十八女弁護士に聞いてもらえばいいんだけど、彼女だって状況は同じようなものさ。何せ急に降って湧いたような案件なんだから。だから少しでも早く蜘蛛さんに読ませて――と思ったんだ。それが解決への早道だろ、違う？」と言った後、宮村は眉根を下げ蜘蛛手を見つめると、

「蜘蛛さん、いいからさ――とにかく読んでみてよ。本当に不可思議な事件だから。保証するよ。それに、設計以外の仕事では久しぶりにまともな案件じゃないか。うまくこなせば、ここの二ヵ月分の家賃ぐらいはインプットできる。時は金なりだろ」

「また、金の話か」

蜘蛛手は露骨に厭《いや》な顔をしてみせたが、目尻のしわが一瞬深く刻まれた。うれしいときに見せる蜘蛛手の変化だった。

十八女弁護士は、宮村が蜘蛛手と知り合う前からの、蜘蛛手の友人のひとりだと聞かされている。ということは彼女が学生の頃からの付き合いで、いわゆる蜘蛛手の元カノではないかと宮村は疑っているが、そのことについて深く追及したことはない。蜘蛛手が昔のことを語りたがらないこともあるが、十八女からもにべもない視線で睨《にら》まれそうだからだ。負けん気の強い性格（本人曰く）で、適当なことを口にしようものなら忽ち論破され、叩きのめされるのは想像に難《かた》くない。変わった苗字であることから、幼い頃からいろいろ揶揄《やゆ》され、そ

れに対抗するうち、口達者になった（これも本人談）そうである。

「でも、オクトパスマンはその後接見した際にも、鶴扇閣事件だけでなく、連続窃盗事件のことも話そうとしない。ただ、大きな体を縮めて腰かけ、目を閉じたまま微動だにしないらしい。その無機質な表情からは血が通っていないのではないかと思えるほどで、意志は固い。だからこの記録書だけで事件を解くしかないんだよ」

宮村の説明に蜘蛛手は唇を歪めて首を捻った。

「事件のおおよその内容を教えてもらえるか」

「さっき言ったように報道も限られていたので、この記録書を読んで分かったことだけど」

と宮村は口元を引き締め、

「六人の男女が館で合宿していて、殺人が起き、館が炎上した。翌朝には四つの白骨焼死体が発見されている。男女二体ずつだが、首が切断されていて、身元は確定されていない。さらに新たな一体はその後、近くの海底からやはり白骨化した状態で引き上げられている。この一体のみ頭部が残っていて身元はすぐに判明した。それは館が炎上したときに火だるまになって転落した人物で、視認もされている。そしてこの五人目の人物こそが、四人を殺し、火を放ち、事故か自殺か分からないけど火に包まれて海に転落したのだろうと、警察は判断しているようなんだ。だけど、蜘蛛さん――」宮村は、居住まいを正し、

「残るひとりはどこに消えたんだろうか。なぜ警察はそのひとりを追及しないのか、そこが

僕には不思議だ」

蜘蛛手は目を細めて、そう愚痴《ぐち》る宮村を見やる。

「――とにかく、焼いただけでは飽き足らず首まで落とすなんて――残るひとりが犯人ならこのまま野放しにしておいていいわけがないよ」

最後に宮村はつい声を荒らげた。この記録を読み終えたばかりの、昨夜の怒りが込み上げてきたからだった。

「まあ、あまり気を入れすぎるなよ」

そう言う蜘蛛手は、組んだ脚の上に記録書を置き、余裕の笑みをたたえ、胸の前で突き合せた指を絡ませ始めた。関心を示したときに見せる癖だ。

「ところで、もう一度訊くが、誰が、なぜ音声を書き起こしたりしたんだろうか。これだけの文書だ。かなり面倒な作業だぜ。音声の文字変換ソフトは現在《いま》だって未成熟だしな」蜘蛛手は問う。

「書き起こしたのが誰かは聞いていない。後で十八女さんに聞いておくよ。ただ、音声は屋外の風雨の中で録音されたものが多いらしくて、かなり聞き取り難《にく》かったらしい」

宮村も腕を組んで蜘蛛手と同じように首を捻った。

蜘蛛手はやおら椅子から立ち上がると、背伸びをし、再び椅子に深々と座り直し、記録書を手に取った。

「ところで、念のための確認だけど、引越し代金と敷金礼金の方は——？」宮村はここしかないというタイミングで質《ただ》した。

「馬鹿だな。払わなきゃここにこうして落ち着いて座っていられるわけがないじゃないか。そんな些末《さまつ》なことにとらわれていないで、さあ、まずはこの事件を解くことを優先しよう。さすれば、問題は全て解決じゃないか」

と、満面の笑顔で、今度は何やら印を結ぶような真似をし始めた。

何かを企《たくら》んでいるときの蜘蛛手の手癖だった。

（もうごまかされないぞ）

二　【過去】……『鶴扇閣《かくせんかく》事件の記録』（八月一九日　午前）

　三重県にある私鉄単線の無人駅を降りたロータリーで、若い男女のグループが、各々持参した荷物を中心に、迎えの車を待っていた。荷物はメタルタッチのスーツケース、人がひとり入れそうな大きさのキャリングケース、頑丈さでは有名なイタリア製のボストンバッグ、帆布製のトートバッグ、金属フレーム付きの大型リュックなど、形、大きさ、色柄、種類とも様々で、持主各人の個性を表しているかのようだった。

　空は三日三晩、昨日の深夜まで続いた大雨が嘘のように晴れ渡り、真夏のさんさんと照りつける陽差しが、若者たちに容赦なく降り注いでいる。うだるような暑さ（否、熱さと表現したいほど）は、補給したばかりの水分を汗として蒸発させ、肌を容赦なく射抜く。キャリングケースのウレタンを巻いた取手も、熱で溶けてしまいそうなほどだった。

　タクシーも循環バスも、過疎化のため現在はなくなってしまっていて、人の手の加えられていない駅前ロータリーは荒れるがままで、ひび割れたコンクリートの床からは、ところどころ雑草が顔を出している。待合所のテントも破れ放題で、陽よけ雨よけの機能を果たさず、剥《む》き出しとなった骨組の鉄骨は、塗装がはげ、錆付き、さらに雨によって流れ出た錆汁でコンクリートを赤茶色に汚染してもいた。

この地は、その昔漁業で栄え、駅舎は水揚げされた鮑《あわび》や伊勢海老をアルミの大きな箱に収め、それを背負った女衆が大阪行き急行に乗り込むために列を作ったものだった。ところが、保冷技術の進化を伴う輸送手段の変遷に押され、縮小の一途を辿《たど》ることを余儀なくされた。今では数台の小さな漁船が漁を行っているだけで、それさえも隣の近代化された万葉漁港に水揚げされるありさまだ。他に地場産業はなく、過疎へと向かう坂道を転げ落ちている典型的な寒村だった。

それでもまだ一〇年程前までは、ここからそう遠くないところに海水浴場があり、観光客相手の地引網や花火大会も開催され、夏はそこそこ賑わっていたものだが、温暖化のせいなのか潮位が上がり、さらなる海水の浸食により、砂浜がなくなってしまってから一気に寂れてしまったのだ。

「どうしてこんな、夏休みも終わろうかというときにしか、合宿地が取れなかったんですかね」

「またその話か。もう、諦めろっ!」

長身で、鍛えられた胸筋腹筋がくっきりと分かる、小さめの黒Tシャツの上にアロハシャツを羽織った洋介は、照りつける陽差しを跳ね返す勢いで言い切る。

「先週まではテニス部、その前はホッケー部、さらにその前は応援団の合宿だったんです。今年の夏は確保できただけでも良しとしたものですよ」

　このグループのリーダーである、長袖ワークシャツの全てのボタンをかけた孝裕は、手を額にかざして青空に向かって微笑んでいる。暑くないのだろうか。

「でも、再来週には後期試験でしょう。それが終わったら、すぐ公演じゃないですか。とても無理ですよ、この短期合宿中に覚えきるのは。身体が持ちませんよ」

「だから、宏。あなたのための体力強化合宿でもあるのよ」

　ピンクのサマーニットを着込んだ栄子は、その豊満な胸をさらに膨らませる。大きくVカットされた胸元から覗くその胸には汗の粒が浮き出ている。

「お前だけひとり残って、合宿してもいいんじゃないか。後期試験は来年も再来年も、その先も、ずーっと、あるしな」

　洋介は、大型の樹脂製の工具箱を椅子代わりに腰掛けたまま、いったんティアドロップのサングラスを外し、Tシャツの首元に掛けると、長髪を後ろで束ね直す。タオル地のリストバンドはすでに汗を吸い取っていてじっとりと濡れている。

「よしてくださいよ、ひとりじゃ合宿になりませんよ。それに栄子さんも洋介先輩も分かっちゃいませんね。あれから結構ひとりで、学校のプールで鍛えているんですから、こうみえても」

宏はそう言って力瘤《ちからこぶ》を作ってみせた。西華大学と大きな筆文字で書かれた白Tシャツから貧弱な上腕が覗く。

「そうよね。岡山公演では最後のダンスでヘロッヘロになっていたもんね。少しは反省したんだ?」

栄子は同じように腕を曲げてみせる。小麦色に日焼けした張りのある上腕は、女性でありながら宏の比ではなかった。

「ヘロッヘロはないでしょう、ヘロッヘロは。何とか誤魔化せたじゃないですか」

宏は半袖のTシャツの裾を摘んで、肘まで引っ張り二の腕を隠す。

「誤魔化しぃ? ばかやろう。それじゃ困るんだ」黒Tシャツの洋介が一喝する。「せっかく俺たちの、こんな弱小劇団が認められつつある大事なときなんだぞ。しっかりしてもらわなきゃだめだ。特にこの一〇月の公演は、春の『天空の塔殺人事件』が気に入られての再演で、辞めた春日井の代わりなんだからな、お前は。ちゃんとやってもらわないと困る」

先輩に叱責された宏は「あ、はい」と直立し、すぐに身体を反転させながら、聞き取れないぐらい小声で、「分かってますって。洋介くん」

「分かっています。篠原さんだろ」

優しく諭《さと》すような声の主——孝裕はワークシャツに包んだ腕を胸の前で組み、静かに睨みを利かせる。

「す、すいません。部長。以後、気をつけます」

宏は恐縮して、ただ、ただ、頭を下げた。


西華大学演劇部では上下関係が厳しく、先輩を敬うことが何より最優先する。創立当初は部員も三〇名を超え、宝塚歌劇団ばりに先輩を見かけたら、たとえ一〇〇メートル離れていても前屈運動ばりの会釈をするというのが規則だったようだが、二桁の部員を確保することすら難しくなった昨今では、そうも言っていられなくなり、古き良き(?)伝統は完全に廃《すた》れてしまっていた。ただ、唯一残っているルールがあって、それは、先輩は必ずさん付けで呼ばなければならないというものだった。

「野獣のような洋介に怒鳴られるより、華奢《きやしや》で優男の部長に諭される方が、お調子者の宏君には堪《こた》えるんだね」

「あーっ、栄子さんも今『洋介』って呼び捨てにした」

「馬鹿ね。女子はいいのよ。レディー・ファーストって言葉があるでしょう」

栄子はさらりと言ってのける。

但し、例外があって、西華大学演劇部の唯一のルールも女子には適用されないのだった。

岡山市中心に位置する西華大学は、開校一〇〇年を迎える由緒ある私立大学で、早稲田、慶應といった、全国的に名の通った大学には劣るものの、地元企業の社長占有率は西華大がダントツの一位である。また目立たないが、芸能やスポーツ界のキーマンといわれる人の中にも、西華大出身者が少なからずいる。毎年大規模な公演を行っている植松歌劇団の代表、昨年大リーグに渡った日向投手、囲碁の三冠を制した中村名人も西華大の出身だ。政財界も同様で、表に出てくることはあまりないが、裏回しに長けている人物に西華大卒業生が多くいる。

校風は伝統を重んじ、文武両道の中にも自由で柔軟な発想を良しとする。とはいえ、少子化で定員を割り始める学校が多く現出する昨今にあって、西華大もその例外ではなかった。

「えーっ、本当ですか。そんなの、聞いてないですよ、部長さん」

訴えかける宏の視線を、孝裕は流すように逸らし、

「うーん。まあ、……そういうことになってしまっているなあ」と、とぼける。

「そういうもんだ。諦めろ。それにな、〝部長〟にさん付けは必要ない。なになに長ということで、すでに尊敬の意を表していることになっているんだ。一般常識だろうが。社長や会長と同じだ。そんなことも知らんのか」

「もっと言うとね、先輩後輩ということ以前に、女性は女性であるというだけで敬うものなの。それが騎士道精神というものでしょう。知らないの、フン」

洋介に続いて栄子までも、わざと上から目線で宏を見つめ、鼻を鳴らした。

「女性は何を言ったって構わないんですか？　なんかずるいな」

「当たり前よ」

「でも、ここは日本ですよ。大和撫子は男性を立て、淑《しと》やかさを売りにしたんじゃないですか。そんな黒くて太い腕を組んで、威張られてもね」

「なんですって、もう一度言ってみなさい。あんたがひ弱すぎるんでしょう」

栄子はピシッと平手で宏の二の腕を叩いた。

「痛いっ！」避《よ》け損ねたため爪先で引っ掻かれた宏は、苦痛で顔を歪める。

「どっちにしろ、この中では、お前が一番若輩者なんだ。ちゃんと先輩を敬わないと合宿中の皿洗いは全部お前がやる羽目になるぞ。いいな」と止《とど》めを刺す洋介。

「くーっ、——どうせ、はじめから、そう決まっていたんでしょう」

白い腕は瞬《また》く間に赤く腫れあがっていく。

「何か言ったか。聞こえないぞ、宏」

「いえ、ひとり言です」

夏の陽差しを浴び、駅前ロータリーに笑い声が響いた。宏だけは額にしわを寄せ、しきりに腕を擦《さす》っていた。

西華大学演劇部、精鋭部隊一行は一〇月に長野で行われる公演に向けて、夏休み終盤の三日間を短期合宿に充てていた。精鋭部隊といったが、宇津、浜田、久原の三人が諸事情——宇津は進級のかかった再試験、浜田は母親の退院、久原は姉の結婚式で、一日遅れて来るというだけのことで他意はない。

　合宿地は三重県志摩市の英虞《あご》湾に突き出した万葉半島に建つ古い洋館で、学長個人の所有物である。昭和初期に建てられ、先代学長が別荘として使用していたもので、大戦が始まるまでは週末には客を招いては社交ダンスを催すのが常だった。従って洋館は、客室をはじめとした宿泊施設は整っており、なによりダンスをするための大きなホールを備えていたのだ。今の学長に代替わりした七〇年代頃から、その洋館を各クラブの合宿先として無償で提供し始めた。その代わり、部員はカーテンの付け替え、塗装の塗り直し、庭の草むしりなど旧くなって傷んだ建物のメンテを無償の代償として支払わなければならない。今回彼らの代償は建具の取り付けと大ホール床のワックスがけだった。

「麻美～ぃ、バッグの中からサンバイザーとってくれないかしら」

　輪の中からひとり立ち上がり、迎えのくる方角へ手庇《てひさし》をして見つめていた栄子が、オレンジ地に緑と白の細い二本線が入ったトートバッグを指差す。

「ふたつ、入っているけど？　どっち？」

　と言って、つばの大きいサンバイザーと普通サイズのサンバイザーを、両手で持ち掲げてみせる。栄子は大きい方を指差し、それを投げて寄越《よこ》させ、

「（残りの方で）あなたもする？」と問いかけたが、両手をクロスさせ返されただけだった。必要ない、との意思表示である。

「まあ、私の場合、今さら、手遅れなんですけどね」と栄子はバイザーをかけ、「祐子の勧めもあってさ」と自虐的に顎を突き出してみせてから、髪を整える。

「UV対策に遅すぎるってことはありませんわ。シミ、ソバカス、それにしわ対策はこれからが勝負よ。まだ若いんだし、先の人生の方が長いんですもの。特に女性の場合は」という祐子はアームカバーを両腕に嵌《は》め、黒いレース地の陽傘を差し、背筋をピンと伸ばしてキャリングケースに腰掛けていた。パンツも同じ黒のパンタロンだ。

「こらっ、何じろじろ見てんのよ」

栄子は宏にデコピンする。

「あ、いえ――」宏はつい祐子の足元、右足のスニーカーを見つめていたのだ。

「あら、気になるのなら見せてあげるわよ」祐子はパンタロンをめくった。細い棒状の足首が黒のストッキングに包まれている。義足であることは周知の事実であった。小学校を卒業した日に交通事故に遭ったと聞いている。

「チタン合金だから宏君の脛《すね》より硬いわよ。蹴ってみようか」祐子は右ひざを伸ばしてみせる。

「いっ、いえ、いえ、そんな」

宏はもう一度、今度は力を込めたデコピンを栄子から喰らうと、「ち、違いますよ。僕が見ていたのは栄子さんの鋼《はがね》のような太い腕の方で」

「あん」腕をまくる栄子。

「陽焼けを嫌うより、もっと他に気を付けることがあるんじゃないですか」と宏は距離をとって栄子の追撃をかわす。

「こらっ。せめて、焼けてない方がましだろうがっ」さらにとっ捕まえようとする栄子。

「今更、何をやったって――」

「あんた、ほんとに口が減らないわね。こらっ！」

栄子はこぶしを振り上げ、空いている方の手で宏のTシャツをつかみ取ろうとする。宏はそれを巧みにかわし、

「でも、栄子さんより麻美さんが被《かぶ》った方が、絶対、劇団のためにはいいですよ」

「分かっているわよ、そんなこと。どうせ、この劇団でビジュアル勝負できるのは、麻美と祐子のふたりってことでしょ。私はお調子者を懲《こ》らしめる鬼教官で結構っ」

逃げ回っていた宏だったが、洋介に行く手を阻《はば》まれ、栄子に捕まるとヘッドロックを決められた。

「はあ、はあ、それにしても、はあ、暑いですね。僕、Tシャツこれしかないんですよね」

地面に座り込み、顎を突き出して、口を開けたまま息をする宏は、顔中から汗が流れ出ていて、Tシャツを胸元まで濡らしていた。

「あなたが逃げ回るからよ」

栄子も同様に息を弾《はず》ませ、首元には滝のような汗が流れている。

「はあ、はあ、まあ、そうなんですけど……。こんなに暑くなるとは思わなかったんですよ」とヤンキースのキャップをうちわ代わりにして扇《あお》ぎながら、「ずっと雨模様だと思っていたんだけどな」

宏は北上しつつある台風が前線を刺激し、合宿中は曇天が続くと予想していた。従って涼しい日々ばかりだと思っていたので、Tシャツを一枚しか持ってこなかったのだ。

「……それにしても、なかなか迎えもこないですね。……やっぱり、あのときのタクシーに乗れば良かったんですよ」宏は尖《とが》った顎先に集まった汗を手の甲で拭《ぬぐ》い去る。

駅に着いたばかりのとき、今にも止まるのかと思うぐらい、ゆっくりしたスピードでロータリーに入って来て、そのまま一周して出て行った名古屋ナンバーのタクシーがあった。地元のタクシーすら寄り付かない（そもそも地元にタクシー会社があるのかも疑わしい）駅前に、他県ナンバーで、しかもスモークフィルムの貼られたタクシーが現れたのだ。

「あんな怪しげなタクシーに乗れるわけないでしょう」と栄子。

「それに客が乗っていたと言ったのはお前だぞ。乗ってりゃ、乗れないだろうが。なにわけの分からないことを言っているんだ」洋介も畳みかける。

「そうじゃないですよ、洋介先輩。何か様子がおかしかったんですよ」

「おかしいって、宏君……何がですか？」代わりに祐子が訊《たず》ねる。

「う、……うまく、言えません、けど……。でも、スモークフィルムを貼ったタクシーって、ありなんですかね」

洋介は「知らねえよ。タクシーなんざ、普段乗らねえからな。それよか、仮に空だったとしても、全員、乗れやしねえだろうが」と切り捨てるように言う。

「そりゃあ、無理です。無理ですよ。ですから四人は乗って、後は——。誰かは迎えを待たなくてはいけませんし、この荷物を運ぶのも、タクシーのトランクだけでは足りませんしね。そこはやはり体力のある人が残るべきでしょう」と宏はあえて顔を背《そむ》けて、洋介を流し見た。

洋介はすぐに拳固《げんこ》を宏に落とす。

「い、痛いなあー。暴力反対です。仕方ないでしょ、僕は迎えの人を知らないんだし、行き先も知らないですよ。残るのは誰が考えても洋介先輩が適任です」

「行き先なんか知らなくてもな、鶴扇閣って言ったら、ちゃんと届けてくれるんだ」

そんな宏と洋介のやりとりに、

「いい加減にしなさいよ。大体タクシーに乗るなんて、そんな余分なお金がどこにあるの。それにこうなったのは、あなたが車を壊したからでしょう」

大きなつばのサンバイザー越しに栄子の黒い瞳がきらりと光る。

「ち、違いますよ。寿命ですって、あの車は」

宏はせわしく手を振って否定する。汗の雫《しずく》が栄子の顔に飛び散った。

「もうっ！　止めてっ」顔をしかめて栄子は叫ぶ。

「確かに、あのワゴンは寿命でした。それに車検も迫っていましたし」と孝裕が間に入って両手を上げる。

「それより、中古車だって買うお金はないし、廃棄処分にもお金がかかってしまうわ。どうしましょうか？」

陽傘を傾げた祐子が、ひとり涼しげに孝裕のあとを引き取って答えた。部の経理を管理している祐子の言葉には説得力があり、本当に困っている風で、柳眉《りゅうび》を寄せている。

「まあ、俺に任せろって。新車とまではいかないけど、今のおんぼろワゴンに比べれば数段まともな車を持ってきてやる」

「さすが、洋介さん、というか、洋介さんのお父さん。太っ腹だ」

「うるせえな。一言多いんだ、お前は」

「でも、ボディに〝篠原工務店〟って書かれているんじゃないでしょうね。それは嫌だなあ」

「じゃあ、宏、お前だけ乗せない」

「えーっ、そんなーっ」

「でも、本当にいいのか？　洋介」

孝裕は譲り受けの申し出を予《あらかじ》め聞いていたようだった。

「心配するな。俺の引退記念だ。資材置場に遊んでいるおやじの会社の車を譲ってもらうだけだ。それに感謝されるほど立派な車でもないしな」

「記念なら逆だろう。僕たちの方こそ何かしなければ……」

「いいさ、俺のことは。それより、孝裕は部を、劇団を大きくしてくれよ。そのために俺より二年も余分に留年したんだからな」

「えっ！」そうなんですか、と続く言葉を呑み込んだ宏は、孝裕をしげしげと見つめた。

「ばか、孝裕――、部長はな。芸の世界を極めるために休学したんだ。お前と違って単位を落としそうだとか、そんなんじゃない」

「そ、そんなことは分かっていますよ。いやだな」と手振り身振りを交えて大げさに否定してみせ、「僕だってまだ、単位を落としたわけじゃないですよ。これから後期に向かって、追い込めば、間に合うんですから。僕は追い込まれればやるタイプなんですよ」

そう言って胸を張る宏に、洋介は水平チョップを打ち込もうとしたが、宏はひらりとかわし、

「それより、冬の合宿は長野にしましょうよ、長野に。せっかく車が新しくなるんだから。――場所はさ、大町に行ったら、向こうの人にお願いして、鹿島槍・青木湖の近くで――」

と話を直《す》ぐに転換した。

「お前は、スキーがしたいだけだろう。それに車は来年の春の納車だ。俺の卒業と引き換えだからな。残念だったたな」

宏は本当に残念と肩を落とした。が、すぐに顔を上げ、

「車はおいといても、やっぱり冬合宿は長野にしましょう。スノボを取り入れて――今や時代はスキーよりスノボですよ。体力強化と新入部員勧誘の餌にするんです。そうしないと、部の存続が危ういんじゃないですか。病欠が出ることだってあるでしょうし、洋介先輩もいなくなることだし」

「入部したいという人がいないわけじゃないのよ。『天空の塔殺人事件』の成功で、結構外部からも申し込みが来ているし……」

と言って祐子は孝裕を上目遣いで見る。小柄で、ブラウスの胸元から見える、血管が青く透けるほどの色白の彼女が、そのつぶらな瞳で上目遣いをすると、大方の男性は言われるままになってしまうのだろうが、

「誰でもいいというわけにはいきませんからね。それに今は苦しいですが、矢本君はギブスが取れて一〇月には間に合います。松島君だって、ご両親の離婚のごたごたが長引いているだけで、近いうちに戻ってきます」演劇部の部長である孝裕は冷静で事務的だった。

「それでも、最低人員でしょう。遅れて来る三人と併せたって二桁の人員を確保するのがやっとじゃない。宏君のいうように何かあったら、芝居ができなくなることも考えていた方が

いいんじゃないかしら。栄子もそう思うでしょう」

祐子は栄子に視線を移し同意を求めた。

「この劇団が麻美でもっているのは事実だけど、劇団はひとりじゃできないからね」栄子が断言する。

「えーっ、そう言い切られると、なんだかやる気が失《う》せちゃうなあ」

「ばか、誤解しないでよ、宏君。へりくだって言っているわけじゃないのよ。私も含めて、みんなが頑張らなければいけないって、言いたいだけなの。切磋琢磨《せっさたくま》して底上げすればいいのよ。でも、それと部員を採らないのとは別の問題だわ。部長としての責任があるから、誰でもいいというわけにはいかないいんだろうけど、審査基準が厳しすぎるのよ」

「そんなことはありません。栄子の言うとおり、僕も部の現状は認識しているつもりです。人数不足では、できる芝居に限界があるのは分かっています。ですが、逆に工夫次第で少人数でもこなせるという側面も持ち合わせているのです。その部分を磨くということも必要な行為なのです」

「でもさ――」言い募《つの》る栄子を、孝裕は手を挙げ制すと、

「分かっています。もちろん部長として、何も考えていないわけではありません。学外のバックアップメンバーの獲得も併せて、今回の合宿では、話し合おうと思っていたところです」

「宏を採用しちまったんだから、もっと大胆になってもいいんじゃないのか」

洋介は口角を上げ、長い顎を突き出して宏を見やった。

「結局、話はそこに落ち着くんですよね」

宏は思いっきり口を曲げてから、肩を落とした。

「ところで宏。大事そうに首から下げている巾着袋には何が入っているんだ」と洋介。

「やだなあ、ポシェットって言うんですよ、これは」と宏はその細い紐を摘み上げ、「コンパクトボイスレコーダーが入っています。皆さんの暴言の数々を収めさせていただきました。動かぬ証拠です」とにたりと笑ってみせた。

「お前っ！　それは劇の練習用に使うために買ったんだろうが」

「大丈夫です。来年には一般販売される最新型のICレコーダーです。マイクロテープみたいに六〇分でテープチェンジする必要もありません。一枚の小さなメモリースティックで先輩の一週間分の小言も余裕で録音できるんです」

「そういうことを言ってるんじゃねえ」洋介は宏につかみかかる。

「あんた、さっきから録音していたの？」栄子も続く。

宏は先ほどとは考えられない速さでふたりの追撃をかわす。

「それに、お前の実家が、天下のS社の協力会社だからって、そんな最新型を用意しろなんて言ってねえんだぞ」

「販売前のテスト使用――モニターになるってことで、特別に許可をもらったんですよ。親父――いえ、社長も承認済です」宏は中から掌《てのひら》にすっぽり隠れそうなほど小さなレコーダーを引っ張り出してみせる。

「だからって、今から録音する必要なんてないでしょ」

「いいえ、だめです。新しい機械には慣れておく必要があります。そのための練習録音の意味もあります。それに、いざというとき録音できなきゃ意味がないでしょ。先輩方の暴言はいつ何時、どっちから発せられるか分からないじゃないですか」

「何ですって」栄子は両手を腰に当てて睨みつける。

「被害届を出すときの証拠として使おうなんて、一ミリも思っていませんよ。そのつもりなら動画じゃないと意味ないですしね。あ、今のは冗談です」宏は、へ、へ、へと笑い「とにかく使ってみなきゃ。根性論で機械は動きませんしね」と重ねた。

「何だとっ!」と続く洋介の言葉と拳固は、〈プワーン!〉という晴天を突き抜けるような甲高《かんだか》いクラクションで消された。

その音の根源、元は白かったと思われるマイクロバスが現れたのだ。一行を目的地まで運んでくれる鶴扇閣の管理者の運転する車だった。

続けて、さらなる甲高い関西弁で、「ごめんなー。遅おなって」

運転席から飛び出さんばかりに顔を出し、右手をいっぱいに振っている。

あちこち凹《へこ》んでいて錆が発生しているマイクロバスはノッキング音を響かせてすぐに停車した。廃車となった演劇部のワゴンといい勝負である。

そのおんぼろバスから降りてきたのは、デニム地のダメージパンツにタンクトップというでたちの小柄な若い女性だった。

「ご無沙汰しています、千堂さん。今回もよろしくお願いします」

孝裕が部を代表して頭を下げた。

「買出しに手間取ってしもうてな。八百屋の静ばあちゃんが、年々耳が遠おなってきてて、参ったわ。予約しておいたキャベツを、どうやったらかぼちゃと聞き間違えんねん。なあー、そおやろ。ほんま、ごめんな」

なあー、と言われても、返答のしようがないところへ、続けて、

「あら、栄子ちゃん。また一段と胸が大きくなったんとちゃあう」と真っ黒に陽に焼けた素肌に白い歯を輝かせて笑う。

「いやあ、温子姐《ねえ》さんほどじゃありませんよ」栄子は自分の胸を両手で持ち上げてみせる。

「は、は、は。あたしのは、使い道がないけどな。ってゆうか世の男に見る目がないだけなんやけどな。ほんま宝の持ち腐れだわ」

とまた笑う。温子もまた巨乳で、栄子より身長が低い分大きく感じられる。

「ずいぶんさばけた若い管理人さんですよね」宏が割って入る。

「あら、新人さんだね」

「ええ、紹介しておきます。新入部員の金山宏です」と孝裕は言って、「こちらは千堂温子さん。鶴扇閣の管理をしてもらっています」

「初めまして。千堂温子、二六歳、バツ一の独身です」と底抜けに明るい。そして、宏の肩を軽く叩くと、

「あんたも早く鍛えて、棟梁《とうりよう》みたくならんとね。あ、でも、頭の中身までは真似んでいいで」

「誰が、棟梁なんですか」洋介はぐいと前に一歩踏み出す。「こうみえても、卒業に必要な単位はひとつも落としたことがないんすよ」

「分かってるって、洋介君。なんでも首席で卒業らしいじゃないの。立派だよ。筋肉も鍛えれば、脳みその代わりをするようになるんだね。——褒《ほ》め言葉だよ、全部」

「どこが褒め言葉なんすか」

温子は洋介の割れた腹筋に軽く正拳を突き、

「男が小さいことにこだわらんの。さあさ、早う乗って。話の続きは車の中で——。エアコンが壊れとってさ、送風はできるのに冷えないんよ。魚も積んであるきに——。腐ったら嫌だろ」

今にも踵《きびす》を返して車の方へ戻ろうとする。

「え、その魚って、俺たちの晩飯ですよね」洋介が温子の背中に問い掛ける。

「もちろん。あんたは何食っても死なんやろからかまへんけど、麻美さんに腐ったもん食べさすわけにはいかんからな」

「いえ、私は、そんな——」と恐縮する彼女に、温子は車のドアを開けながら、振り返り、ウィンクしてみせた。

「——ったく、ひでえ扱いだな」さすがの洋介も温子の口の悪さにかかれば形無しだった。


千堂が運転してきたマイクロバスは、その左半分と最後部の座席が取り外されていて、荷台と化していた。そこには宣言どおり魚と精肉の入った発泡スチロール容器がそれぞれひとつずつ、野菜入りの段ボールが三箱、一〇キロ米が二袋、シーツと枕カバーなどのリネン類、それに缶ビールの箱が三つ積んであった。

劇団員一行は空いたスペースに自分たちの荷物を積み込み、バスに乗り込んだ。祐子はたたんだ陽傘を杖代わりにして一番先に乗り込んだ。とはいっても杖に頼ることなく、右足が義足であることも感じさせない滑《なめ》らかな動きだった。これなら役にもよるが演者として出られなくもない。

「麻美さんとダブル主演として売り出せば、劇団の可能性が広がりますね」

と宏は心中の思いを唐突に口にした。

「は、は、ありがとう。考えておく。でも、当分脚本と経理という裏方に徹します」

「いいから、さっさと乗れ」

宏は洋介に小突かれながら、祐子に続いて乗り込む。

「少人数の劇団じゃあ、主演ふたりの脚本を作るのって難しいのよ」と祐子。

「そうかなあ、何かできそうだけどな」

「何だ、宏。今度は脚本家に転身するつもりか」

「そんな、とても」と洋介に向け手を振りながら、「でも、祐子さんの荷物だけは、絶対になくならないですよね」といつものように唐突に話題を変えた。宏は〝祐子〟と大きく名札のついたキャリングケースを見て言葉にしたのだ。

「いいから早く座れ――」洋介が言い終わるより早く、バスは出発した。

コンクリートの割れ目から生えた雑草を避けるように、ロータリーをぐるりと一周してから、バスは駅を後にした。

駅前の通りは一本道で下り坂になっている。道の両側の家屋庇がはね出ていて、元はアーケードがあったことをうかがわせる。店のほとんどはシャッターが下り、自転車屋とクリーニングの看板を掲げた雑貨屋だけが店を開けていた。

その短い坂が終わると、突き当たりのT字路が幹線道路に繋がっていて、信号を左折する。

モノトーンの色あせた民家が点在する片側一車線の幹線道路へ出ると、すぐに磯の香りが鼻をつき、海が近いことを知らせてくれた。

やがてギアがトップに入り、程なくして、

「千堂さん、お爺さんはお元気でいらっしゃいますか？」

運転席のすぐ真後ろに座った祐子が温子に声をかけた。

「うん、大分ね。体調がいいときは、今でも漁に出かけてるわ。本当は家にいてほしいねんけど、家におるおじいちゃんは、なんだか寂しげでね。海で死ねれば本望や、漁師は死ぬまで漁師や、っていうて頑張ってるわ」

「うわあ、そうですか、それはよかった。もうすっかりよくなっているんですね」

「よし、帰りにでも会いに行こう」

隣席の栄子も話に加わる。

「うん、うん、そうしてやったって、おじいちゃんも喜ぶわ。みんなにもお礼をしなくちゃわるいし、特に祐子ちゃんにはおじいちゃんも会いたがっているからさ」

「そうですか、是非会いたいな。ね」

祐子は目を輝かせて栄子と手を取り合っている。

「私のことは覚えているかなあ」

「もち、栄子ちゃんのことは、おっぱいの大きなおなごって、良ぉーく、覚えてるわ」

「男って、いくつになっても、同じね」そう言って栄子は胸同様に頬を大きく膨らませた。

「あのぉ、一体、どうかしたんですか?」ひとり事情の飲み込めない宏が訊ねた。

鶴扇閣はもともと千堂温子の祖父が、長年に亘り維持管理を任されてきた。ところが、ちょうど今から二年前の夏合宿のとき——祐子が新入部員の年、温子の祖父が脳梗塞で倒れてしまった。幸い祐子たち劇団員が傍にいて迅速に対応したので、大事には至らなかったのである。特に祐子は病院まで付き添ったりして、献身的に尽くしたのだ。そして、それ以降、祖父に代わって温子が鶴扇閣の維持管理を引き継ぐことになる。温子はそのときには離婚して実家に身を寄せていたときだったので、渡りに船となった。

「へー、そんなことがあったんですか。祐子さん、大変でしたね」

「いいのよ、私は——。私には両親がいないから、もし、親だったらって、思っただけだから。それに、脳科学には関心もあったし——。ただ、それだけ」

「へーっ、祐子さんって、変なことに興味があるんですね。それに——」

と、言いかけた瞬間、宏の鼻腔を異臭が襲い、「それに、エアコンの効かない車って、却《かえ》ってひどいですね。初めからなければ諦めもつくのに——。魚臭いだけならともかく。おまけに先輩の汗まで混じって、きっつい」

「うるさい。おまけにじゃない。このやろう、俺の方こそ我慢してやってるんだぞ」

洋介は宏を小突きつつ、「少しは忍耐っていうことを覚えたらどうだ」

バスは大半を荷物に占拠されているため、運転席を除けば、二人掛けの座席が三つしか空いていなかった。そのうちの最後尾に洋介と宏は隣り合わせに座っている。汗の滲《にじ》んだ肩と肩を突き合わせながら。

「まあ、あと一五分の我慢です。宏君」孝裕がとりなす。

バスは僅かな民家が建ち並ぶ幹線道路を抜けると、大きく右に左に振られながら凸凹《でこぼこ》道を登って行く。窓外の風景は青々とした木々に覆われていたが、時折それがぱっと開け、右手に波間が覗いたりする。

雨が上がってから半日以上経っているせいか、海はいつもの碧《あお》さを取り戻していた。これが断崖絶壁の向こうに見えるのではなく、あいだに白い砂浜でもあれば、人を解放的にさせ爽快感を与えるのだろうが、

「はぁーっ。サッカー部みたいに沖縄で合宿したかったなあ」

「そんな予算がどこにあるのよ。一年休学してマグロ漁船にでも乗って稼いできてよ」

「サッカー部みたいに、有名ならなぁ」

「だったら、体力つけて、公演こかさないようにしなさい」

「せめて南紀白浜のビーチで、民宿でいいから——」

「合宿終わって、プライベートで行け」

「さっきから、ひどいな、栄子さんは。僕はひとり言を言っているだけですよ。ねえ、麻美さん。助けてくださいよ」

宏は鼻から抜けた声を出す。

「そうね、頑張ってね。金山君」屈託のない笑顔とともにあっさり切り返された。

「甘いわ。ここにあなたの味方なんかいないわよ」

「助けてください。部長」

「まあ、仕方ないですね。自業自得でしょう。……あれっ」

笑顔で答えていた孝裕は、なにやら慌ててポケットを弄《まさぐ》りだす。

「どうしたんだ？　孝裕」洋介が訊く。

「いや、おかしいな……」孝裕はシャツ、そしてズボンのポケットを忙《せわ》しなく弄っている。

「どうした？」洋介は、腰を浮かすと、背後から孝裕を覗き込む。

「鶴扇閣の鍵が見当たらないんだ」と孝裕。

「ショルダーバッグの中に入れてたじゃないか。よく探してみろよ」

「そうなんだけど」と言って孝裕はバッグを取り出し、中身をシート上にばら撒《ま》けた。すると、台本やパンフなどの用紙の束の間に光るものがあった。

「あ、それだ」洋介が背もたれ越しにシートの一点を指差す。

「あー、よかった」と銀色に輝く鍵束を孝裕は摘み上げ、ほっとため息を吐《つ》いた。

「おい、しっかりしてくれよ。お前らしくない」

「いや、ごめん」そう言って孝裕はシートに拡げた書類をショルダーバッグに戻した。

「部長らしくないわね。祐子のがうつったんじゃない」と栄子がからかう。

「よしてよ、天然は私だけで十分よ」

「えっ！　祐子さん。天然って自覚してたんですか」

「バカ。お前は黙ってろ」洋介が宏の頭に拳固を落とした。

「どうして、僕ばっかり――」と頭を撫《な》でながら、「でも、そんなに慌てなくったって、鍵なら千堂さんが持っているんじゃないですか」

宏のもっともな質問だった。管理人なら当然であろう。

「鍵はな、合宿をする部の部長が持つことになっているんだ。そして合宿が終われば、学生課へ返却する。そういうルールだ」

「だけど、管理人さんでしょう？」

「残念やけど、今はもう持ってないんよ」温子が答える。

「そう、持っていないんですよ。というのは、何も千堂さんが信用できないからとか、そういう話ではありません。その逆で、十分すぎる手入れをしてくれていて――いつきても窓ガラスも床もピカピカで庭の芝もちゃんと刈りそろえられているんです――なのに報酬を受け取ろうとしないからなんです。それも頑《かたく》なにね。だから申し訳なくて、持ってもらわないようにしたのです」

孝裕は学長になり代わったような口ぶりで説明した。

「ううん、そんな大げさなもんじゃないって。昔おじいちゃんが学長にお世話になった、その恩返しのほんの一部なんだよ」と素早く振り返って温子が答える。

「もともと年に二回のメンテと、僕たち学生がこうして合宿するときのサポートだけが本来の契約なんです。それを長年に亘って無償で鶴扇閣を管理してきていただいた。それこそ塗装の塗り直しとか、割れたガラスの交換とか、老朽化した床の張り替えとか、照明の玉の交換とか、そういったことを無償で何十年としていただいたのです」

「その分、今はしっかりいただいていますよ」温子は前を見据えたまま答え、「おじいちゃんはね、あの建物が好きなんだよ。ただ、それだけ」大きくハンドルを切る。

「ま、そういうわけで、学長としても、維持管理中に脳梗塞で倒れられたものだから、余計に気を遣って、手入れができないように、——鍵を渡さないようにしたという次第です。それに、学長は館を学生に開放するにあたって、教育の一環として、使用する学生自らが維持するようにしたいという意志、理念もまた同時に持っているのです」

孝裕が部長らしく締めくくる。

「へぇーっ」宏はいたく感心したように、うんうんと頷いていた。

三　【過去】…［タクシー拉致事件］（八月一九日　午前五時）

結局、二時間しか睡眠時間をとることができなかった。今日、東京本社で開催される技術報告会の発表練習で深夜三時までかかってしまったからだ。

人前で話すのはどちらかというと得意な方で、緊張して言葉に詰まってしまうというようなことはない。相手の反応を見て、はしょったり、ときにはアドリブを加えたり、話の軌道修正をすることもできる。毎日、数百人を前に行う朝礼で経験済みなのだ。

しかし、今日だけは特別である。今日の発表の成否は、これからの私の人生にとって、重要な位置を占めることになるかもしれないのだ。僅かなミスも許されない。いつもの職人を前にしての朝礼とは違って、社長をはじめ本社幹部が聞き手なのだ。正確かつ印象に残る説明でなければ意味がない。営業畑出身の社長にアピールするには、順序良く、平明な言葉で説明しなければならないし、あらゆる質問にも澱《よど》みなく答えることが要求されるのだ。

特にその内容は当社が新しく開発した緑化システムについての施工報告であり、業界からも注目されること必至の新技術である。会社トップが最も関心を寄せている事案なのだ。そんな新緑化システムは、設計計画を本社設計部の一範が行い、私が施工チーフとなって、この度竣工した名古屋市白山庁舎新築工事現場で具現化したばかりである。

そういうわけで、睡眠不足が脳と肌に良くない、ということは分かっていながら、今回ばかりは、寝る間を惜しんで、暗唱できるぐらいに発表練習を行ったのである。

私はベッドの上で半身を起こし、眠気の残る目を両手の甲で擦《こす》ってから、気合を入れるために自分の頬を二度叩いた。少し開いたカーテンの隙間から覗く窓は、朝の陽光を浴びてうっすらと青く染まっていた。新聞配達であろうか、バイクのエンジン音も遠くから響き、名も知れぬ鳥のさえずりと相まって、朝の訪れを知らせてくれる。

それにしても、パワーポイントを操作する一範との打ち合わせを、もっと早くやっておけば良かった、とは思う。後悔はいつでも何にでも付きまとうものだが、もしこの発表がうまくいかなければ、この二ヵ月間、隔週で東京へ出向いてまで、一範と打ち合わせてきた意味がなくなってしまう。ここはなんとしても踏ん張らなければならない。中途入社でしかも女である私が、組織の中でのし上がって行くには最良のチャンスなのだ。チャンスなんていつやって来るか分からないし、ハンデのある私にはこれが最後で、二度とやって来ないかもしれないのだ。だから、チャンスだと感じたときには最善を尽くす。もてる最大限の注力をする。最後の土壇場《どたんば》まで諦めない。三〇年の人生の中で、私が得た最大の教訓だ。

もう一度頬を叩いてから、掛け布団を撥《は》ね除《の》け、サイドテーブルの鏡を手に取る。頬と額に吹き出物が増えているのが薄明かりの中でも確認できた。原因は分かり切っている。睡眠不足なのだ。今回の報告会の準備はもちろん、それ以前から寝不足が続いていたからだ。

私は汗ばんだパジャマを脱ぎ捨て、タンクトップだけになるとベッドの上で半安座《はんあんざ》（足を組まない胡坐《あぐら》）の姿勢をとる。そして頭の後ろで両手を組み、胸を反らしながら上体を捻る。毎朝左右五回ずつ行っている自己流のストレッチだ。ヨガでいう鳩のポーズを意識しているのだけれど、私にはとても無理なので、これで妥協している。


私はつい二週間前まで悪夢に悩まされてきた。睡眠不足の主な原因だ。その内容というのは、毎回決まっていて、まず小さな丸虫のような格好をした一匹の節足動物がどこからともなく現れ、私の身体を這いずり回るのだ。そして顔を斜めに横断した後、胸元からパジャマの中に没し、次に袖口から顔を出したと思ったら、今度はパンツの下を掻い潜り、太ももを螺旋《らせん》する。

一匹だけだと思っていた虫は、そのうち二匹に増え、身体中のあちこちを這いずり回る。そして知らぬ間に、三匹、四匹と増殖していく。私のイライラが頂点に達し始めた頃、そのうちの一匹が体を急に細めミミズのように変異すると、私の耳から頭の中に侵入を始める。脳が掻き毟られたような鋭い痛みが充満したとき、――そこで目覚める。

キリキリと錐《きり》で頭蓋骨に穴でも開けられているような頭痛で、持病の偏頭痛とは異質の、経験のない痛みだった。深呼吸をすると痛みは和《やわ》らぎ、一口水を飲んで再びベッドに潜り込むのだが、しばらくしてまた同じ悪夢に悩まされるのである。

悪夢は一晩に四回も五回も繰り返されるときがあって、そういう日は眠らないまま仕事に行ったものだった。この半年間そういう夜が断続的ではあるが、続いていたのだ。

なのに、突然止んだ。これ以上続けば通っている医者に相談しようと考えていた矢先であった。

定期的に医師の診断を受けている私が、矛盾していることは重々分かっているけれど、医者というものの診断を信用し過ぎてはならないと考えている。頭痛やめまいといった病状が治りづらいということは、私のような素人でも理解できないでもない。でも、長期に亘る薬漬け治療には納得がいかない。日本の医療の最大の問題点だと思う。

だから今では、医者のご託宣を信じるくらいなら、占いの方を信じた方がまし、とさえ思うようになってしまった。悪夢が消えたのも、贔屓《ひいき》にしている占い師の、シルバーのネックレスを身に着ければ災いは避けられる、を実行したからに違いないのだ。

――占い師――

とはいえ、あの変な占い師は、いったい何だったのだろうか？

そういえば、あれから、今日で……、

指を折って数えてみる。

――七日だ――

運命の七日目だ。

〝消える〟と宣告された七日目なのだ。

＊

週末によく買い物に行くアーケード街の、奥から二番目の狭い路地を入ったところに、いつもの占い屋がある。週に一度は占ってもらっている。しかし顔色の悪いやせぎすの占い師は、体調不良なのか、何の告知もなく十日以上も店を閉めたままだった。その日も閉まっていたので、諦めて踵を返した。

アーケードに戻ったところで、先ほどまではいなかった新手《あらて》の占い師が、金物屋のシャッターの前でテーブルを出していた。辺りの店もすでにシャッターが下りていて他に人影はない。

初めて見る占い師は、小さなテーブルと小さな椅子に、窮屈そうに収まっていて、それだけなら、少し可笑《おか》しくもあるのだが、暑い日なのにフードを深く被った顔には精気がなく、しかもキャンドルの小さな明かりで浮き彫りにされた尖った頬骨が不気味でもあったので、足早に通り抜けようとした。そのとき、

「お代はいらないから、占ってけよ」唐突でぶしつけな言い方だった。

「あ、いえ、……結構です」

「あんたは強運の持ち主だわ。だが、これを知らないと損をすることになるぜ」

腹話術かのように口を動かさないでしゃべる男だった。

「――え、でも、急いでいるものですから」少し関心はあったが、そのまま立ち去ろうとすると、

「これで決まりだな」

「……は?」私は思わず立ち止まってしまった。

「お前は七日以内に消える。それが今決まった」

男はそう言って、少し顔を上げた。細い目が少しだけ開いた気がした。灰色ののっぺりした顔が笑ったように見えた。

「ど、どういう、意味ですか」

手にしていたバッグを握り締め、一歩だけ踏み出す。ついに対峙してしまった。

「ほ、ほっ、思ったとおり、気の強そうな女だな」

男はそう言って、立ち上がった。テーブルががたつき、筮竹《ぜいちく》入れが倒れ、中の筮竹がアーケードの床に散らばった。立ち上がった反動で椅子も三メートルほど後ろに転がった。

(おっ、――大きい!)

私も女としては大きい方で、一七五センチある。しかし目の前に聳え立つ男は、一九〇、いや二メートルはありそうな大男だった。

男は濃灰色のロングフードデッドコートのフードを、おもむろにめくった。

眉まで剃られたつるつるの頭部は異様に尖っていて、梵字《ぼんじ》のタトゥーまで彫られてある。大きく開かれた瞳はカラーコンタクトでもしているのか琥珀《こはく》色をしていた。

(やばい、この男は人を殺したことがある)

根拠はないが、そう確信した。

私は、金縛りに遭いそうな体を奮い立たせ、気が付くと小走りで駆け出していた。声は出なかった。

何が……、思ったとおり……、なのか……?

どこかで、出会っているというのか?

ひょっとしたら、全てがこの男の仕業《しわざ》なのか???

……高山《たかやま》まで。

……深夜のストーカーも。そして、

……自宅に不法侵入を?

ときどき後ろを振り返ったが、男が追いかけて来ることはなかった。

*

私は支度を済ませベッドから出て、思いっきり伸びをした。

部屋の照明を点け、改めて時計を見る。それはミッキーマウスの壁掛時計で、一範からの誕生日プレゼントだ。もらっておいて文句は言えないけれど、私の好みではない。好みでないものを使っているのは、それが私にとって必要だからである。贅沢《ぜいたく》はいえない。

私の部屋――賃貸マンション2DKには五つの壁掛時計とふたつの置き時計がある。置き時計のひとつは居間にあり、もうひとつは寝室のベッドの頭――床頭台にあって、壁掛時計は寝室と居間、便所、脱衣室、玄関先に掛けている。これはどこにいても時刻を確認できるようにするためだ。時は金なりという諺《ことわざ》があるが、金云々よりも時こそが一番大事だと私は考えているからだ。時間を無駄にすることが一番嫌いなのだ。

時計の針は五時を指していた。これから洗面で髪と顔を洗い、化粧をしなければならない。もう一度背伸びをし、ミッキーマウスの下に掲げてあるホワイトボードから、ポストイットを剝《は》ぎ取る。これからやらなければならない具体的な用件を書き出してあるのだ。朝食は摂《と》らない。ダイエットの基本である。このルーティーンもずっと変えていない。

口の悪い一範は「お前は色黒で化粧っけがないから五分もあれば十分だろう」というけれど、これでも化粧には普段から一五分はかけているのだ。特に今日は新幹線に乗って東京まで行かなければならないし、社長の前で発表する以上、ほぼファンデーションだけというつもの化粧では済まされない。今日という日のためにコンシーラーも買ってきたし、ルージュも新色を揃えた。今朝はどんなに急いでも身支度に一時間はかけるつもりだ。剝ぎ取ったポストイットには今日使う化粧品の名前が記されているのだ。

それに色黒と揶揄《やゆ》されるけれど、陽に焼けているだけで、本当は違う。北海道生まれの私は、雪よりも白い肌をしているのである。それが色黒になってしまったのは、日々の仕事に勤《いそ》しんだ結果に過ぎない。毎日、建設工事現場に出ていれば、陽にも焼けるというものだ。

昔の写真はほとんど持っていないけれど、唯一といっていい小学校に上がる前の写真があって、それを一範に見せたところ、目を丸く開いてみせ、まるで別人を見るかのように私と写真を幾度も交互に見比べたあげく、

「この時分のトモがそのまま成長していたなら、俺は恋に落ちていただろうな」と、笑いをこらえるのに必死とばかりに唇を震わせていた。失礼千万。

一範に言われるまでもなく、昔の面影が一切ないという事実は自覚している。白くて細くて可憐だった少女は、少々色黒で、肉付きも良く、一七五センチを超す身長を持つ逞《たくま》しきキャリアウーマンに変貌を遂げたのだ。

こんな私の職業は、大手ゼネコンでも珍しい女性現場監督で、建設工事現場が私の職場となる。毎日作業服を着、ヘルメットを被り、軍手を嵌めた手に図面を持って工事現場を駆けずり回っている。知人からは、男性中心の職場で大変だねと、同情めいた眼差しとともに言われることが多いけれど、そんなことはない。私にとってはむしろ好ましい環境である。大半が男性だからこそ、優しくしてもらえるし、いかつい男の方が逆に女性には優しいものだ。

社内の同年代の女性とは、職種の違いもあってか、すっかり疎遠となってしまっている。

彼女たちのように仕事を結婚までの腰掛と捉え、週末は旅行やショッピングをして過ごすのは楽しいに違いない。でも、それだけで人生を終えるのは寂しいと、私は感じるのだ。一か八かの結婚生活に、具体性のない夢、確信のない幸福を求めているのだろうが、幸福は自身の手でひとつひとつ確実につかむものだと思う。自分以外の人間に、自身の幸福を委ねるなんて、私には考えられない。夫というだけで赤の他人に自分の将来を託すなんて信じられないのだ。ましてやその夫が不甲斐ないからと愚痴る人生は送りたくない。他人に依存し、自分の人生を薄めた自身の責任ではないのか。

工期に追われ危険と背中合わせの仕事ではあるけれど、建物が出来上がったときの喜びは何物にも代え難い。そして何より自分の造った建物が半永久的に残るのだ。これは私だけの感覚かもしれないが、無上の喜びなのである。消えてなくなる仕事でなく、形として残るというのが良い。いずれ忘却の彼方に忘れ去られようとも、見れば思い出す、そんな仕事――大げさに言えば、生きた証《あかし》を残せる仕事、そういった仕事に大いに魅力を抱くのだ。

洗髪を済ませた後、ドライヤーをあてる。温風は使わない。髪を傷めるからだ。風塵《ふうじん》や紫外線に痛めつけられた髪だからといって、何もしないわけではない。これでも、できる範囲の気は遣っている。濡れた髪もショートボブゆえに乾きが早い。五分とかからない。洗面化粧台にありったけの化粧道具、化粧品を広げ、まず乳液から手に取り、鏡に向かう。

最後に今日のために買ってきた新しいルージュを左手に持ち、慎重にラインを引いた。化粧を済ませるまでに五〇分かかった。一〇分の猶予がある。想定通りだ。時刻は六時一五分を指している。

「おい、チュウ、起きろ。いつまで寝てるんだ！」突然、一範の大声が響いた。ミッキー時計の、アラームとして一範が録音した音声が轟《とどろ》いたのだ。いつもの時刻にセットしたままだった。「そんなことだから、ぶくぶくと——」私は慌ててアラームスイッチを切った。その先を聞きたくなかったからだ。鏡を見ると頰までルージュを引いていた。

せっかくの一〇分の猶予を化粧直しで使い切る。

〝チュウ〟というのは私のニックネームで、名は御厨友子という。変わった名前だが本名だ。この〝厨〟は調理場のことを意味し、そこから厨房、略して〝チュウ〟となったのだと、名付け親の一範が訊きもしないのに教えてくれた。それがあっという間に広まって、今では上司である部長や課長をはじめ、ついには取引業者まで〝チュウ〟さんと呼んでくる始末だ。

変わった名前だから、初対面の人に正しく呼んでもらったことなど、まずない。「み……さん」だとか、「おん、……さん」のように肝心なところを口ごもり、誤魔化されるのが常だ。それでも入社当初は、「私の名前は〝みくりや〟と申しまして、〝御《おん》〟の字に厨房の〝厨〟と書きます」と説明するのだけど、一回の説明で分かってくれる人はなかなかいない。多くの人に会う仕事でもあり——、そうすると何度も何度も同じ説明をしなくてはならず、とても面倒なのだ。はっきり言って根負けしてしまった、というのが実情だ。
先日も、月一で通っている病院で、新人の看護師から「おんちゅうともこさん」と呼ばれ、何ひとつとして合っていないな、と思っていても、笑顔を浮かべ、訂正するでもなく、その指示に従ったばかりだ。

もともと一範は初めて会ったときから、私のことを〝お前〟呼ばわりしていた。失礼きわまりない嫌な奴だった。先輩だからと、言い返すこともできず、無表情の抵抗を試みたが、デリカシーの欠如している彼には通用しなかった。そのうち、ある時期になると〝クロさん〟なんて呼んでいた頃もあった。もちろん顔の色を揶揄してのことだ。

それが最近になって〝チュウさん〟に落ち着いてきたのだ。どちらにしても、およそ独身女性に対し失礼なあだ名ではある。入社して三年にもなるが、これまで一度たりともまともに名前を呼んでもらったことなどない。分かっていてあえて呼ばないのだ、奴は。いつかお返しにあだ名をつけてやろうと考えているのだけれど、私にそのセンスはないようで、今もって良いアイディアが浮かんでこないでいる。

化粧品を鏡扉の裏の棚に仕舞い終え、クローゼットから黒のパンツスーツを選び出す。クローゼットの扉に貼ってあった、『グレーのパンツ』と記されたポストイットを剝がして丸め、くずかごに捨てる。予定変更だ。

私は鏡に向かって、スーツのポケット辺りを二度ぽんぽんと叩いた。ハンカチと新幹線のチケットは、左右それぞれに入っている。そして、別のポストイットの『持参リスト』で今一度リュックの中身をチェックし、玄関へ向かう。

出掛けに、私は窓と玄関の戸締り、さらにガスの元栓が閉まっていることを、指差し呼称で二度確認した。何年も続いている習慣だけど、二度繰り返し行ったのには理由がある。それは最近このマンションに不審者が出没するからである。最初に被害に遭ったのは隣宅で、四、五ヵ月ほど前のことになる。もっとも実害はなく、ベランダが荒らされていただけらしい。

それより問題なのは我が家の方で、はっきり分かっているだけでも、二度は不審者に侵入されている。一度目は一ヵ月前。二度目は二週間前のことだ。ただ、隣宅同様、何も盗られたものはなく実害はゼロだった。当然警察の動きは悪い。被害届が出せないと警察は動かないからだ。

侵入の決定的な根拠は、玄関で脱ぎ揃えたはずの履物の向きが違っていたことだ。私は履物を脱ぎ着し易いように、必ず揃える。内履きは踵《かかと》を玄関側、外履きは爪先を玄関側に向けて。二〇年も変わらない習慣なのだ。

そこで自衛の手段として、最初に不審者に侵入された際に、思い切ってドアの鍵も管理人に無断でディンプル錠に換えることにした。職業柄、錠前そのものは容易《たやす》く手に入るし、取換えもドライバー一本あれば子供でもできるほど簡単だからだ。さらに後付タイプの鍵まで取り付けた。いわゆる二重ロックだ。防犯センサーも入居時に取り付けたブザータイプのものから、こじ開けようとすると、音だけでなく明かりも点滅するものにグレードアップさせた。

それでも侵入された。

そして二度目も実害はなかった。

荷物になってかさばる不便を感じながらも、私は貴重品と資料の入った大きめのリュックを、いつものように担ぎ、ドアを閉め、鍵をかけた。面倒だが、最初の侵入事件以来、貴重品は持ち歩くことにしている。

今の作業所での業務が終われば、引越しをするつもりでいる。それまでの辛抱なのだ。コンシェルジェ付きマンションとまではいかなくても、最低でもオートロックのマンションには住みたい、出来れば最上階の。

その前に休暇だ。ストレスと疲労を取り除くことが先決だ。この発表さえ済めば、ゆっくりできるのだ。絶対に有休をとって旅行に行ってやる。行き先は九州――鹿児島が良い。

――そう自身を納得させると、また鍵がかかっていることを、ノブを何度も回して再確認した。

四　【過去】…『鶴扇閣事件の記録』（八月一九日　午前〜正午頃）

車はいつしか海岸沿いを走っていた。道幅はすれ違いをするには停車しなければならないと思えるほど狭く、右手は直下に英虞《あご》湾を望む崖、左手にはごつごつした岩が剝き出しになった山肌が覆い被さるように迫っている。舗装も傷みっぱなしのまま長い間手を加えられておらず、さらに昨日までの雨の影響を受け、ところどころ大きな水たまりができていた。温子はそれらを巧みにかわしながら、ハンドルを捌《さば》いていた。荷台に積んだ発泡スチロールの箱がキュッキュッと音を立てている。

「それに、築六〇年は経っているからな」洋介が合宿先である鶴扇閣の補足説明をする。

「なーんだ。それじゃあ手をかける必要もないってわけですね。学長は使えなくなった旧い建物だから、勝手に使ってもいいよ、ということじゃないですか」と宏は鼻を鳴らし、「僕は、学長って太っ腹だよなって、感心したばかりなんだけどな」両手を頭の後ろで組んで反り返る。

「そんなこと言うものじゃないわ。学長のおかげで私たちのような貧乏クラブでも、こうやって合宿できるんでしょうが」栄子は後ろを振り返り、届けば唇を捻ってやるとばかりに手を伸ばした。

「さらに、家屋っていうのは、だな――」と言いながら、窮屈な座席で相手の迷惑顧みず、自由にふんぞり返る後輩の腕をぐいとつかみ、膝の上に揃えさせ、洋介は続けた。

「人が手を加えなきゃ、あっという間に傷むものなんだ。千堂さんが何年もの間メンテしてくれているおかげで、今でもその雄姿を誇っている。行けば分かるが、保存しなければならないと誰もが思うぐらい個性的で優雅な建物だ。そんなところで合宿できるなんて、幸せ者なんだぞ、俺たちは」

宏は栄子に続いて洋介にもたしなめられた。

「はい、はい、分かりました。――でも、床ワックスはともかく、建具の取り付けですか？　調整ですか？　僕たちなんかにできるんですか。ただの学生ですよ」

「お前には無理でも、俺には朝飯前さ」

「洋介が何のために工務店の長男に生まれてきたと思っているの」

「おい、栄子、あんまりな言い方だな。俺は合宿所の建具修理のためだけに生まれてきたような口ぶりだ」

洋介は拳を突き上げて見せたが、すぐに車の天井につかえた。

「そうよ、そのとおりよ」栄子はさもありなんと、「学長だってそこんところが分かっているから建具修理を演劇部に割り振ったのよ。——あ、ごめん。もうひとつあなたの使命があったわ。私たちのために大道具を造るという」

「このやろう」と今度は宏が被っていたヤンキースのキャップを取り上げ、ひとつ離れた前席の栄子に向かって洋介は投げつけた。

「きゃーっ、やめてえな」栄子はわざと嬌声をあげ、「暴力反対やわ」と温子の影響を受けたのか、にわか関西弁で投げ返した。

「もう、僕の帽子で遊ばないで下さいよ」宏が悲痛な声を上げた。

帽子は最後部の魚の入っている箱まで飛んでいった。


「でも、洋介さ」栄子は身体を一八〇度捻り、背もたれに顎を乗せ微笑む。

「なんだよ、栄子」ちらと目線を上げ、わざとそっぽを向き、「俺は建具の取り付けで忙しいから、床のワックスがけまではやってられないぜ」

「大丈夫よ。ワックスがけは帰り際にしかできないから、全員でやるしかないのよ。残念ね」

洋介が舌打ちするのを無視して、栄子は続ける。

「それより、洋介。宏君に大工仕事を手伝わせておいてよ。あなたが卒業したら、誰かにやってもらわなければならないんだからさ」

「そうね。本当にそうだわ」合わせて祐子が手を叩く。

「祐子さんまでそんなこと言うんですか。僕は劇中の効果音の選定をしなければならないんです、音響担当として。おまけにパンフのデザインを考えたり、ダイレクトメールを二〇〇通も書かなければならないんですよ」

「そうよ、だから新入部員は忙しいのよ」栄子が代わって答える。

「えーっ、言ってる意味が分からないっすよ」宏は鼻を鳴らす。

「今年の新人は吸収力抜群だから、すぐに覚えますよ」

「麻美さんまで、そんな——。人をキッチンペーパーみたく言わないで下さいよ」

「そうだな。今晩徹夜で、お前に大工技術の伝授をしよう。取り付ける木扉も調整する木扉も高さが二メートルもあってひとりじゃ大変なんだ、な、宏。よし、決めた」

洋介は宏の頭を撫でる。

「ええーっ。先輩はマジだからなあ」と肩を落とす。

「当たり前だ。俺はいつだって本気の全力だ」撫でる腕に力がこもり、宏の身体は柳のように揺れた。

「でも、宏君、心配しなくてもいいですよ。鶴扇閣の内装はもう何度も、僕たち学生が改装しているから、少々雑でも誰も文句をいう人はいません。練習にはもってこいです」

「決まりだな。部長の許可も下りた」

宏は「練習ですか?」さらに(何のための?)と小声で続けて、「はーーーっ」と深いため息を吐いた。

「大丈夫よ、金山君。私も手伝うから」

「はーっ、ありがとうございます。麻美様だけです。僕のことを本気で心配してくれるのは」

宏は大げさに合掌して頭を下げてみせた。


海岸沿いの道はリアス式海岸独特の入り組んだ急カーブを抜け、さらに岩肌を破って生えてきたとしか思えない松が、ぽつぽつと点在する場所を過ぎて、やっと止まった。停車したせいか、窓から強い潮の香りが一気に流れ込んできた。

そこはのたうつ蛇のように曲がりくねった線条模様をした赤い岩肌と、その割れ目から派生した松群に囲われていた。松は枝振りこそ小さいが、緑は異様に濃く、葉ぶりも普通の松に比べかなり広い。そんな見たことのない松林の途切れた先に鶴扇閣があった。

鶴扇閣は半島の突端いっぱいに建っていて、白い外壁に緑青の屋根を持つ木造二階建ての洋館だった。

鶴扇閣という名前のいわれは、扇型をした屋根の、ちょうど要にあたる部分が、尖塔のように天に向かってそそり立っていて、それが、今にも飛び立たんと天空を見上げる鶴の首

——扇状の屋根を翼に見立てて——に似ているところからきているらしい。

【「P.6　鶴扇閣　1F平面図」並びに「2F平面図」を参照】


「ところで、ひとり部屋ですよね。当然」

宏は建物正面に立って、館を見上げる。

「女性陣はな。俺たちは大部屋だ、当然」

「え、でも、先週までテニス部が使っていたんでしょう。テニス部ってほら、一五、六人はいるじゃないですか。それなら、部屋数は十分あるはずでしょう?」

「元々は、二階に客室が六部屋ほどあったんだが、いろいろ改装したりして、——まあ、間仕切りをぶち破ったんだな。だから今は客室三つの、大部屋がひとつ、しかない」

洋介は宏の真後ろに立ち、二階の右手を指差してみせる。

「一階にもあるんでしょう?」

宏は扇の要部分にあたる玄関へと繋がる石段を一足飛びに駆け上がった。そして、玄関を中心に左右に拡がるウッドデッキを右に進み、三つある大きめのサッシの、最初の窓ガラスから中を覗き込んだ。

「残念だな、そこは倉庫だ。その隣は物品庫。まあ、どっちも物置だな。一番右端はミーティングルームだが——あっ、あんまり端まで行くな。そこの手すりは壊れているから——」

洋介はウッドデッキを足早に移動する宏に注意を促した。

「おい、気をつけろ。落ちたら助からんぞ」

続けた注意喚起が届く間もなく、デッキ端の手すりに何気に手をかけた宏は、出会い頭のカウンターパンチを喰らったボクサーのように腰から落ち、固いウッドデッキに尻をしたたかに打ちつけた。端部手すりはかろうじて止まっているという強度で、もう少し気付くのが遅れていれば、手すりと共にそのまま海に転落していた。

「痛ーっ、……は、早く言ってくださいよ」宏は腰を押さえ、苦痛に顔をしかめた。

館は半島の絶壁際に建っていて、一〇メートル以上はあろうかと思われる眼下には、南伊勢の荒波が今も削り出すように岩壁にぶつかり、粉々に砕けた海飛沫《うみしぶき》を舞い上げ、白く湧き立っているかのようだった。視線を少し遠くへ延ばせば、そこには小さな岩礁があり、白い灯台がぽつんと建っている。遠景では青と白のコントラストが美しい穏やかで静止画のような風景であるのに、実際に目の前にしてみると、かくも激しいものなのである。

洋介は腹を抱えて大笑いした後、何事もなかったかのように説明を続けた。

「一階の左側の方は、風呂と厨房兼食堂がある。ああ、それからそこの――」と言って、最初に覗いたサッシを指差し、「倉庫と物品庫の間仕切りを通り抜け用に一部壊したので、そこに俺たちが引戸をつけるんだ。二階の小部屋の間仕切りを撤去したときの、余った引戸があるから、それを利用する。復元するより簡単だろ」

「ええ、そうですね」宏は玄関口まで尻を擦りながら戻ってくると、窓ガラス越しに中を覗き、「どっちもみごとなガラクタの山です。そもそも倉庫と物品庫の違いって何なんすか」

「さあな、変わらねえだろ、どっちも。ただ物品庫は元図書室で書棚が残っている分、段ボールの荷物が多いっていうくらいだ。それよりもな、注目すべきは奥のホールさ。ひとつの大きな空間で、昔ダンスホールとして使っていたところだ。フローリング敷きで、俺たちが稽古するのに十分な広さがある。大部屋が嫌ならお前だけそこにひとり寝てもいいぞ」

「い、いえ。洋介先輩とずっと過ごせて、僕は幸せ者です。明日には三人が合流するんですしね。どうせ相部屋なら人数が多い方が、気が紛れます」

宏は死刑宣告を受けて全てを諦めてしまった罪人のように、視線を落として囁いた。

「ねえ、ねえ、黒ちゃんに白ちゃん。男同士の友情を確かめ合うのはあとにして、荷物を降ろすの、手伝ってくれないかしら」

栄子はふたりのやりとりにじれたのか、バスの後部扉のところで手招きしていた。

「おい、人をTシャツの色で識別するな」洋介は大きな声で訴えたが、

「それじゃあ、筋肉魔人と骸骨君でいいかしら」バッグを重そうに抱え、眉間《みけん》にしわを寄せた栄子に、それ以上の抵抗を試みようとはしなかった。

「ねえ、宏君。先にドアの閂《かんぬき》、開けてくれますか。硬くって開かないの」

「はい、まかしてください、麻美様。お安い御用です」

宏はそう言うと、太い鉄筋棒を加工したスライド式の閂に手をかけた。扉自体はすでに解

錠しているのだが、この閂が抜けなければ物理的に開けられないのだ。

「おい、早く開けろよ。いつまで待たせるんだ」

背後にビール箱を抱えた洋介が立っていた。

ふんっ、宏は力を込めて閂をスライドさせようとしたが、なかなか滑ってくれない。

洋介はデッキにビールケースを置いて、「どけよ。男は力ずくで、ふん」との掛け声一発で閂を開けてみせた。

「そもそもこんなごつい閂、要らないでしょ。しかも内部にも同じものが付いてますけど――」宏は貧弱な二の腕を擦りながら、不満を漏らす。

「勝手口も、裏口も、外に通じる全てのドアの内外には同様の閂が付いている。海からの強風によるバタつきでドアが壊れないようにするために必要なんだよ。――たまにしか使わないから、少々錆付いていただけだ。男ならこれぐらい開けられないでどうする」

「普通の人には無理ですよ。洋介先輩だから開けられたんです」

「そんなことはない」と顎をしゃくり、「栄子なら指先だけで開けられるぞ」とにやり。

「こらっ、聞こえてるぞ」ショルダーバッグふたつを両肩に抱えた栄子が洋介の臀部に膝蹴りを入れた。

「それじゃあ、部長。これがお昼の弁当」と温子は大きめのレジ袋を手渡しながら、「夕方にはワックスの材料とモップ、それと冷えたスイカ差し入れに持ってきてあげるわ」首から下げたタオルで顔を拭いた。

「わおっ。から揚げ弁当だ」

孝裕の代わりに手を出した宏は、早速レジ袋の中に顔を突っ込むように覗き、声をあげる。

「ほんとうにいつもすみません」孝裕は頭を下げる。

「ありがとうございます。ご馳走になります」栄子も元気に礼を返した。

「いいって、いいって、気にせんといて。こんぐらいのこと」

温子は照れくさそうにタオルを持った手を振る。

「ああ、それと非常用発電機の軽油も満タンになっているし、予備もポリタンクにふたつあるからね。ま、使うこともあらへんやろけど」

「何から何まで、すみません」

温子は終始笑みを絶やすことなく、そうして立ち去ろうとしたとき、

「あの、夕方来るときでいいんですが、お願いがあるんですけど……」祐子がすまなそうに声をかけた。

「目薬を買って来て欲しいんです。持って来るのを忘れてしまって」と言って財布を取り出す。「ヨシノ製薬のスッキリという薬なんです。もしなかったら携帯へ電話を下さい。他のメーカーのものは身体に合わなくて……」

「あーん、残念やけど、ここは携帯のエリア外なんだね。でも、大丈夫や、任しとき。その薬は有名なメーカーのもんやし、ないことはまずないよ。また夕方から天気も崩れるって、天気予報でゆうてたから、早いとこ――」と陽焼けした腕に似合わないムーミンの腕時計をちらと見、「五時までには届けてあげられるよ」

「僕のコンタクト用目薬もお願いします。メーカーはどこでもいいので」宏も便乗した。

温子は笑顔で「いいよ」と約束して、二歩踏み出してから振り返り、

「あ、そうそう、今朝、村会長から言われたんやけど、隣町の少年刑務所から脱走した子がおるんやて。もし見かけたら連絡くれって。齢《とし》は一八で、背が高くてやたらと手足の長い、ザンバラ髪した男らしいねんけど。ニックネームはオクトパスマンって言うんやて。行き止まりになるこっちの方には逃げて来おへんと思うけど……」

「平気ですよ。うちには人間兵器の洋介魔人がいますから」

「こらっ宏、調子に乗るな」洋介は握りこぶしを宏に向け、「で、何をしでかしたんですか」

「何でも窃盗の常習犯で、足がかりもない建物の外壁を登って、外した換気扇の小さな孔や天窓などから侵入して窃盗を繰り返していたらしい」

「それでタコ男――オクトパスマンか」

「うん」と温子は頷き、「それだけならまだしもなんだけど、窃盗に手を染めたきっかけが、自分の父親を殺して、逃げるための資金稼ぎらしいんだわ」

「ひ、ひっ」宏が引きつった声を上げた。

「止むを得ない事情はあるらしいねんけど、今どきの子は極端やからな。限度を知らんから怖い。気ぃつけるに越したことはない」

「駅の北側にある少年刑務所ですよね。いったいどうやって逃げたんですか」部長という立場からか確認しておきたかったようだ。

「現場検証のために移動している途中で、道の駅のトイレに入って、そこで手錠を外して逃げたらしいんよ。石鹸を塗りたくって手を抜き、幅五〇センチ、高さ二〇センチしかない横長の、しかも天井ギリギリにある高窓から逃げ出したんやって」

「オクトパスなら可能ってわけか」という孝裕に、温子は頷き、

「警官も安心していたんやね。あんなところから逃げ出せるはずがないって」

「若い頃の身体の柔軟性なんて大人になると忘れてしまいますからね。油断したんでしょう、警察は」孝裕は警察に同情的だ。

「うん。でも、きょうびの未成年って、やっていることは大人も顔負けの悪党やわ」

温子の退出に符合するように、先程までじりじりと照りつけていた陽差しが突然翳《かげ》り始めた。

五　【過去】…［タクシー拉致事件］（八月一九日　午前六時三〇分）

エントランスの自動ドアを抜けたところで、足を止め、振り返り見上げる。たったいま出て来たばかりの自宅マンションは、あいにくの薄曇の灰色一色の背景に同化していた。幸先《さいさき》の良い朝というわけにはいかないようだ。

街はすでに活動を開始していて、通りの向こうから牛乳配達であろうか、バイクのエンジン音と共にカタカタという荷台の音。夏休みのラジオ体操へ向かうのだろうか、子供らの歓声も混じって聞こえる。

気は急《せ》いているはずなのに、感傷にふけるもうひとりの自分がいる。だから、すぐ後ろにタクシーが近づいて来ていたことにも気付かなかった。タクシー乗り場まで、重い荷物を背負って歩かねばならないところだったので、迷わず手を上げた。案外今日の出足は好調なのかもしれない。ラッキーカラーである緑のスカーフを身に着けた効果が早速現れたのだ。ほんの一分前に感じた験《げん》の悪さは忽ち霧散した。我ながら都合の良いポジティブな性格だと思う。

タクシーに乗り込み、行き先を告げると、助手席のヘッドレストに「眠気覚ましに、御自由にどうぞ」というポップと共に小さな籐籠《とうかご》が掛けてあった。中はキャンディーだ。そのひとつを手に取り、頬張った。そして脇の座席に置いたリュックから紙束を取り出した。重役連中からされると思われる質問の想定問答集だ。これを、移動時間を利用して反芻《はんすう》するつもりだ。タクシーに乗ったのもそのためだ。

問答集は一範が作ってくれた。いいところもある。デリカシーに欠け、女性の肌や体形のことを平気で口にする彼ではあるけれど、却ってというか、だからこそ付き合っていけるのかもしれない。気兼ねなく何でも言い合える間柄だから楽なのだ。

一範という男は、長身で顔立ちもそこそこイケメンなのに、彼女のひとりもできないでいる。当人は「俺が本気になれば、彼女なんかいつでもできる」と嘯いているけれど、この間お見合いをしたと人伝《ひとづて》に聞いたことがある。しかも相手側から断られたとも。そういえば彼も今年で三七歳になるはずだ。結婚していてもいい年齢だ。

かくいう私も偉そうなことはいえない。三〇路《みそじ》を迎えながら、今もって独身の身である。恋人もいないし、そういう関係に発展しそうなボーイフレンドもいない。欲しいとさえ思わない。強がりでなく、男に良い思い出がないのだ。

カフェインなのか、少し苦みのあるキャンディーは、眠気防止効果こそありそうだったが、万人が美味しいと言えるものではなかった。ただ、私には癖になりそうな味だった。

「今朝はちょっとばかし、冷え込みますね」

大きな青い中濃色のサングラスに、顔の下半分を隠す大きなマスクをした運転手が声をかけてきた。

しかし、私はミラー越しに軽く会釈だけ返すと、それを無視することにした。普段なら適当に返事をするのだが、今朝はそんな気にならない。移動に費やす時間を報告会の発表練習に充てたい気持ちが強すぎたからだ。仮に、ええそうですね、とでも言葉を返せば、次にまた質問され、会話を求められるスパイラルに嵌まってしまう。そんな事態を避けたかったのだ。キャンディーのサービスを受けてしまって気が引けなくもなかったが、気にするほど特別なことではない。それに何故だかなれなれしいしゃべり方が気にくわなかったのも事実だ。

「こんなに早くから出張ですか？　お忙しいんですねえ」その問いかけにも、聞こえないふりをして手元の書類を捲った。無視をすることで、話し掛けるのを諦めて欲しかったのだ。

だが、その後も、「傘はお持ちですか？　雨が降るらしいですよ。かなり激しくね」

「……」無視を続ける。親切のつもりなのだろうが、今朝の私には鷹揚に振舞う余裕がないのだ。それを分かって欲しい。

「いや、東京はもうじき雨になるかもしれないとラジオで言っていたなあ」

「……」どちらでも構わない。天気予報は確認済みだ。本社は京橋で、東京駅北口を降りて、地下街を通れば、ほとんど地上を歩かなくても行ける。それに発生したばかりの台風はまだ沖縄にも到達していない。おまけにこの時期の台風は、逸れる確率の方が高いし、天気が崩れるなら、西にあるここ名古屋が先に降っていておかしくない。

そもそも忙しいと本気で思ってくれているのなら、それなりに気を遣ってほしい。いや、口では忙しいですねと、気遣いの言葉を並べていても、本心では何も感じておらず、気遣いの人であることを演じるためにあえて口にするのだ。ごめんなさいと言いながら、地下鉄の連絡通路を人に荷物をぶつけながら急ぐおばさん。あれと一緒だ。空気を読めない人間は、いつでもどこにでも存在するものだけど、それがよりによってこんなときに当たらなくても、と、ほんの数分前に感じた幸運をまたも悔いることになった。

……でも、待てよ。

この運転手は、私の行き先がなぜ東京だと分かるのだ?

一瞬、不思議に思ったけど、何のことはない。ただのあて推量だ。「名古屋駅西口まで」と行き先を告げたら、普通は新幹線を予測する。同じ西口にはあおなみ線という名古屋臨海高速鉄道線が連絡するが、利用客数は圧倒的に新幹線だ。その新幹線の行き先はいろいろあったとしても、上りの終着駅である東京を予測するのは格別不思議なことでもない。しかも平日の早朝でスーツを着、大きな荷物を持っていれば、高い確率で東京を目指すサラリーウーマンであろう。

それよりも、今は集中することだ。新幹線の一一〇分はモニターに合わせた発表の反芻をしておきたいし、タクシーでの三〇分間は想定問答集の今一度の復習をするつもりなのだ。

「お客さんは、いわゆる、そのぉ、キャリアウーマンというやつですね」

ついに直接、話し掛けてきた。話したくないというのが分からないのだろうか。行き先を告げても返事をしない運転手は論外だが、喋りすぎる運転手も願い下げだ。

「お若くて、お美しくて、仕事もできる――」

お世辞を言っても無駄だ。そういう風に言えば、女は誰でも喜ぶとでも思っているのだろうか。ましてや仕事が何か知りもしないだろう。こうなれば絶対に喋らないぞ。

私は改めて無視を決め込むことにした。そして、わざとせわしなく資料用紙を捲り、徒《いたずら》に音をたてた。

車はいきなり加速した。

背もたれに背中を付けたタイミングで、ちらと視線を上げ、助手席のヘッドレスト裏側に貼られた運転手のプロフィールを見た。納見智之　五九歳。半分以上白髪の交じった短髪に、腫れぼったい目をした写真を確認した。趣味は登山に読書とある。

「何の仕事をなさっているのですか？」チ、チ。

懲りもせず聞いてくる。相手の気持ちを斟酌《しんしゃく》しない人間は、接客を要する仕事を選択するものではない。それとも女だからといって馬鹿にしているのか。とにかく今日だけは勘弁して欲しいと強く願った。

「服飾関係のお仕事ですか？　センスがいい」ッチ、チ。

「……」

「スタイルがいいから、スーツが映《は》える」チッ、チ、チキ。

「……」やれやれついにセクハラ発言だ。大柄で色黒、最近おなか周りを気にしている自分のスタイルが良いといえないことは、何より私自身が一番承知している。お世辞もここまでくると嫌味を越して言葉の暴力だ。

私は聞こえるようにわざと咳払いをすると、荒々しく紙を捲った。

「スーツの着こなしがお上手だ。スカーフとの組み合わせも上品でいらっしゃる」チ、チキ。

「……ッ」スカーフは二重顎を隠すための必須アイテムだ。運転手はじろじろとルームミラー越しに私を覗いているのに違いない。その視線が気になって、私は資料の同じ処を何度も読み返していた。全く頭に入っていかない。

その後も二言三言話しかけてきたが、完全無視を貫いた。

それが功を奏したのか、運転手は諦めたらしく、しばらく沈黙が続いた。

これでやっと集中できる。私はルームミラー越しに目を合わせたくなかったので、ずっと下を、手元の資料に目を落としていた。

と、車はアクセルをふかし、坂を登っていく。

……おや？　変だな。名古屋駅へ行く途中に坂道はなかったはずだが、と思ったが、顔は上げなかった。

続けて急に減速したかと思うと、〝ピンポーン〟という音のあとに、「七五〇円徴収しました」という音声が聞こえた。ＥＴＣ車載器が高速道路料金所を通過したときに流れる音声だ。

このときになって初めて顔を上げ、窓の外を見た。景色はコンクリートの防音壁に囲われた高速道路特有の殺風景な景色だった。後を振り返ると、黒川ＩＣの緑の標識が朝日に輝いていた。自宅のあるマンションから名古屋駅まで行くのに、普通は高速なんか使わない。早朝で、交通量だって少ないなら尚更だ。

「えっ、――ちょっと、どこへ行くんですか。高速道路に乗るなんて言ってないですよ」

それでもまだこのときは、高速代金を払わされても、目的地に早く着くだけましだと思っていた。そうすればこの運転手とも別れられる、と。しかし運転手は、

「心配要りませんよ。高速代金はいただきませんから」チ、チ、チ。

声はこれまでと変わって、低くしゃがれ、感情のこもっていない無機質なものに変わっていた。これがこの男の本当の声なのだ。

「そういう問題ではありません！」強く言った。

「そうですか」チッ。気のない返事。

「駅に行くん、ですよね？」不安がよぎる。声が掠《かす》れる。

「……」今度は運転手の方が答えない。

「行き先は名古屋駅です」改めて確認する。

「……」チ、チ。

やはり無言だ。無視したことへの仕返しのつもりなのか。

「答えてください」

「……」チキ、チキ、チッ。

運転手とルームミラーで目が合った。

「……そうですね、やっと喋ってくれたことですしね……」チ。

男の次の言葉を待つ。嫌な時間だ。脇の下から汗が流れ、伝う。

「……」チ、チッ。

「何が言いたいんですか？」待ちきれず、先に口を開く。

「まあ、時間はたっぷりある」

「えっ……？」私には男が何を言っているのか分からなかった。

「どういう意味ですか？」

時間がたっぷりあるとはどういう意味なのだ。

まったく見当がつかない。悪戯《いたずら》目的の変質者なのだろうか、それとも……。

それとも……？

「……」チ、チ、チ。また、無言だ。答えようとしない。

だが、なんだろう、さっきから変な音が気になって仕方がない。マスクの下で舌打ちでもしているのだろうか。

「……」チ、チ、チッ、ツ。

不安がじわじわと全身を包み、恐怖を呼び起こすのは一瞬だった。

嫌な音の正体が見えたのだ。否、正確には見えたわけでなく、閃《ひらめ》いたのだ。その結果、身体の芯が凍えるほど冷え、経験したことのない小刻みな震えが起き、忽ち全身に伝わった。思わずギュッと両手で体を抱きしめた。心臓の高鳴りだけが、組んだ腕の中で響き渡る。

――音はカッターナイフの音だ。

間違いない。カッターナイフを送り出すときの音なのだ。運転手はさっきからカッターの刃を出したり入れたりしていたのだ。見ると運転手は左手だけでハンドルを操っている。右手はおそらく、腿《もも》の上か股の間なのだろう。そこにカッターナイフを持っているのだ。

……どうなってしまうのか？

……どこへ行くのだろうか？

急に目の奥が熱くなる。

危害を加えられるのではないかという恐怖と、どこへ連れて行かれるのだろうかという不安で、あれこれ思い巡らしているうちに、車は追い越し車線へ車線変更し、さらに加速する。

そして、あっという間に都心環状線を離れ、西へと向かう。

この先には名古屋西ICがあり、さらに東名阪《ひがしめいはん》自動車道へと続く。せめて次の黄金《こがね》ICで降りて、名古屋駅へ引き返せば、ぎりぎり予定の新幹線には間に合う。

「次で、……降ろしてください」涙声で懇願した。

「……」無言で首を振る運転手。

「一体どこへ行く気なんですか！」私はヘッドレストの運転手の名前を改めて確認し、「停めてください。納見さん」と名前を呼んだ。

男は、ふ、ふと含み笑いをしただけで、相変わらず何も応《こた》えようとしない。

私は気を強く持って、身を乗り出すようにしてルームミラーに映る男の顔を見た。

その瞬間、新たな、背筋が凍るような恐怖を覚えた。

私は直ぐに足を踏張り、シートに背中を押し付けた。少しでも距離をとりたかったからだ。

運転手はぐるりと後ろを振り返ると、あえて顔を晒すかのようにマスクをずらし、歯を見せて笑った。上唇は捲れ上がり、マスクでは覆い切れようのない——右耳から頬にかけて、縫合の痕《あと》が見て取れた。しかし、それ自体は驚かされた理由ではあっても、恐怖を覚えるというものではない。不安を越え、恐怖を覚えたのは、冷血な爬虫類のような笑みを浮かべる運転手の、その顔が、ヘッドレストに貼られた納見智之の写真と似ても似つかない若い男だったからである。大きなサングラスの下から、マスクに繋がる赤黒い皮膚のただれは、明らかに火傷の痕で、目深《まぶか》に被った制帽と併せて人相は窺《うかが》い知れないが、写真の人物とは全く違う。帽子からは黒々とした毛髪がはみ出しているし、マスク越しでくぐもった声も、今にして思えば若い。還暦前の男のそれではない。このタクシーの運転手は、納見本人ではない。年齢は三〇代？　どう見積もっても四〇には至っていないはずだ。

この男は……、タクシーの運転手ではない。

誰なのだろうか？　一体何者なのだろうか？

私は手に持っていた資料用紙がしわになるのも忘れて、力いっぱい握り締めていた。

タクシーは黄金ＩＣを通り過ぎ、西へ西へと向かう。早朝の高速道路は行く手を阻むものなど存在せぬかのごとく、アスファルトの黒い帯が一直線に続いている。

「次の名古屋西インターで降りてください。そこで降ります。料金は一万円払います。それでいいでしょう。お願いします」

バッグから財布を取り出す。指先が震え、小銭を足元に落とす。が、男は何も応えない。応える気がないのだ。

車は、追い越し車線を加速する。

「何が目的なんですか？　無視したことに腹を立てているのなら謝ります。ごめんなさい」

「……」チ、チ。

「き、今日は大事な発表があって、頭の中を整理したかったんです。だから……」

「……」チ、チ、チ。

「な、何とか言って下さい。お願いします」思いつめた面持ちで懇願してみた。

「……」チ、チ、チ、……、チキ、チキ、チキ。

それでも男は何も言わなかった。私は震える声で、意を決した。

「つ、……通報しますよ」

私はリュックを弄った。指先の震えが止まらない。あるはずの携帯がなかなかつかめない。

「いいよ。……別に」男が口を開いた。そして、

「やってみれば」と、微かに振り返り、笑った。

マスクで口元は見えなかったが、マスクが吊り上がったのは、明らかに笑ったからなのだ。

私はやっと携帯電話を取り出し、震える指先でプッシュボタンを『1』『1』『0』と押し、通話ボタンを押した。そして、目を運転手の顔の映るルームミラーに固定したまま、電話を耳に当て、待った。

——通じない。

もう一度同じことを繰り返してみたが、やはり通じなかった。

今度は登録してある一範に電話する。しかし、通じなかった。携帯を上げ、顔に近づけるようにしてよく見ると、アンテナが立っていなかった。

私はもう一度、男の顔の左半分が映るルームミラーに目をやった。

——目が合った。

「車体には銅箔を張っている。床も屋根もだ。ガラスには特定の周波数を遮断できる、周波数選定電磁シールドフィルムというものを貼っている。某電話会社の新社屋建設に採用された新世紀の優れものだ。これで携帯電話に使用される周波数の電波は全て遮断されている。あ、そういうのはゼネコンに勤める君の方が専門だったかな。ふっ、ふっ、ふっ」悪意に満ちた笑みからは冷気でも吐き出されているかのようで、私の体を凍らせた。そして、「この改装費だけで五〇〇万円もかかったんだ。とんだ出費だよ。あ、それと窓を割ろうなんて思うなよ。そのフィルムのおかげで割れ難くなってもいるからな。無駄なあがきはしないことだ」

——間違いない。この男は私だと知って、私を目的として、車に乗せたのだ。他の誰かでもいいわけではないのだ。

やがて、目の前に名古屋高速道路と東名阪高速道路を結ぶ料金所が見えてきた。

私はドアレバーに手をかける。

「料金所で降りようなんてしないことだ。知ってのとおりこの車はＥＴＣ仕様だ。減速はしても三〇キロは出ている。それにドアのロックは運転席からしか解除できないようにもしてある。開けようったって開きはしない」男はそう言うと、さらに、

「窓も同じだ。ボタンを押したって開きはしない。配線をいじってあるからな。助けを呼ぼうったって無駄なあがきだ。諦めるんだな。ふっ、ふっ、ふ」

不敵な笑い声が、足元から湧き上がってくるように伝わってきて、私の全身を包んだ。
チ、チ、チ、チッ、チキ、チキ、チキ、チキ、チキ、チキチ。
運転手はもう口では喋ろうとしなかった。

ETC専門の料金所には係員も配置されていなかった。叫んだところで走っている車の窓越しの声に気付いてくれる人はいないだろう。仮に気付いてくれる人がいたところで、車を止められなければ意味がない。

この男の行動は全て計画的だ。感情に任せての衝動的な行為ではなく、十分に計画して今日の行動に踏み切ったに違いない。

昇ったはずの太陽は、いつまで経っても厚い雲から顔を出そうとはしなかった。

六　【過去】…『鶴扇閣事件の記録』（八月一九日　午後～夕刻）

玄関は吹き抜けになっていて、見上げると空に向かって延びる尖塔内部――鶴の首の小屋裏の様子が見てとれる。五角形をした空間が、少しずつその大きさを狭めながら上へ上へと延びている。その空間を木軸が、立体トラス（三角形）を組むように幾重にも連なっているのだ。

その玄関の沓脱《くつぬ》ぎを上がると、磨きこまれた板張りの床が奥へ行くほど狭まる。両翼に位置する部屋が出張ってきているためだ。

さらに進むと隔板壁といわれる塀のような板壁にぶつかり、右廊下、左廊下に二分される。この隔板壁は、一枚が幅一・五メートル、高さ三メートル、厚さ五センチもある取外し式隔板が、何枚も連なってひとつの大きな壁を成す。

そしてこの右廊下、左廊下の向こう側がそれぞれ大ホール、小ホールとなる。

全ての隔板を取り外せば、七〇～八〇人が同時にダンスできる板張り床の超大ホールの出来上がりである。落成当初はそうした使われ方をしていたと聞いている。少人数のパーティーなら今あるように間仕切ればよいのだ。残念ながら取り付け取り外しは、一枚一枚ふたり一組で行わなければできない。一枚が大きく重いからだ。

玄関からホール全般にかけて天井がないので、末広がりに広がる屋根の小屋裏を見ることができ、ひとつの繋がった大空間を楽しめる。かなり圧巻である。このホールを実際より大きく見せ開放的に感じさせている理由のひとつである。ちなみに天井があるのはV字両翼に配置されている小部屋群だけだ。

さらに、岸壁いっぱいに位置する外壁サッシが、構造上これ以上は大きくできないだろうというぐらいの大型で、右から左、床から軒先までガラス張りであるということ。これによってホールの床が、そのまま英虞湾の海原に繋がって見えるのだ。


「どうだ、宏。なかなかいいところだろう」

洋介は自慢の我が家を披露するかのように両手を拡げてみせる。さらに、

「この海と一体となった壮大な景観。見上げれば、屋根裏全ての木軸が幾何学的に、鶴の首に見立てた尖塔へと収斂《しゅうれん》していく様。同じ建築学科のお前なら分かるだろ」と続ける。

「でも、この広い床を合宿最終日には、ワックスがけしなければならないんでしょう。大変だよなあ」

宏はホールの広さに嘆き、足元ばかりが気になる。

「仕方ないさ。合宿に使った全てのクラブが一度はやらなければならない必須条件だ。そんなことより、こっちへ来て外を見てみろ。雄大なパノラマだぞ」

洋介は窓に近づきながら、ガラスの向こうに続く、大海原を指差す。

「いえ、いいです。高いところは苦手なんで、止めておきます」

「心配するな。このサッシガラスは強化ガラスだ。簡単には割れやしない」

「でも、いいです。……それより、大分曇ってきましたね、せっかく快晴だったのに。雨足は早そうですよ」空と同じような曇り顔で返す。

さっきまでの強い陽差しが嘘のように消え去り、濃灰色の雲が急激な速度で水平線を押しつぶさんばかりに垂れ下がりはじめていた。

「ふん、余裕のないやつだな。これを見て、全く感動しないのはお前だけだ」

そう言う洋介は大ホールの中央先端、窓際に立ち、胸を目いっぱい反らし、両腕をこれでもかと拡げてみせる。二〇〇度以上の大パノラマは確かに壮観だった。

「いえ、いえ、素敵です、ここだけは。でも、さっきの二階の大部屋は、何なんですか？元々あった間仕切壁が中途半端に残っているし、その処理もいいかげんです。そこの倉庫だって、何も考えずに壁に穴を開けちゃっただけ、という感じだし――。あれじゃあ、改装じゃなくて、ただぶち壊しただけじゃないですか」

宏は玄関横の一階の倉庫のことを言っているのだ。洋介が建具を修理すると言った部屋だった。

「そのとおりさ。俺たちの大先輩が、宴会の果てに暴れたのが原因らしい。だけどな、そのOBたちの寄付で二年後には、本格的にリフォームされるんだ」

「その話なら毎年のように出ているらしいじゃないですか。でも、一向に実施されたためしがない」

「今度こそ本当だ」洋介は人差し指を立てる。

「いいですよ、別に。……いずれにしても、僕が卒業——恩恵を受けるまでには至らないんでしょう？」と宏。

「いや、大丈夫だ。間に合うさ」洋介は自信たっぷりに胸を張る。

「どうせなら、いっそ全部壊して、新しいのを建てればいいのに」

「そういう話もあったんだけどな。学長には——、やっぱりこの建物に愛着があってな、今のまま残すことに決まったんだ」

そう断言する洋介の正面に回りこんで、「やけに詳しいですね、先輩」

宏はしげしげと洋介の顔を覗き込む。洋介には宏の目が悪戯小僧のように輝いて見えたことだろう。

「まさか、先輩のところ——篠原工務店で、リフォーム工事を請け負う、っていうんじゃないんでしょうね。おまけに、あの間仕切りを酔った勢いで壊したのには、先輩も絡んでいるとか？」

洋介は詰め寄ってくる宏に背を向けるように、くるっと反転し、

「いやあ、断崖に面しているところによくこれを建てたもんだよな。日本の建築技術は侮れないな。いやあ、すごい」

「自分で壊しといて、自分家《じぶんち》でリフォームですか？　すばらしいシステムですね。建築技術もさることながら、篠原工務店次期社長の経営戦略も大成功といったところですか」

「うっるっせえ！」洋介は振り返りざま、思いっきり水平チョップを繰り出す。その動きを予測していた宏は、スウェイでかわす。

「壊したのは俺だけじゃねえ。何年も前から壊れていたんだ」

追いすがる洋介をたくみにかわしながら、「やっぱ、そうなんだ。図星でしょ！　ひぇーっ」叫びながら、宏はホール中を逃げ回った。


劇団員たちは、いったん荷物を二階の大部屋と客室に置いて、各自館内に散っていた。洋介と宏のふたりは大ホールから伊勢湾の大パノラマを望んでいたのだった。

二階は、一階同様、左右二手に分かれていて、左側に客室が三部屋——これが女性陣に割り当てられた個室で、右側には男性陣の大部屋がひとつある。元は同じように三部屋あったのだが、間仕切りを撤去してひとつの大部屋に設《しつら》えたのである。

「おーい、みんな集まって下さい」

ミーティングルームの入口に立った孝裕の声が、ホール全体に響き渡った。女性陣は揃って食堂・厨房から出てきた。水周りの点検でもしていたようだ。

ミーティングルームといっても、用途上の部屋区分ではなく、今回ミーティングに使うので便宜上そう呼んでいるに過ぎない。従って、内部は連なる物品庫、倉庫と同じで、窓のある北半分は円卓と椅子（その昔ホールで使用されていた）が規則正しく二段に積まれてあって、部屋として使えるスペースは思ったほど広くない。おかげで、長テーブルに椅子を五つも並べるといっぱいだった。西壁面には大きなホワイトボードが固定されていて――ここをミーティングルームにしたのもこのホワイトボードがあるからだ――すでに本合宿のスケジュールや、各自のやるべきこと、合同練習メニュー、検討事項などが綺麗な箇条書きで書き込まれていた。

孝裕はひとりだけ上下とも真っ赤なジャージに着替えていて、時折ボードに書き込むその後ろ姿は、テレビドラマに出てきそうな熱血教師を彷彿《ほうふつ》とさせた。部員たちは長テーブルを挟んで横一列に腰をかけている。部費の収支明細報告にはじまり、新しい演目の改善ポイント、そして新部員の募集の件、等々と孝裕の進行でミーティングは進んで行った。祐子だけは一生懸命ノートにメモをとっていて、身長と同じように小さな文字が規則正しく並んでいる。左利き特有の手首をくの字に曲げて書く、その手元を、宏はじっと見つめていた。

「祐子さん。メモはとらなくても大丈夫ですよ。ほら」

宏は肌身離さず持っているポシェットからコンパクトボイスレコーダーを取り出した。

祐子はペンの頭を細い顎に乗せ、「音飛びがしたり、ノイズが入ったり、精度としてはいまいちなんでしょう」

「それはテープの時代の話です。これはデジタルですからね。そんな心配は無用です」

「でも、まだ試作品でしょう?」

「そうですけど、S社製ですからね、大丈夫です」

「それに録音できたとしても、議事として記録に残しておかなければ、みんなが確認できないじゃない」

宏は頭を指さし、「そこはちゃーんとここに入っていますよ」と微笑む。

「じゃあ、宏君。私が今言ったことを復唱できますか。次回公演までにあなたがやる改善点についてですが」

「あっ、……そ、それは、……えーと。すみません、部長」

「ばーか」洋介が拳固を宏の脳天に落とした。

孝裕は同じ話を端的に繰り返した後、最後のテーマに移った。

「それでは、最後に公演後のスケジュールを確認しておきたいと思います」

孝裕は身体を捻り、後ろのホワイトボードを確認してから、

「歌舞伎を見に行くのは、洋介以外は全員行けるんですよね。チケットの手配は?」と祐子の顔を覗き込む。

「もう済んでいますわ……」ペンを止めて答える。

「えっ、先輩、行かないんですか?」宏が訊く。

「へーっ、いつもは憎まれ口ばかり叩いているくせに、洋介がいないと、本当は寂しいんだ」

栄子は頬杖に笑顔を乗せ、宏をからかう。

「ち、違いますよ。せっかくの一泊二日の東京ですからね、自由時間の過ごし方が、先輩がいるといないとでは、違ってくるんですよ。準備するものとか、他に立ち寄るところとか」

「なに、ガキみたいなこと言ってやがる。学生の遠足じゃねえんだ。仮に行ったとしても、プライベートな時間まで、お前と一緒なんてこちらから願い下げだぜ」

と洋介は力を込めた肘打ちをする。

宏は右腕を抱えるようにして擦りながら、「学生は学生でしょうが」とまた余計なことを言って、ダメ出しの肘打ちを喰らった。宏は脇を固め、テーブルに突っ伏した。

「洋介はね、私たちに最高のプレゼントをしてくれるつもりな――」

「お、おいっ、麻美――、それはまだ――」公言するにはまだ早かったようで、洋介は手を上げてその先を制しようとしたが、

「中古車を止めて、新車を寄贈してくれるとか――」

テーブルに突っ伏したままの宏が、首を捻って意味ありげに洋介にウィンクしてみせた。

その宏の耳をつねりながら、洋介は言った。

「最後の公演になる舞台図面を完成させたいんだよ。いま書き上げている『裏切りの報酬』の。十八番《おはこ》は多いほどいいだろ」

「い、痛いって」と耳を押さえて顔を上げた宏は、

「十八番が複数あるのはおかしいなどと、突っ込むつもりはありませんけど、最後の公演って来年でしょう。せっかくの歌舞伎見学じゃないですか。一緒に行きましょうよ。こういうことは全員が揃ってって、いつも言っているのは先輩でしょう」

「宏にそう言われるのは、なんだかこそばいけどな。来春のことだから、もうできていなくては間に合わない――、いや、遅いくらいなんだ。それにその日は就職試験と重なってな。いくら、親父の会社への入社といえ、けじめはつけないと。――いろいろまずいだろ」

「それに一泊二日なんて言った覚えはありませんよ。日帰りです。あなたが泊まるのは勝手ですが、あえて言わせてもらいますと、時間があるようでしたら、体力強化以外にも、踊りと歌のレッスンをしたらどうですか。特にボイストレーニングは必要です。おなかから声が出ていません。まだ腹式呼吸が出来ていないからです。先ほども言いましたが、だから三味線の音に台詞《せりふ》が負けてしまうのですよ。せっかく手に入れたボイスレコーダーを有効活用し

たらどうですか」

「は、はい。ぶ、部長……」今度は完全に突っ伏すしか術《すべ》のない宏であった。

二時間あまりのミーティングが終わり、

「それじゃあ、以上のスケジュールで進めたいと思います。八時からのダンスレッスンには、全員大ホールに集まってください」ホワイトボードを示しながら、最後に孝裕が締めた。

「えっ、おい、夕食抜きかよ」

洋介が裏返った声を出した。ホワイトボードに書かれたスケジュールには夕食時間が明記されていなかったからだ。

「あっ、そうだな」孝裕は本当に忘れていたらしく、「ごめん」と頭を掻いた。

「仕込みに時間がほしいから、そうね、食事開始は七時からにしましょうよ」料理担当の栄子が言う。

「では、ダンスレッスンは九時に変更ということで……」宏が孝裕の顔を窺う。

「分かった。じゃあ、みんなそれでいいかな」孝裕が改めて締めた。

「どんな料理ができるんでしょうね。期待していいんですよね」席を立ちながら、宏が栄子に問う。

「任せなさい。女の私を見せてあげるわ」栄子はサマーセーターの袖をたくし上げた。

「祐子も手伝ってあげれば——」孝裕が口添えすると、

「え、ええ……そうしたいんだけど。ちょっと……新作の脚本のアイディアをまとめてからなら……」何故だか歯切れが悪い。

「いいわよ、祐子。ひとりで大丈夫。家に帰ればお父さんと弟たちも含めた五人分の料理を毎日作ってるんだから。いつもの延長よ。気にしないで」

「あの三つ子の悪ガキたちですか？」

「悪ガキなんて、宏。あなたに言われたくないわね。でも、テーブルセットと後片付けはいつも、その弟たちの仕事だから——。今日は、出来の良い弟に是非手伝っていただきましょうかね」

そう言って栄子は宏に狙いを定めて、指鉄砲を放った。

「えーっ、無理ですよ。僕はパンフを作ったり、ダイレクトメールも書かなければならないんですよ。それに建具の取り付けだって——」

「どうせ麻美にやってもらうんだろう。それに建具は俺ひとりの方が早い」と洋介。

「じゃあ、大道具の修行も免除ということで——」

「ばか、それは別問題だ。調子良いんだよ、お前は」と洋介は拳を握ってみせ、

「夜にやればいいんだよ。厨房の外の、非常用発電機庫の扉が、蝶番《ちょうつがい》が緩んで閉まりにくくなっていたからな。それを直してもらおうか。宿題だ。期限は明日の朝八時まででいい」

固めた拳を思いっきり引く。猪木ばりの弓を引くストレートのポーズだ。

「ひっ、えーーーっ、洋介くーーん」宏の悲鳴を合図に、窓ガラスが濡れ始めた。

雨が降り出したのだ。

＊

天気の崩れは著しく、ミーティング終了から三〇分と経たないうちに大粒の雨が、屋根を、窓ガラスを激しく叩き付けていた。

夕食までの小一時間を、調理担当の栄子以外、各自自由に過ごしていた。

厨房にはステンレス製のシンクに作業台、冷蔵庫などいずれも業務用の大型のものが揃っていて、ここだけは鶴扇閣が学生に開放されるようになってから、専門業者によって改装されたらしく、厨房には床タイルが、食堂側にはビニルシートが、いずれもカラフルな色使いで施されている。

「厨房だけは設備が揃っているみたいで、安心しましたよ」

宏がカウンター越しに魚を捌いている栄子に話しかける。

「そうね、ガスコンロも三台あるし、オーブンも大型ね。それに包丁もよく研がれているわ」

「電子レンジだってあるじゃないですか。これなら最悪でも、レトルト食品があれば何とかなりますよね」

「あら、それじゃあ、料理はひとり分減らそうかしら」

栄子は、腹を割《さ》き内臓を取り出した青魚を水洗いしながら、「あっ、どうしよう。いつもと同じ人数分捌いてしまったわ。まっ、いいか、洋介が二人前食べるし」と重ねる。

「嫌だなあ。そんな意味で言ったんじゃないですよ。あくまで最悪の事態ってことですよ。最善を望み最悪に備えよって、ほら、いうじゃないですか」

「ロシアの格言でしょ、知ってるわ。部長の口癖じゃない」と手を休めず、「私の手料理が食べたいのなら、宏は宏の仕事を片付けたら」

「……」すぐに軽口で返してくると思い込んでいたらしく、宏の僅かな沈黙が栄子の視線をまな板から上げさせた。

「何よ、いやらしいわね。黙っちゃって。さっきまで電子レンジがあってって、喜んでいたくせに」

「だってそうでしょう」宏はカウンターに両肘をつき、両手で顎を支え、「こんなに、傷んでいるなんて思わなかったんですよ。ダンスホールばりの洋館っていうから、もっとこう、なんて言うんですかね、おしゃれで、映画に出てくるような瀟洒《しょうしゃ》な——」

「勝手な思い込みをした、あんたが悪いんでしょ」栄子は手を休めない。

「天井がなくて開放感はあるんですけど、木軸は所々黒ずんでいるじゃないですか。シミかカビですよ。塗装しておしゃれな天井ファンでもつければいいんですよ」

「あなたんちの寄付金で篠原工務店に格安で請け負ってもらうってのは、どう？」

「それに、部屋にはテレビもないんですよ」子供のような愚痴までこぼす。

「ミーティングルームに一台あれば十分」手の甲で額を押さえ、鍋に醤油を入れる。白いヘアバンドで露《あら》わになった富士額にうっすら汗が滲んでいる。

「えっ、ムニエルにしないんですか」と、身を乗り出す。

「家《うち》はいつも煮付け。——それより、浴槽を洗うのがあんたの仕事なんでしょ」

聞き分けのない弟たちに向けるのと同じように、きっと宏を睨む。

「その必要はもうなくなりました」

「どうしてよ」

「すでに祐子さんが先に入ったらしくて」と両掌を裏返して、「濡れ髪に頬を桜色に染め、袴《はかま》みたいなマキシスカートを穿《は》いた祐子さんに、さっき階段ですれ違ったばかりです。上はジャージでしたけど」

「やれやれ、ぐずぐずしているからよ」

栄子はそう言って手に付いた水を切る仕種をしてみせた。

「やれやれって、言葉で実際に言う人も珍しいですね。え、どうかしたんですか？」

「ううん、別に……」

今度は栄子が口をすぼめて、上を見ている。

「嫌だなあ、気になるじゃないですか？　栄子さんらしくないな」

「別にどうってことないの。ただ、祐子って、入浴は必ず就寝前と決まっていたはずだからよ」

「そんなこと、環境が変われば、習慣だって変わりますよ。それに義足を外したところを見られたくないから先に入ったんじゃないですか」

「あの子とはもう三年も付き合ってるのよ。今更恥ずかしがることじゃないわ。あの子に限ってそれはないの。きっちりしていて、決してルーティーンワークを崩そうとしないのよ」

確かに堅実で、融通の利かないところがあると宏も思っていた。

「そう言われれば、そうですね。ところで、玄関にある電話見ました？　黒電話ですよ、今どき。小さい頃、田舎の親戚の家で見て以来です。あんなの、通じるのかな」

宏は栄子の睨みつける視線に目を逸らした。

「ほんと、あんたって、話がころころ変わるわね。女の私でも付いていけないわ」と包丁の背でまな板を叩いてから、「——ちゃんと通じるわよ。さっきお父さんにかけたから」

「そうですか。携帯電話の時代だというのに、ここだけはタイムスリップしたみたいだ。あー、やだ、やだ」

幼子のようにカウンターに上体を預け、どんどんと両手で叩きながら駄々をこねてみせる。

「はい、はい、そうね」

まな板を水洗いしながら、まるで四、五歳児でもあしらうかのように言う。

「栄子さんって、携帯電話、持って——」

「持ってないわ。お金がかかりすぎるからね」

鍋をコンロにかけ、スチロール容器から豚肉のブロックを取り出す。

「僕、買おうと思っているんですよね」

「学業に劇団活動でバイトしている暇なんてないでしょう。どこにそんなお金があるのよ。まさか親のすねかじり」

「ふーっ」宏は口を曲げて首を振る。

「答えになってない。それに、ここもそうだけど、電波が届かないところって、まだあるんでしょ」

「——ったく、お袋と同じことを言うんだから」

「よしてよ。あんたとふたつしか違わないんだからねっ」栄子は包丁を力強く入れ、「三日間ぐらい彼女に会えないからって、女々しいんじゃないの」と肉を切り落とす。

「違いますよ。僕はいいんですよ、僕は。——僕はいいんですけどね。彼女の方が淋しがるんですよ」と宏はニヤついて虚空《こくう》を見上げる。

栄子は「あー、はい、はい」という声とまな板を叩く音を合わせ、「それなら、黒電話を存分に使えばいいかがかしら」

「それじゃあ、プライバシーも何もあったもんじゃないでしょう。洋介先輩の餌食《えじき》になっちゃうじゃないですか。あの人にはデリカシーというものが欠如していますからね」

宏はそう言うと、すぐに手を打ち、「やっぱ、祐子さんに借りるかな。来た道を少し戻れば、電波も届いているかもしれないし——。あ、自転車ありましたよね」

「だめよ。あれは劇団所有の電話なの。私用目的には使えないわ。そういう決まりなの。どうしても彼女に電話したいのなら、洋介が寝静まってからにすることね」

「えーっ、やっぱりだめですか」と不満とも悲嘆とも思える声を漏らしてから、「はーっ、あの人、酒もけんかも、おまけに夜までも強いからなぁ……」

「その代わり自転車は自由に使っていいから、駅前まで戻れば、公衆電話があるんじゃない。体力強化にもなってちょうどいいし」

「栄子さんも洋介くんと同じくらいひどい。ママチャリで行けるわけないじゃないですか。はぁ～っ」

宏はこの日数え切れないほどのため息を漏らした。

「ところで、祐子さんって幼い頃、交通事故に遭って、それで両親を亡くした……って、本当なんですか？」

「——！」栄子の射るような視線を受けて、

「ときどき、もの忘れするのも事故のせいなのかなあって？」宏は忽ち軌道修正を図る。

りに話しかける。

宏はすでにカウンターの中に入ってきていて、忙しく調理を続ける栄子の傍に立ってしきりに話しかける。

「実家は部長と同じ大阪でしたよね」

「……」

「金山宏君」栄子は普段より落とした声で、「手伝う気がないのなら、せめて邪魔しないでくれる。危ないでしょ」包丁をまな板の上に立ててみせる。

「て、手伝いますよ。何なりと言って下さい」宏は両手をあげ、思わず腰を引いた。

「今は、まだいいわ。それより、自分のやるべきことを、やらなくてもいいの」

「大丈夫ですよ。今晩中にはやりますから。追い込み型なんですよね、僕は」

栄子は手を休めず、野菜を刻む。

「あ、そうだ。デザートのスイカでも切っておきましょうか」

「今夜、スイカはなしよ」

「えーっ、この雨で持って来られないとか？」

「そう、祐子の話では途中の道路に土砂が落ちて、通行止めになったんだって、さっき電話があったそうよ。おまけに復旧には丸一日かかるだろうって――」

雨が降り始めてからまだ二時間あまりだったが、数日前から断続的に降っていたせいで、山の斜面が脆《もろ》くなっていたのだろう。

「でも、それじゃあ、明日来る予定の三人は――」

「そうね。無理かもしれない。だからあなたと洋介は二晩一緒よ」

宏は眼を剝いて頭を掻き毟った。

「ところで、部長と祐子さんって、うまくいって――」

栄子の嫌味も宏には大した効果がない。気持ちの切り替えが早いというか、思考が次々に移っていくところが、長所だと宏本人だけが自覚していた。

「あのね」栄子は包丁を持った手を止め、宏に向き直った。

「どうしてそう祐子のことばかり訊くの」

「祐子さんって、ほら、どこかとっつき難くて……。美人なのに、陰があるというか……、あまり知らないじゃないですか、僕」

「こっちこそ知らないわよ、あんたの考えなんか」

そう言って栄子は沸騰した鍋に刻んだ野菜を放り込む。

「代わりに栄子さんのことはよく知っていますよ。おやじさんは地元岡山県警の警部でノンキャリアでは異例の出世頭。おまけに柔道三段の腕前。小学生の三つ子の弟は、悪戯ばっかりして、『永井んとこの三悪』って近所で有名で、この間も教室で消火器をぶちまけて、謝りに行ったたんでしょう。ちょっと用事が出来たってリハーサルを休んだあの日ですよ。大変ですよね、二一歳にして母親代わりもしなくちゃならないんですから」

栄子は黒目勝ちの瞳を大きく開き、宏を睨んだあと、

「洋介から聞いたのね。あの野郎、男のくせにぺらぺらと」手にしていたお玉をぐるぐる回してから、鍋の縁を思い切り叩いた。

「いい、私のことはともかく、祐子の前で子供の頃のことは話題にしないこと。分かった。あの子はそのことでとても苦労したんだから。私が知っているのは、九年ほど前、事故で両親が亡くなって——、あの子自身もハンデ背負っちゃったし——それがショックで当時のことは喋ろうとはしない。こっちからも聞きもしないしね」

「事故って？」

「何でも、車の転落事故って聞いているわ」

「ひょっとして、その車に祐子さんも同乗していたとか」

宏の疑問に栄子は無言で頷いた。そして、「その後、叔父さん夫婦に引き取られたらしいけど、そこでもいろいろ苦労したらしいの」

「頭痛持ちも、そのときの後遺症なのかもしれないですね」と宏。

「知らないわよ、そこまでは——」

「でも、メモ魔のわりに忘れっぽいし。栄子さんと同い年にしては、何だかねえ……。そんな人がこの劇団の経理を担当していて良いんですか」

「いいかげんにしなさいよ。それじゃあ、あんたに代わりができるって言うの？　あの子は

そもそも脚本を書いているのよ。そのうえに文句も言わずに、経理っていう誰もやりたがらないことを引き受けてくれているの」

栄子は完全に料理の手を止め、さらにその両手を腰にあてると面詰した。

宏は口を押さえ、とんでもないと首を振る。

「じゃあ、文句言わないの。一番面倒な仕事をやってくれているんだから。あの子はちょっと天然なところがあるだけ。それにメモをとるっていうのはいいことよ。それだけ物事に真剣に取り組んでいることの証拠よ。あなたも見習ったら。……どうしたの？」

「いけない。おれバケツをとりに来たんだっけ」

宏は二階の廊下で雨漏り対応をしている孝裕に、バケツを持ってくるように言われていたのをすっかり忘れていたのだ。

＊

〝どどーん〟という地鳴りがしたのは、夕食三〇分前のことだった。地鳴りはすぐに収まったが、館内の照明が一斉に消えてしまった。停電だった。

「地震だ」という声とともに、洋介が、厨房に姿を現した。手には金槌と懐中電灯を持っている。倉庫で大工仕事の最中だったようだ。

遅れて宏も現れた。

「栄子、すぐに火を切るんだ」と洋介は的確な指示を出す。

「う、うん」栄子は洋介に言われたとおりに調理中のガスを切った。

「みんなは？」

「ううん」と首を振って、「洋介こそ一緒じゃなかったの」

「俺はひとりで倉庫にいた」

「じゃあ、たぶん、二階じゃないかしら？」

「僕が見てきます」と宏。

洋介はよし、分かったと頷くと、「栄子。心配するな。すぐに非常用発電機を動かしてくる」そう宣言し、厨房から勝手口を抜けようとする。

「待って、傘は――」

「この風雨だ。傘は役に立たない」

外は横殴りの風に乗った大粒の雨が吹き付けていた。その嵐の中を裏手にある機械小屋まで行こうというのである。

「じゃ」とだけ言い残して、洋介は出て行った。

洋介が外に出て行ったのと入れ違いに、孝裕が厨房にやって来た。彼も手に懐中電灯を持っていた。

「他のみんなは？」問う孝裕に対し、洋介はたったいま発電機のエンジンをかけに行ったこと、宏はじめ他のメンバーは二階だと栄子は伝えた。孝裕自身はミーティングルームでひとり脚本の手直しをしていたと告げた。

「あの、地響きみたいなのは、じ、地震なんですかね」暗闇に宏の声が響いた。

「どうした、苦しそうな声をして」

「いえ、食堂に入る際にテーブルの角に腰をぶつけてしまって」

孝裕の懐中電灯の丸い輪は、腰を擦る宏を捉えていた。二階からちょうど戻ってきたタイミングだったのだ。

「ところで、祐子は」と訊く孝裕に、

「二階でパンフを作っています」とさらに顔をしかめて腰を擦る。

「そうか、じゃあちょっと二階に行って来るよ。君たちはここにいて待っていて下さい」と言い残して孝裕は食堂を出て行った。

「あきれたわね。あれぐらいひとりでやりなさいよ」栄子が言う。

「僕はダイレクトメールを書くのにいっぱいで――。それに、ああいうのは、絵心がないとなかなか簡単にはできませんよ」

「いつも、いつも、言い訳してばかりね。はじめから誰かにやってもらうつもりだったんでしょう。いいこと、最後には私にまで手伝わそうったって、そうはいかないからね。最初に断っておく」

暗闇の中で栄子が睨んでいるのが分かった。明滅する灯台の明かりが窓から差し込んできて、吊り上がった眉を照らし出したからだった。

「あっ、麻美さん」宏は戸口に立っている人影を認めて口を開いた。都合の悪い話を逸らすのに渡りに船のタイミングだった。

「部長に会いませんでしたか」

「うん、階段ですれ違ったわ。地震で停電なんですって？」と宏。

心なしか声が震えているのは、暗闇がもたらす不安のためだと宏は思った。

「それで、部長は？」栄子が訊く。

「ええ、ついでに二階を点検してくるって――。窓なんかが割れていないか見てくるって言ってたわ。それに雨漏りも気になるって」

数分して、孝裕が二階の点検を終え、食堂に戻ってきたときには、洋介を除く全員が顔を揃えていた。その直後、館内に電気が戻った。洋介が非常用発電機のエンジンをかけたのだった。

「二階吹き抜け横の廊下の雨漏りが激しくなったぐらいで、窓ガラスが割れているようなところはありませんでした。もう安心です」孝裕は簡潔に報告した。

それからさらに五分が経ったが、洋介は戻る気配をみせなかった。機械小屋は目と鼻の先にあるにもかかわらず、戻ってくるのに時間がかかりすぎていた。心配したメンバーは、孝裕が代表して外に出ていくことになった。

「照明が点いてから、時間がかかりすぎています。何かあったのかもしれない」

雨合羽を着込んだ孝裕が、外へ出ようとした、ちょうどそのとき、ずぶぬれの洋介が勝手口から勢いよく戻ってきた。

ジーンズと黒いTシャツは水を含んでぴたっと身体に張り付き、自慢のロングヘアーからも水が滴り落ちている。土砂降りの雨の中にいたのだから、そういったことは当然としても、目付きが、顔付きが、尋常でなく暗い。

「どうしたんだ、洋介。何かあったのか?」

同期であり、親友だからであろうか、孝裕は洋介と話すときは、いつもの丁寧な言葉づかいでなく、ざっくばらんな男らしい言葉を使う。

「ああ、心配かけてすまない」ずぶぬれの長髪を、手櫛で搔き上げる。

「何があったの」栄子は心配げに洋介の顔を覗き込み、タオルで髪を拭いてあげる。

「さっきの地響きは——」口に入った髪の毛をとり除くように、唇を指先で摘み、「もう、いいよ、栄子」濡れたアロハを脱いだ。そして、続けた。

「あれは、……地震じゃないな。濡れついでだし、気になって、海岸の方に、様子を見に行ってみたんだが……」洋介は何かを言い澱んでいる。

「地すべりがあって、幅、二〇メートル、いや、三〇メートルぐらいに亘って、──海辺の道路がなくなってしまっていた」

一呼吸おいて、洋介の口から告げられた事実は、一同の言葉を失わせるのに充分だった。

「それより、電話はどうです？」

孝裕の言葉に宏が呼応し、玄関へ走る。じっとしていられず、全員が後を追った。

玄関に設置してある黒電話の受話器を持ち、何度もダイヤルを回してかけてみたが、「あ、ダメです。通じません」という宏の言葉を待つまでもなく、その様子で結果は全員に伝わっていた。

「だろうな。残った道路の電柱もなぎ倒されていたからな。携帯は圏外だし、完全に孤立してしまった」

嫌な沈黙が流れた。

しかし、それを断ち切るように、

「幸い、ガスはプロパンだし、水は井戸水です。発電機の燃料も十分にあります。心配は要りません。街中での災害だったら、こうはいかなかったでしょう」

孝裕は、ライフラインは保たれていることを強調した。

「ダイエット食にすれば、食料も一週間はもつわよ」

栄子のウイットに洋介を除くみんなの笑みがこぼれた。

それでも、ずっと浮かない顔をしている洋介に孝裕が「まだ何かあるのか、洋介」と問う。

「ん、見間違いかもしれないが……」

皆は沈黙することで続きを促す。

「道路の様子を見に行ったとき、見えた気がするんだ。ひっくり返っていたし、一瞬で波に呑まれもしたし……。あの雨の中で、遠目でもあったし……」

初めてみせる洋介らしくない歯切れの悪さだ。

「数台の車が海に沈んで行くのが見えた。もしかしたら千堂さんの運転する車も……」

「……」、「……」、「……」、「……」

各人の沈黙の後、

「それは違うわ。道路が不通になって、今日は来られないと電話があったのよ。ねえ、祐子」

栄子の問いかけに、祐子は即座に頷いて返す。

「何時頃のことだい。祐子」孝裕が確かめる。

「五時頃かな」

「二時間も前だろ。ならば、千堂さんの車ではあり得ないよ」

孝裕は断定したが、それでも洋介は考え込むように目を伏せていた。

「ここでいろいろ考えていてもどうしようもありません。僕たちに出来ることは雨があがるのを待つだけです。いざというときまでに体力をつける意味でも、とりあえず夕食をとることにしましょう」

という孝裕の号令の下、調理の最終仕上げを女性陣が行い、男性陣がテーブルセットを行うことになった。誰からも異論は出なかった。

カウンターには出来上がった料理が次々と並び、それを孝裕と宏が小ホールに設けたテーブルに運ぶ。洋介は二階に着替えに戻っていた。

テーブルはやがて料理で埋まり、洋介が着替えから下りてきて全員が揃ったところで夕食が始まった。料理は、宏のいうおしゃれなものではなかったが、和食を中心とした豪華な家庭料理だった。食材の鮮度と栄子の腕前の賜物《たまもの》だった。

食事が進むにつれ、部員たちの空腹は満たされ、不安な気持ちはだんだんと薄れていった。

(雨さえあがれば、宇津たちが助けに来てくれるわ)

(雨が一週間も続くわけがない)

(いざとなれば、自力で山を越すこともできる)

(雨があがるまでここにいればいい。食料も十分にあるし)

(土砂崩れは想定外だが、大した問題ではない。決められたことをやるだけだ)

というそれぞれの思いが、それぞれの心の根底にあったのは言うまでもない。このときまでは。

七　【過去】…［タクシー拉致事件］（八月一九日　午前六時五〇分）

タクシーは鮮やかな緑色をした鉄骨アーチ橋を過ぎた。橋と道路を繋ぐエキスパンションジョイントを通過するときだけ、わずかな振動がサスペンションを通じて伝わってきた。木曽川を越え三重県に入ったのだった。朝早い時間帯で走行する車両は思ったほど多くない。そのためか鈴鹿ナンバーを付けた一台のワンボックスカーと岡山ナンバーのステーションワゴンが、物凄いスピードで追い抜いて行った。路上に落ちていたレジ袋が高速度で旋回し舞い上がっていく。

いったい何をそんなに急いでいるのだろうか？　果たして急ぐ用事があるのだろうか。どこに行くのか知らないが、一〇分か二〇分早く着いたところで、どんなメリットがあるというのだろう。そんなに行き急いで何をしようというのだろうか……。皆が皆、時間の持つ意味を分かっているのならともかく――、くそっ。

東京へ行かなければという強い思いは、後ろへ流れる景色と共に、いつの間にか消え去っていた。

会話が途切れたおかげで、冷静になって考えることが出来た。規則正しいエンジン音と振動が、不安な気持ちを落ち着かせ、黙考するゆとりを与えてくれたからだ。

——この男は誰で、何の目的で、どこに行こうとしているのか？

——タクシーに電波シールドまで施し……。

——本物の納見智之というドライバーはどこで何を……。

——流しのタクシーを拾ったはずだった。

——この男は私が出てくるところを、待ち伏せしていたというのだろうか……。今日は特別に早く起きて、出かけるというのに……。しかも、タクシーを拾うなど、想像できるはずがない。普段は最寄りの駅まで歩いての通勤だ。

——メーターをあげなかったとき、おかしいと感じるべきだった。

——悪戯目的とは思えない。ましてや誘拐なんて……。

——誘拐だとしても、天涯孤独の私には身代金を要求する相手がいない。

——誘拐目的なら、そんなことは調べ上げてから実行に移すはずだ。

考えても結論の出ないことばかりが、頭の中をぐるぐる駆け回る。

私は頭を小刻みに振って、窓の外に目をやる。高速道路の防音壁のコンクリート色だけが躍るように動いている。ずっと見つめていると、そのうち動いているのか止まっているのか、分からなくなってしまいそうだった。

回転遊具の中のハムスター。

……同じだ。……今の私と同じだ。

「エアコンが効きすぎたかな。悪い、今緩めるよ」

男が、……たしか、そう言うのが聞こえてきた。続けて、

「だが、寒いのには慣れているはずだろう。飛騨の冬に比べれば、大したことないじゃないか」チ、チキ。

考えを纏《まと》めようと小刻みに頭を振ったのを、寒さに震えたと勘違いしたようだった。

が、次の瞬間、回転が止まった。

(何故知っている。私が飛騨――高山にいたことを何故知っているのか)

*

今から六ヵ月前の早春、私は雪景色の高山にいた。視界三六〇度を、アルプスをはじめとする山々の稜線に囲われた盆地に降り立つと、身体の芯に鉛でも埋め込まれたかのように重く感じる。特にその日は、薄墨で染めたような曇天で、空からはちらほらと雪が舞っていたから尚更だった。

その日高山を訪れるのは一年ぶりのことで、実は過去に一年半ほど高山に住んでいたことがある。飛騨高山図書館を建てるという仕事の都合による。

私の仕事は建物を造ることなので、ひとつの建物が竣工すれば、次の建物を造る場所に移

動しなければならない。そのたびに引越しを余儀なくされるのは、この仕事の宿命であり、その範囲は日本全国に及ぶ。

高山での約一年半、そのとき知り合った、美容師の友人が結婚することになり、その結婚式に招待されたのだ。数少ない友人のひとりである。

市内のホテルで行われた式に出席したあと、同ホテルに一泊し、翌日一年ぶりの高山を、宮川沿いをゆっくり散策してから帰るつもりだった。そこで、帰りの電車に乗る前に、〔楽《らく》房尋《ぼうじん》〕という、飛驒牛ハンバーグの専門店で遅い昼食をとってから帰ることにしたのだ。このふわとろ煮込みハンバーグが、私の好物だったからだ。

とはいうものの、住んでいた当時でさえ二週間に一回程度の割合でしか通わなかったので常連というにはほど遠い。普段は自炊していたし、好物といっても、ハンバーグはカロリーが高い。こうみえても、ダイエットのことが頭から離れない女子のひとりでもある。

お店はその昔、蔵だったものを改装し、城下町の風情が残る町並みの中に、埋もれるようにして建っている。間口が狭く奥に細長い店は、漆喰《しっくい》塗りの白壁に天然木の間柱とそれに直交する無目《むめ》が設えられ、木目と漆喰の白が優しいコントラストを形成している。店内は入口を入って右に、四人掛けのテーブル席がふたつ並び、奥に行って大きなひとつの円卓があり六つの椅子がくっつくように置かれてある。調理場を仕切るカウンター席にはレジ台分を差し引いてふたりがやっと座れる。つまり合計一六人が入れる計算になるわけだが、満席となった場合にはかなり窮屈な食事作法が求められることになる。
外で食事をするときはいつもひとりだった。何事においても、単独行動の方が気楽なこともあるけれど、唯一の友人である美容師の彼女には当時から、今は夫となった彼氏がいたから、私は誰かと連れ立って〔楽房尋〕に来ることはなかったのである。

その日の店内は店長をはじめ、若い男の子三人で切り盛りしていた。胸に毛筆体で店名入りの白いTシャツに藍色の前掛け——当時のままだ。店員の顔ぶれは、接客係の一番若い男の子以外は変わっていないようだった。
私は仕事以外では人見知りで、自ら積極的に話し掛ける方ではないので、親しくなることもなく、結果、店員の名前も知らないし、店側にしても、常連といえるほど頻繁に通っていたわけではないので、私のことを覚えているはずもない。それに女性がひとりでハンバーグを頬張る姿に、なんとなく気恥ずかしさを感じていたので、行くときは、キャップを目深に被り、デニムにオリーブ色の無地のトレーナーという、およそ女らしくない格好で、顔を覚えられないようにして、訪れていたものだ。結婚式に着たドレスは、すでに宿泊したホテルから宅配便で送り返していて、その日のいでたちも当時と似たようなものだった。

注文を終え、料理を待つ間、持参した文庫本に目を落としていると、

「――さま、お電話が入っています」

右目の下に泣きボクロのある、五分刈りの若い店員が、コードレス電話の受話器を持って店内を窺っている。

「――さま、いらっしゃいませんか」

最初は良く聞いていなかった。本に集中していたことと、日曜日で、しかも旅先の飲食店にかけてくるものなどいないと信じ込んでいたせいもあって、私は反応しなかった。

下の名前の読みが私と同じだったので、誰かを電話で呼び出しているな、とは分かってはいた。ただ、良く覚えていないけれど、フルネームで呼ばれていたらしく……、呼ばれた苗字は違っていたように思う。というより、もし苗字も名前も私を呼んでいたのなら、いくら何でもそのときに気づかないはずがない、と思う。

他の客にも該当者はいなかったようで、五分刈りの接客対応の店員は、その旨を伝えて受話器を置いたはずだ。見ていたわけではないから分からないけれど、多分そうしたと思う。

しかし、その数十秒後、再び、「お客様の中で、御厨さんという方、いらっしゃいますか？　お電話が入っています」二度目ははっきり「みくりや」と呼ばれたのだ。ちゃんと苗字で。

最初の呼び出し電話の主と同一人物であるという確証はない。でも、私にはそれが二度目の呼び出しだと思えた。

店員は受話器の送信口を手で押さえて店内を見回している。もう一方の手は子機本体をしっかり握っている。その仕種は自然で、私が御厨だとは知っていない様子だった。

私はあえて視線を合わさず、テーブルに載せた文庫本に戻した。珍しい苗字だけれど、同姓同名の可能性がないわけではないからだ。

店員がもう一度名前を呼ぶ。

小声で囁いても行き渡るほどの店内だ。声が届かなかったわけではあるまいが、誰も名乗り出るものはいなかった。時刻は一時半を過ぎ、ランチタイムから外れていたので、店の中は、比較的空いていた。私のほかには、大学生らしいカジュアルな格好をしたカップルが一組、ガイドブックを持った観光客風の老夫婦が一組、カウンター席には近所にでも住んでいるのか、サンダル履きの四〇代ぐらいの男がひとりで店の新聞を読んでいる。大きな円卓には私ひとりだけだ。

——電話に出ない方が良い。

そんな私の中のリスクセンサーが瞬間的に働いた。

今日ここへ来ることは誰にも話していない。そもそも、私自身だって、ここへ立ち寄ることを決めたのは、ほんの数分前だ。ちょっと前までは、三軒となりのイタ飯屋、あるいは駅裏の蕎麦屋も候補に上がっていたのだ。ここにしたのは、ほんの気まぐれと言ってもいい。

——なのに、なぜ私がいることが分かったのだろう?

——誰がかけてきたのだろうか？

私の知人なら携帯電話に直接かけてくるはずだ。旅行先の、しかもたまたま立ち寄った飲食店に電話をかけてくるなんて……。

カウンターの客だけが、読んでいた新聞から目を上げ、振り返って、ちらと店内を一瞥《いちべつ》したけれど、すぐに向き直って再び新聞を読み始めた。他の客は話に興じているだけで、店員の呼び出しには無反応だ。

店員が受話器に向かって、「お呼びしましたが、やはり、それらしいお客様は——」と言いかけたとき、

「あ、すみません。……御厨です」

私は意を決して、手をあげた。好奇心に勝てなかったのだ。

立ち上がって受話器を受け取るとき、カウンターの客が、さっさと出ろよと言わんばかりに、ちっと舌打ちするのが聞こえた。

「もし、もし……」最初、私はあえて名乗らなかった。

「……」

「もし、もし……」もう一度繰り返した。

しかし、受話器からは何も返ってこなかった。

私は店員に背を向け、戸口の方を向き、「御厨ですけど……」と、このとき初めて名乗っ

た。

　耳を押し付けるようにして、返事を待った。

「……」それでも応答はない。

　しかし、電話が切れているわけではなかった。無音ではあるが、通電していない機械の無機質な音ではなかった。受話器の向こうに、息を潜《ひそ》めながら――、今にも荒い息遣いでも聞こえてきそうな、そんな嫌な静けさが内耳神経を圧迫した。

　私は気味悪くなって、電話を切り、「誰か間違ったみたい」子機を店員に返した。

　店員は怪訝《けげん》そうに首を傾げたが、受話器を受け取るとすぐに踵を返した。

　私は席に戻って考えてみた。

　今日、高山に来ているのを知っているのは、同僚の一範に、同じスポーツジムに通う京子ぐらいのものだ。他には誰にも喋っていない。職場の仲間には、公休なので特に伝える義務もない。だから誰も知るはずがない。

　京子というのは、最近になって親しくなったばかりで友人というほどではない。昨日の土曜日に結婚式に招かれていることは話したけれど、過去、私が高山に住んでいて〈楽房尋〉という食事処が美味しい、などの話はしたことがない。

　では、一範だろうか。一範なら可能性がある。高山観光に行きたいと言っていたことがあったので、住んでいたことや、美味しいハンバーグ屋のことも話した覚えがある。

そんな一範の悪戯電話なのだろうか？

もともとそういう悪戯好きなところがある。しかし、彼の場合、すぐに「びっくりしたろ」とか「警察です。あなたに性別詐称の罪がかけられています。すぐに出頭願います」などの程度の低いギャグを入れて、手の内を明かすはずだ。現に何度かそういう悪戯を受けたことがある。こういった底意地の悪い悪戯をするような男ではないはず……。それに、一範は、今日は国家試験——技術士とか何とか言っていなかったか。今時分は試験の真っ最中のはずだ。

しばらくして、注文した料理がテーブルに運ばれた。そして、おもむろに箸を手にとったとき、再び店の電話のベルが鳴り響いた。

箸を持った手が止まる。

店員は、受話器に向かって何やら喋ると、今度は私のほうを見つめ、「御厨さん、お電話です」と受話器を差し出しながら近づいてきた。

私は立ち上がり、再び受話器を受け取ると、やはり店員に背を向けるように身体を捻り、耳を押し付けた。

「もし、もし……」

そして、無言で待った。

「…………」

もう一度、「もし、もし、御厨ですが…………」

長い沈黙が続いた後、

「ジッ、ジ、ジィ……、今のうちに、ジ、ジィ……、ゆっくり食事を楽しんでおくといい。ジ、ジ……、ジィー、最後の、ジジィ、イィー晩餐《ばんさん》だ」

電話はそれだけ言って、唐突に切れた。

何か電波障害によって生じた雑音の混じった、低く、地の底から湧き起こってくるような声だった。

低音で、男の声には違いないが……、ボイスチェンジャーか何かで作られた声のようには思えなかった。ましてや一範の声ではない。彼は鼻に抜けるハスキーボイスだ。少なくとも記憶という領域に残っていない声音だった。分かったのはそれだけだった。いや、そう思い込みたかっただけなのかもしれない。

私は店員に声をかけられるまで、しばらく、受話器を持ったまま、立ち尽くしていた。席について考えてみても、誰なのか全く分からなかった。捻り出そうとすればするほど奥へと引っ込んでしまう、そんなもどかしさだけが残った。

――行き詰まり。

思考先を変えてみる。

では、「今のうちに——」とは、どういう意味なのだろうか？　「最後の晩餐」って……。

これから、何か嫌なことが、私の身に及ぶというのか？

——目的は？

何のためにこんなことをするのだろうか？

そして、何より、どうしてここにいることが分かったのか!?


その後、食事を済ませ、店を出たが、料理の味を一切覚えていなかった。そもそも注文した料理に箸をつけたのかさえ思い出せなかった。

歩いて高山駅まで向かう道中に、ひとつの疑問に対する答えだけは浮かんだ。

(そいつは、後を尾行《つ》けていたのだ、きっと。自宅からずっと、電車内、高山市街、宿泊のホテル、宮川へと、ひそかに後を尾行けていたのに違いない)

*

「は、は、は、そんな非効率なことはしない」

突然、タクシー運転手が答えた。

——しまった。思わず声に出していたらしい。どこまで、話したのか？　何を聞かれたのだろうか？

……そんなことはしないって……

……えっ？　でも、それが事実だとすると、どうやって……

このタクシー運転手に扮した男の声と、半年前に高山で受けた電話の声を比較してみようと試みたけれど、無駄だった。半年前の声だけでなく、目の前の、この男の、さっきまでの声が思い出せなかったのだ。何故だ？

チ、チ、チ。

——嫌なことだけ、思い出す。

——嫌なことだから、思い出す、のか。

——思い出すのは、嫌なことだからか……。

チ、チ、チ。

……必要なことは、思い出さないのに——。

——良いことは思い出さないのに……。

チ、チ、チ。

そもそも——、良い思い出などないのか？

チ、チ、チ、チ、チ、チ、チ、チ。

この男は誰だ？

あの妙な占い師が言った、
〝七日以内に消える〟とは、いったいどういうことなのか？

イントルード

「あらっ、いったいどうしたの？　久しぶりね、元気にしてた？」

「どうしたの、そんな顔して、何かあったの？　思いつめた顔しているわよ……」

「――いいから、入りなさい。話したいことがあるんでしょう。私もいっぱい話したいことがあるのよ」

「えっ、ここでいいの。でも、寒いわよ。とにかく上がりなさい」

「あら、そうなの。相変わらず頑固ね」

「いいのよ、謝らなくても。あんたは昔っから、言い出したら聞かなかったからね。分かっているわ」

「ううん、そうじゃないって、どういうこと?」

「えっ、なに、それ?? 本物? そんなもの持って――。ち、ちょっと、こっちに向けないで――」

とある街の一軒家で、ひとり暮らしの老女が殺された。心臓と眉間《みけん》に三八口径の弾丸を一発ずつ撃ち込まれていた。即死だったらしい。発見されたのは自宅の玄関で、新聞配達の少年が僅かに開いていたガラス戸から、血を流して倒れている被害者を見つけて通報した。殺された時刻は夜一一時頃のことで、検死解剖の結果と、昨夜一〇時まで隣町に住むいとこと、居間で談笑していたというアリバイ検証の結果による。また、門から玄関までの雪の上には、新聞配達の少年のものを除けば、一組の足跡しか残されておらず、その夜の訪問者が有力な情報を握っているとして、警察は行方を捜している。降雪が一一時過ぎに止んだというのも、死亡推定時刻が限定できた理由だ。

部屋の中は生活による乱れだけで、金品にも手をつけられておらず、荒らされた形跡はなかった。玄関先でいきなり発砲し、そのまま立ち去った可能性が高い。殺人に銃を用いたことといい、機械的に目的だけを果たすと、そのまま立ち去ったことなどから、明らかに殺しが目的で訪問したことは疑いを挟む余地はなかった。

老女は半年ほど前に連れ合いを癌《がん》で亡くしたばかりで、殺されるような、あるいは人から恨まれるような人ではないと老女を知る人は口を揃えた。三〇年以上、専業主婦しか経験のない老女が拳銃で殺される理由など、その後の捜査でも判明しなかった。

事件翌日の、地元の新聞では大きく取り上げられたが、三日もすると、その記憶は、すぐに忘れ去られていった。

八　【過去】……『鶴扇閣事件の記録』（八月一九日　夕食後〜夜）

「さあ、コーヒーが入ったわよ」

薄いニットのセーターに合わせた、やはり同じ薄手の伸縮性のあるパンツを穿いた栄子が、ハリウッド女優のごとく腰を振りながら、厨房から出てきた。掲げたトレーにはコーヒーカップや、それに代わる怪しい器が載っている。小ホールの窓際で夜景でも見ながら食後のコーヒーを、という宏の発案によるものだったが、叩きつけるような大雨で夜景は全く期待できなかった。

トレーを丸いテーブルの真ん中に置き、器を放射状にばら撒くように、栄子は配した。

「俺のは——、湯飲みかよ」洋介がぼやく。

「先輩のはまだいいですよ。僕のなんか味噌汁のお椀ですよ」と言って宏は黒褐色の椀を親指と中指で摘みあげた。

「仕方ないでしょ。まともなコーヒーカップは三セットしかなかったのよ」

「でもこれでは、中身が何なのか、よく分からないっすよ。なんか、澄まし汁でも飲んでいるみたいで」

「中身は同じ。飲めば一緒でしょ。それともお茶碗の方が良かったかしら」

栄子は小指を立ててコーヒーカップを摘み、鼻先で香りを嗅ぐ。

「せめて、まだ湯飲みの方が良かったんですけど」と宏は洋介の湯飲みを見る。

「だったら、入れ替えてくれれば、ご自分で。言っとくけど、その前に洗わなければならないわよ。後片付けが済んでないからね」

片腕を組んでコーヒーを啜《すす》る栄子に、宏はそれ以上何も言えなかった。

「それよりも、この純然たる和の器を、俺と宏の前に置くお前の根性が逞しいよ」

「それはお褒めの言葉かしら。――レディー・ファーストでしたっけ、女性がコーヒーカップを優先するのは当然の行為じゃなくて」

洋介も栄子にはそれ以上逆らわず、ズルズルとわざと音を立ててコーヒーを啜った。

「でもこうやって、嵐の夜、風情のある洋館で過ごすのなんて、何かミステリの舞台みたいですよね。この間、読んだ本――」と、宏のいつもの急な話題転換。

「やれやれ、またお前のミステリ漫画症候群が始まった。金田一少年はひとりいれば十分だぜ」

「えっ、意外だな。ミステリが嫌いなんですか。『天空の塔殺人事件』は立派な舞台ミステリでしょ」

「別に嫌いじゃないさ。ただ、宏の好きなミステリはバカミスが多いからさ」

洋介は火を点け、咥《くわ》えたばかりの、長いタバコを灰皿に押し付ける。

「それは完全な誤解です。バカミスも好きですけど、美しいロジックに裏付けられた知的ミステリも好きですよ。今読んでいるのは小説の方で、ガチのゴシック本格です」

「なんだ、そのゴシック本格って」

「うーん、誰かの造語ですけど。まあ、舞台装置が荘厳で格式があるというか、ここのような風情のある館も、ギリ、範疇《はんちゅう》かな」

「何が風情よ。安普請で廃墟寸前だって言ったのあんたでしょう」

栄子はカップを持った手の人差し指で宏を指す。

「何をおっしゃいます。かなり傷んではいますけど、この鶴扇閣はなかなか個性的でおしゃれな建物ですよ」宏は平然とすましている。

「いいかげんね。着いたばかりのときは、けなしてばかりいたくせに。――まあ、どっちでもいいんだけど、あまり変な話はしないでね。ただでさえ、道路が遮断されて孤立している状態なんだから」

「そうですよ。そこがまたいいんじゃないですか。外界から遮断された山荘。集められた、見知らぬ男女たち。そこで何かが起こる。これこそ推理小説の王道ですよ」

宏は嬉しそうに話す。

「見知らぬ男女じゃないでしょ。それに山荘でもないし」

「やっぱり！」

「何がやっぱりよ？」栄子は目を丸め、唇を突き出す。

「栄子さんはこの手の話が怖いんだ。意外な弱点を見つけてしまったなあ」

宏の目が悪戯っぽく輝く。

「ばか。この手がどんな話か知りませんけど、どうせあんたが話すミステリは、やたら死体がばらばらになる話ばかりでしょう。ねえ、部長、何とか言ってやってください」

栄子は孝裕に助けを求めた。

「まあ、嫌がっている人もいますから、適度に――」

孝裕はカップを少しだけ傾げて微笑んでみせた。まんざらでもない様子だ。

「はい、部長の許可も下りたことですし」と、宏はいつも言われていることを逆手に取った。

「許可なんか下りてないって。そうでしょ、部長。ねえ、祐子だって聞きたくないわよね」

栄子は孝裕の背中を叩いてから、反対隣の祐子に同意を求める。

「そうね、できれば聞きたくないですね」涼しい顔をしていたが、きっぱりと言い切った。

「えーっ、そんなぁ」とのけ反った宏だったが、すぐに、「でもね、このあいだ読んだ本は正統派で――」と言葉を続けた。

切り替えが早く、なにより人の話を聞かない宏には、今までのやり取りは全く意味をなさなかった。

「いったい、いつも何を読んでるんだ」

洋介は空になった湯飲み茶碗を置くと、立ち上がった。

「えーっ。どこへ行くんですか？」

「仕事だよ。今晩中に扉を付け直してくる」

「せっかくこれからなのに」

「じゃあ、お前が建具を取り付けられるのか？」

宏は首を激しく振る。

「だから、さっさとやってしまうのさ。明日は稽古に専念しなきゃならないからな」

そう言うが早いか、大股で隔板壁を回り込み、大ホールを横切って、倉庫へ向かったのだった。

「もしかしたら、洋介くんも苦手なのかなあ」そんな宏の呟《つぶや》きを遮《さえぎ》り、

「それで、どんな話なんですか？」孝裕が誘い水を入れた。

「なによ、孝裕。結局あなたも、本当は聞きたいのね」

祐子は空になったコーヒーカップをトリガーに見立てて孝裕を撃った。

宏は居住まいを正し、声を落とす。

「実はですね、密室トリックに嵌まっていまして」

「鍵のかかった部屋から抜け出すっていうやつだね」

「そうです麻美さん。いやあ、意外な理解者がいて嬉しいなあ」宏は大いに照れつつ、頭を掻きながら、「密室――狭義な意味での密室というものは、本来扉が存在しなければ密室とは呼べないと僕は思うんです」

一同はわけが分からなくて、ぽかんと口を開けていた。宏はこの、人を煙に巻いて注目を集める瞬間が好きでたまらなかった。

「衆人環視の中での消失というような広義の密室を含まず、字義どおり、本当の密室に限ったことで言えば、ということですけどね」

「ふん、回りくどくて、ますますわけが分からないんですけど」

栄子は鼻を鳴らしたが、興味を魅かれたらしく、カップを持った手が止まっていた。

「推理小説において、密室トリックだけを取り上げて考えてみた場合、それは、それは、たくさんのトリックがあるわけですが、それを部屋の大きさ別で整理してトリックを分類してみるんです。広い部屋ならどこかに隠れていたりとか、重要な装置を隠すこともできます。秘密の通路なんていうのはその最たるものでしょう。そうして部屋をどんどん狭くしていって、密室を突き詰めていきます。広い部屋から狭い部屋へ移れば移るほど適用可能なトリックというのは限られてくるんです。そして最小の部屋ならどうだろうと、考えてみる。つまり、最小の部屋で使えるトリックこそ、制約の多い中でのトリックこそ、最大の密室トリックということになりませんか」

ここで宏はいったん言葉を切って、一同を見渡す。全員が注目していて、思わず顔がニヤつく。

「それならいっそ、被害者ひとりしか入れないような最小の密室にしてみたら、どうでしょうか。想像してみてください。何も隠すことができない極小の密室です。そうした場合、出入り口にしかトリックを仕掛けることができなくなる。でも、残念ながら、扉に細工するその手のトリックはもう出尽くしているうえに、トリックを仕掛けた場所が、限定されるが故に見破られやすくもある」

「……んー。そんなに出入り口にこだわることもないように思いますが……」

孝裕が唸る。

「そうです、そのとおりなんですが、でも、部屋というくらいだから入口はありますよね。しかしそれが、人ひとりがやっと入れるぐらいの狭い部屋の場合、それはもはや密室と言えるでしょうか？　被害者を入れる単なる器ではないでしょうか。密室の醍醐味である、どうやって被害者が死んだのか、犯人はどうやって抜け出したのか、という謎が提示できなくなるんですよ。そういう空間は、密室と呼んではいけないのです」

宏はひとり興奮している。

「なんだか、良く分からないわね。で、何が言いたいの」

栄子は不満げに音を立ててカップを置いた。

「言っていることが矛盾しているわ」と祐子も質す。

「そうです、そのとおりです。二律背反です。最小の密室にすればトリックは研ぎ澄まされてくるんですけれど、逆に魅力的な謎が提示できなくなるという矛盾を孕《はら》んでいるんです」

宏は、我が意を得たりと、立てた人差し指を回す。

「うーん、そうなのでしょうか」孝裕は腕組みをしたまま唸り、「狭い密室を突き詰めていけば……、部屋ではありませんけど、たとえば、棺おけが最小の密室ということになるよね。制約はあるかもしれませんが、謎は提示できるのではないかなあ」とさらに唸る。

「ないとは言い切れないかもしれません。でもそれは誰か他の人間の手で蓋《ふた》をされるということですから、厳正な意味での密室ではありません」

「だけど、そこから忽然《こつぜん》と姿を消してしまうとか、他殺にしか見えない死体が発見されれば面白いミステリになると思いますよ」

「いえ、それではミステリでなく、マジックです」宏は断じる。

「じゃあ、ミステリとマジックの違いって何よ」

栄子が少し苛《いら》ついて問う。カップの中はとっくに空で、手の平でカップを包むように持っている。

「それはですね。そこにロジックがあるか否かです」

「うーん、よく分からないわ」と祐子はジャージの片袖をめくって頬杖をつく。

「密室に入る者は、自分の意思、あるいは自然な行為でなければならない。他人——犯人に押し込められたとかそういうのじゃダメなんです」

「自然な行為って何よ?」栄子の声は少し怒っていた。

「被害者が生きているか、死んでいるかは別にして、密室にいる、あるいはいないという事実——犯人側からすればそういった行為が、万人の納得のいく理由で存在することが一番重要なんです。そこがマジックでは味わえないミステリの醍醐味です」

「私はマジックの方が分かりやすくて好きだけど」と栄子。

「うーん、マジックも素敵だけど、種明かしをしてくれないから、不満は残りますね」

「さすが麻美さん!　分かってらっしゃる」

宏はそう叫んで飛び上がって喜んだので、孝裕と祐子は顔を見合わせて噴《ふ》き出した。お笑い芸人顔負けのリアクションだったのだ。

「マジックは騙《だま》して驚かせるのが目的。ミステリは驚かせて納得させるのが目的なんです」と、これを最後に、話を締めればよかったものを、宏はさらに続けた。

「棺おけよりもっと小さい空間を用意すれば、どうでしょうか?」

「それは、マジックにしかならないのでしょう」と祐子。

「さっき、そう言ったじゃないっ」栄子はそう言って顎を引く。

「それがそうでもないんですよ。密室とは言えませんけど、謎は提示でき、論理的に解決もできるんです。この間読んだ推理小説がそうだったんですけど」と鼻を啜り、「棺おけより小さい空間である以上は、死体をばらばらにしなければなりません。それも縦に細長く一三パーツに解体するんです。内臓の処分方法に問題があるんですが、それぞれにナンバーをふって――」

「止めなさい！」栄子は立ち上がると、手に持ったカップで宏の頭を叩いた。

宏は頭を押さえて、うずくまった。しばらく声が出せないでいた。

＊

「ところで宏君」

「はい、なんですか？」

カウンターに並べられた、濡れた食器を布巾で拭きながら、厨房シンクの前に立つ祐子に向かって訊いた。

「公演のポスターだけど、私の名前の文字、今度は間違えないでね」

「えっ、あ、そうか、そうでした、そうでした。すみません。ついうっかり――。変えたんでしたよね、名前。読みが同じだから、つい――」

小ホールのテーブルは片付けられ、栄子と祐子は厨房で洗いものをし、宏はその食器を仕舞う役目だ。

宏は祐子が名前の文字（漢字）を変えたのを忘れていて、先月京都で行われた公演のポスターを旧い前の名前で発注したからだった。劇団にとって、演者はもちろんだが、脚本家の名前もまた重要なのだ。

「前のままだとね、総格が二七画で運格が良くないのよ。たった一文字変えるだけで三二画になって運格がアップするの」

「そうかくぅ……？」

「苗字と名前の文字画の、全部合わせた合計のことよ」

「あ、ああ。それのことですか。――で、どういう風に変わったんですか」

「僥倖《ぎょうこう》運が二重丸で、僥倖多望上位の引き立てあり成功近し。さらに財運多し。簡単に言うとピンチをチャンスに変えることができ、成功者になって、お金持ちになる」

「へーえ、そうなんだ。前のままだと？」

「才能に恵まれしも、病弱不和障害の暗示あり。やることなすことすべて裏目に出てしまうの」祐子は洗いものを続けながら答える。

「うーん、なるほど。それなら変えたくなりますよね。でも、市役所は簡単に受け付けてくれたのですか？　どうやって説得したんです？」

宏は完全に手を休め、カウンターに身を乗り出している。

「字画が悪いからって言えば、認めてくれるわ。読みは同じだし、苗字を変えるわけではないしね。私も今度のことで知ったんだけど、意外に簡単に認めてくれたわ。こんなことならもっと早く手続きすればよかった」

「そういうものなんだ。へーぇ」

「でも、苗字を変えたりとか、ぜんぜん読みの違う名前にしようと思ったら、なかなか認めてくれないみたいね」

「それはそうでしょうね。そんなことしたら、みんな安室奈美恵になっちゃう」

「それはアイドル好きの、あんたの趣味でしょ。ほんっとうに、ばかね！」

栄子は洗い終わった調理器具入りの籠を、どんとカウンターの上に置き、

「あんたも祐子に姓名判断してもらって、改名でもしたら。少しは頭が良くなるかもよ」

「そうね、宏君なら……」祐子はエプロンで手を拭き、いつも肌身離さず持っている手帳とペンを取り出す。

「い、いいえ、いいです。もし変だったら、気になってしょうがないですから」

栄子は「そんなこと言わずにさあ。〝金〟は八画でえー、〝山〟はー、三画でえー」と書き込まれていく祐子の手帳を覗き込みながら、「やばいね、これ」といたずらっぽく笑う。

「……うん、宏君は名前だけじゃ無理かも……。苗字まで変えないと……」祐子もジャージの両袖をめくり、大きな動作で腕を組んで見せ、眉根を寄せる。

「は、は、こうなりゃ養子に行くっきゃないね」と楽しそうに笑う栄子。

「んー、どうしようか、宏君。言おうか」ペンを咥えて、真剣な眼差しで考え込む祐子。

「や、止めてくださいよ。いいですよ、そういうの」宏は両手で両耳を押さえる。

「ほら自分だって、気になるんでしょう。人の嫌なことをやるっていうのは楽しいね。宏君」

「すいません、栄子さん。もう怖い話はしませんから」

宏は大げさに両手を合わせて謝った。

「さ、分かったんなら、早く手を動かしなさいよ。終わんないでしょ」

栄子は、ぽん、ぽんと柏手を二度打った。

「はい、はい、分かりました。でも、女性って、そういうのって気にする人多いですよね。星占いに始まり、風水とかも」宏は忙しく布巾を動かし始めた。

「当たり前よ、女の子の場合は、結婚すると名前が変わっちゃうし——」

「栄子先輩の場合は、変わらないような気がするんですが」

「なに、どういう意味よ、それ。後輩のくせに生意気言って。このサークルの絶対的ルール、忘れたわけじゃないでしょうね」

「はい、後輩は先輩の言うことに絶対服従。朝、顔を合わせたら、たとえ一〇〇メートル離れていても、大きく首を垂れる」

「それから」

「先輩は必ずさん付けで呼ぶ」

「それから」

「ちょっと待ってくださいよ。どれも破っていないでしょ。僕が言いたかったのは、栄子先輩のように自立した女性は、結婚しても姓は変えないと。養子を貰ったりとか、夫婦別姓のままだったりとか、そういう精神性の高い人だってことを言いたかっただけですよ」

「この子は、ほんとに調子いいんだから。口先だけで生きていくつもり。いい、こうみえても私たち乙女はねえ、愛した人なら、その人の名前に従属しても構わないと思うものなのよ。ねえ、祐子」

「げーっ。説得力ねえっ」

「こら、宏」栄子がこぶしを振り上げて、逃げる宏を追い掛け回す。

「そんなんだから、彼氏が出来ないんですよ」

宏は思わず食堂を飛び出した。

＊

「栄子、はあ、先輩――。はあ、はあ、はあ」肩で息をする宏。

「もう、もう止めましょうよ。はあ、はあ」パーカーのフードを栄子につかまれながら、

「あ、麻美先輩の……。はあ」逃げ回り、疲れ果てた宏は、「に、日舞が始まりましたから

――」息も切れ切れに、「も、もう、……放してくださいよ」と懇願した。

大ホールの中央の窓辺近くで、日課の日舞がすでに始まっていた。ジャージ姿ではあったが、その足運びは水面を滑るように軽やかで、指先は露を湛《たた》えた夏草のようにたおやかに、虚空を捉える目許は涼しげであると同時に神秘を内包されてもいる。練習の果ての、技術の賜物だろうが、天賦の才がなければ、到達できない領域に踏み込んでいるのも確かだ。そうでなければ、一目で魅了できるはずがない――宏は確信的に呟いた。

「いつ見ても、すごいですよね。これでちゃんと衣装を着込んだら、老若男女みんな麻美先輩のとりこになっちゃいますよ。勿体《もったい》ないなあ。この演舞を一切劇に生かそうとしないんだから」

「家の伝統を引き継ぐためにやってきただけで、あの人にとっては小さい頃からの習慣なのよ。私たちがやるストレッチと一緒よ」

「でも、現代劇にだって生かすことができるんじゃないのかな。脚本次第では」

「仕方ないでしょ。言わない約束よ、それは。家族間でごたごたがあって、日舞はやらないって宣言したんだから」

「勘当されたんだって聞いてますけど、本当ですか」

栄子は無言で頷いて、「経緯《いきさつ》は話してくれないけどね」

「……うーん、でも、本当に勿体ないよな。堀川流の名取なんですよね。せっかく芸能の世界でやっていけるところだったのに。俺だったら、こんな大学のサークルなんかほっぽって、芸能界の誘いに乗っちゃうんだけど」

いま宏は小ホールの隔板壁を出たすぐのところの、大ホールに体育座りをして、日舞を見つめていた。その背後で、栄子はまだフードから手を離していなかった。いつものことながら、見とれてしまったのだ。

「身長は僕とあまり変わらないんですけど、踊りになるとすごくでかく感じるんですよね」

「踊りだけじゃないわ。演劇でもそうよ。――ところで宏君はいくつなの」

「一七三センチです」

栄子は「あら、そうは見えないわね。ふぅーん、祐子と同じぐらいだと思っていた」

祐子はメンバー一の小柄で一六〇センチもない。完全に宏を馬鹿にしている。だから、

「栄子先輩は舞台でも私生活でも二メートル超えですか」

「何だとっ」栄子は宏をチョークスリーパーに決めた。

「ぐえっ」宏は舌を出してタップした。

栄子は絡めた腕を解《ほど》きながら、「とにかくあんたと一緒にしないの。ちゃんと考えがあるんだから」

「……ど、どんな？」宏は喉を押さえながら訊く。

「詳しくは知らないわよ」

「なんだ、いいかげんだな、栄子さんも」

「うるさいわね。麻美のことだから、きっと、という意味で言ったのよ。だけど、たしかまだ名取まではいっていなかったはずよ」

「日舞だけでビッグになるのは難しいんだろうけど、それをきっかけにタレントとしてやっていけるでしょう。あれだけの容姿があれば。それに色さえ白ければ化粧なしでも、十分綺麗だ」

宏は顎を膝に乗せうっとりしたように見つめる。

「あら、あなた、黒ギャル系が好みじゃなかったっけ」

「よしてくださいよ。そんな浮《うわ》ついた男に見えます？　僕は正統派です。安室ちゃん一筋です」

「それはそれでどうかと思うけど……」と目線を日舞から外すことなく、

「でもあんたの言うとおり、勿体ないわね。化粧品メーカーのコマーシャルの話もあったのに」

「えっ、本当ですか！」と宏は首を捻り、栄子を見上げ、「ほんと勿体ない」と指を鳴らして、自分のことのように悔しがってみせる。さらに続けて、

「デビューのきっかけって、たしか創作舞踏の公演で、モデルばっかり所属している芸能プロからスカウトされたんでしたよね。そして、ファッション雑誌のモデルで火がついて、さ

あ、これからっていうときに、芸能界を辞めちまうんだからなあ。相談してくれれば良かったのに」

「誰が何をあんたに相談すんのよ、バッカじゃない。麻美には麻美なりの考えがあるのよ。日舞の仕事ならまだしも、何の下地もない自分が生きていけるほど芸能界は甘くないって言っていたわ」

「そんなことないですよ。芸能人なんて、容姿さえよければ、何とかなるんでしょう」

「どんな世界でも、極めるには大変な努力がいるのよ。あんたとは考え方からして違うのね。堅実なの。それに大学を卒業してからでも、十分間に合うわよ。そのために今はしっかり下地を作っているのよ」

「かっこいい。男前だね、栄子先輩」

「うるさいっ」栄子は宏の顔が隠れるまで、フードを思いっきり被せた。

九　【過去】…［タクシー拉致事件］（八月一九日　午前七時一〇分）

タクシーは桑名を過ぎた。追い越し車線を時速一二〇キロ近い速度を維持しながら走っている。

半眼で耳を澄ましていると、サスペンションは快適で、張り付くようなタイヤのゴムの音と併せ、耳障りなようでいてなんとなく心地良い。不安で押しつぶされそうなのに、なぜか蕩《とろ》けるような、不思議な感覚だった。桑名で降りて近鉄に乗り、名古屋で新幹線に乗り換えれば、少し遅刻するだけで間に合うかもしれない……。そんな無意味なことを考える。この男が解放してくれるわけがないと分かっていながら。

暫くして窓の外に目をやると、いつの間にか交通量が増えていて、左の走行車線は乗用車の列ができ、追い越し車線では、前方をコンテナ型の一〇トントラック、後方からは、ワンボックスカーに詰められ、車内は重苦しい雰囲気になっていった。

再び会話が途切れたおかげで冷静になれたとはいえ、却って不気味でもあった。この男の素性や拉致した目的を知る情報も得られなくなるからだ。私が飛騨に住んでいたことはその気になれば簡単に分かることだ。だけど、交友関係の少ない私の、いったい何を調べたのだろうか。

どこまでも続くアスファルトと防音壁のせいだろうが、高速道路から見る風景はどこを切りとっても同じに見える。おまけに雲が重く垂れ下がり辺りがうす暗くなったため、日の出から時間が逆行しているかのような錯覚を覚えた。

足元に落ちていた小さく丸まったメモ用紙を拾い上げる。発表用にと用意していたあんちょこだ。何度練習しても覚えきれない専門的な数式や説明を、キーワードをベースに箇条書きにしたものだ。質問されて、答えに窮したときのために用意しておいた。

……これも、もう、必要なしか。

そんな思いで、丸まった用紙を何気に広げた。手の平サイズの用紙にびっしりと小さな文字が並んでいた。

これも一範のアドバイスだった。

そして、その規則正しく並んだはずの文字が少しずつ歪んで見え始めた。

……泣いているのか？

自分でも分からなかった。

何故涙が出るのだろう？

自分ひとりでは、分からなかった。

「今さら後悔か」唐突に男が口を開いた。

——後悔？

——何のことを言っている？　私の涙が、何かの後悔に思えたのか？

——だとしたら……。

「お願い、うちに帰して」

私は顎を引いて上目遣いでルームミラーを見た。一筋の涙が頬を伝った。

「あんなところに帰って、どうする。引越ししたいぐらい嫌なところなんだろう」

どうして知っている？　私が引越しを考えていることを。

まだ誰にも話したことがない情報を何故知っている？　いつだったか通勤途上の乗換駅の不動産屋に立ち寄ったことはあるけれど、ただ、それだけだ。まだ具体的な行動に移したことなど、ない。——なのに……。

「ねえ、どうして……」

男はまたフ、フ、フッとだけ笑って口を噤《つぐ》んでしまった。

＊

隣に住む柴田哲子という婦人と知り合ったのは、彼女の家に不審者が侵入《はい》ったことがきっかけだった。

とある日曜日の午後、土曜日は夜遅くまで仕事を追い込んだせいもあり、惰眠をむさぼっていると、いきなり警察が訊ねて来た。隣宅に不審者が侵入《はい》った捜査の聞き込みにやって来たのだった。何か物音は聞いていないか、お宅も不審者に入られた形跡はないか、あるいは何か不審不明なものを見聞きしていないか、というようなことを訊かれたが、私は疲れ果てて眠っていたので、何も記憶がないと答えると、あっさり帰っていった。

それから小一時間して、柴田哲子が訪ねて来たのである。度のきつい赤いセルフレームのめがねをかけた柴田は、年の頃は五〇代後半にみえた。一七年前にDVの夫と離婚し、子供はすでに独立。現在ひとり暮らし。保険の外交員をして生計を立てているとのことだった。私がここへ越してきて、一年になるが、挨拶を除けば、話をするのはこれが初めてであった。

柴田は「御厨さん、ちょっといいかしら」と震える声で訊ねて来たのである。

「二泊三日でお友達と九州旅行に行っていたのよ。その間に泥棒に侵入られるなんて。なんてついていないのかしら。あなたのところは何ともなかった？」

まだ動揺が残っているらしく、顔が蒼白になっていたので、可哀想に思いリビングにあげてしまった。持参した手土産を口実にお茶を淹《い》れさせられ、その後、一時間を饒舌《じようぜつ》な彼女のために費やすことになった。

「ええ、家《うち》は別に……」

「そう、良かったわね。ねえ、でも、いつ侵入られたのかしら」と言って、私を見つめる。

彼女は警察が大して調べもせず引き上げたことが不満なのだろう、だから、自分で確認したいのだ。

「昨日は九時に帰ってきて、ずっと家にいて、夜遅くまで持ち帰った仕事をして――、起きていましたし、寝たのは明け方ですから――」

私は警察に答えたように答えた。

「昨晩は何も、物音とか聞かなかったの？」

「ええ、確信はないですけど、気になる物音なんかは、特に……」

「それなら、やっぱり木曜日か金曜日の夜に侵入ったのね、きっと。そのときはどうだった？」

「ええ、平日はもっと遅くて、帰宅したのは一〇時半過ぎでした。そのあとは簡単な食事とかして、一時頃にはベッドに入りましたから……。特に何も気が付きませんでした」

「あら、そう。お忙しいのね」不満げに眉頭を上げてみせる。

そして哲子はじろじろと、私の頭のてっぺんから足先まで値踏みするように見る。いつの間にか不審者のことなどどうでもよくなったようで、私という人間に対する興味に、気持ちが移っているようだった。

視線は足元で止まった。私はプライバシーをあれこれ訊かれるのが嫌だったので、目を合わせないようにして言った。

「最近はいろいろあって、仕事が立て込んでいたものですから……」思わず、すみませんと続けてしまいそうになるところだった。

「でも、夜に侵入《はい》ったとは限りませんよね。私も昼間は仕事ですから、昼間なら分かりませんし」

一三階建てのマンションの一〇階である。侵入するとしたら玄関からであろう。そうすると家人のいる夜より、留守にしている昼間に侵入する可能性の方が高いと思ったのだけど、

「昼間は絶対ないわよ、あなた。私の隣のほら、名なし男。あの男は、昼間はずっと家にいるでしょう。だから、昼間は考えられないわ」

いつの間にか、旧知の間柄のような口調で、話しかけられている。

このマンションは一フロア四戸からなる。東端は共働きの夫婦ふたり暮らし、その隣が私で、さらにその隣が柴田、そして西の端が、この——柴田曰く——名なし男なのである。

名なし男というのは、表札に名前を掲げていないためであろう。だが、このマンションには、名なしの男（女）は、他にもいる。私だってそのひとりだ。私も陰では名なし女と呼ばれているのに違いない。

「あの男、夜八時になると、こそこそと出かけていくでしょ。どこかのコンビニで働いているのよ。間違いないわ」

何を根拠にこそこそとなのか、そんなことは知らないし、夜の仕事が全てコンビニだとも思えないが、「はあ、そうですか」とりあえず相槌《あいづち》を打っておく。

「ねえ、このマンションも、もっとセキュリティーを充実して欲しいわよね。スプリンクラーや警報器も大事だけどさ。あんな五分とかからない検査で、何が分かるのかしら。そのためにこっちは会社を休まなければならないなんて、横暴だわ。あんなものよりさ、防犯カメラのひとつでもつけて欲しいわよね」

彼女は一ヵ月ほど前に行われた、半年に一回行われる各戸毎《ごと》の消防用設備保守点検――スプリンクラーや煙感知器の作動確認など――にまで難癖をつけはじめる。不在者は管理人に委任すれば、管理人立会いのもと入室検査をしてくれる。しかし、管理人といっても他人であり、彼女のように私生活を晒したくない人は、検査時には家にいなくてはならないのだ。

「このお紅茶おいしいわね」

結局、私が何の情報も持ち合わせていないことが分かると、途端に興味が移ってしまったらしい。

「ええ、これは駅前の――」と紅茶を買った店を教えてあげた。

「知っているわよ、あなた。おかしな人ね」

おかしいのはあなたの方ですよと心の中で言い返した。グルメ雑誌に載るほど有名なお店の紅茶だからといって、万人が知っているとは限らない。だから親切で、教えてあげたのだ。

その後、世間話を少し続けてから、こちらから訊ねてみた。

「それで、具体的な被害は、どうだったのですか？」

「それが、不幸中の幸い。通帳も印鑑も無事だったのよ。隠し場所はいえないけど、あなたも大事なものは箪笥《たんす》や冷凍庫の中なんてのはだめよ。泥棒はまずそこから探すんだから」

「……？」わけが分からない。

彼女は平然と紅茶を啜っている。カップを置くのを待って、

「何もとられなかったのに、どうして泥棒が侵入ったと――」当然の疑問を口にした。

「ベランダが荒らされていたのよ」

彼女はベランダ一杯に家庭菜園を行っている。ミニトマトにハーブ、などが大きさの異なる箱型のプランターに植えられ、所狭しと並べられているのである。本来ならベランダは、火災時に隣宅からの避難経路となるために、空間を確保する義務があるのだが、そんなことはお構いなしである。さらに彼女の部屋のベランダには下階に避難するための床用の避難ハッチも設けられているはずであるが、それすらもプランターで隠れていて、どこにあるか分からない状態だ。ベランダから隔壁越しに覗いたから間違いない。消防用設備保守点検に難癖をつけるのも、自身が義務を果たしていなくて、注意指導されたからではないのか。

「それは、カラスとか、鳩なんかが――」

「バカね。カラスがひっくり返した鉢植えを元に戻すと思う」

なぜ、バカ呼ばわりされなければならないのだろう。

「土の色が変わっていたのよ。それにハーブは種類ごとにプランターを替えているの。それ

がもうごっちゃになっていたのよ。きっとハーブはみんな一緒だと思っているダメな男が犯人なのよ。ほんとに頭にくるわ」

柴田は怒りが込み上げてきたようで、初めの顔面蒼白な悲愴感は跡形もなく消え失せ、どちらかといえば紅潮してさえいた。

結局、実害はゼロだったようである。今度は私の方がばかばかしくなって、ティーカップを片付けるため、席を立とうとした。これでキリにしたかったのである。

「ああ、いいわよ。あなたは座ってなさい。私が片付けるわ」

柴田はそう言って空になったティーカップをシンクに運んだ。

「ねえ、それより、深夜にさあ、変な物音、聞かなかった？」

彼女は水でさっと洗い流したあと、訊いてきた。

——何かが、琴線に触れた。〝変な物音〟に触発されて、瞬間、時間が止まったのだ。

「おタバコ吸ってもいいかしら」

柴田は今にもライターを鳴らそうとタバコを咥えている。

私は来客用にと仕舞ってあった灰皿を取り出すことにした。彼女の話に興味を覚えたからである。

「最近は、聞かなくなったんだけどさ……」

柴田は思い出そうと視線を天井に向けている。

「三、四日おきぐらいに、一五分ぐらいの時間だけどさ」

「どんな音ですか」

「何ていうの――、ゴリゴリっていうかジョリジョリっていうか、なんか砂をかんだときのような音っていえばいいのかな」

「低音で、頭に響くような音ではないですか」

「そう、そう、そうよ。あなたも聞いていたのね」

ずっと悪夢のせいだとばかり思っていたのだけど、実際にそんな音がしていたのだ。

「なんだかんだいって、一ヵ月以上、続いていたでしょう」

「そ、そうですね……」

「ねえ、何の音だと思う？」

「――さあ、何なのか、まったく想像できません」

私はまどろみの中で聞き続けていた音を思い出そうと必死になっていた。

「いいって、座ってなさいよ」と柴田は、咥えタバコのまま吊戸棚の扉を開けた。しかし小柄な柴田では上段の棚まで届かず、結局、私が自分で取り出すことになった。

「あら、やっぱり背が高いっていいわね」と言ってまた全身を舐《な》めるように見つめ、

「あなた、それ――」

「どうぞ」私はステンレス製の灰皿をシンクの作業台に、あえて音を立てて置いた。すでに

灰がこぼれ落ちていたからだ。喫煙者のこのルーズさが嫌いだ。

「あたし、いま分かったわ」

柴田はタバコを灰皿に、親指を使って二度弾《はじ》くと、幾分声を張った。

「このマンションには何かいるのよ。何か憑《つ》いているのよ。ベランダをひっくり返したのもそう。泥棒なんかじゃなかったのよ。もっと何か得体の知れない——」

私はもう柴田の話を訊いていなかった。何の音なのかという関心よりも気になることがあったからだ。

——柴田は、なぜ灰皿を仕舞ってあった場所を知っていたのか？

——表札を掲げてもいない私の名が〝御厨〟だと、どうして知ることができたのだろうか？　しかも間違えずにはっきり「みくりや」と言い切った。

＊

私は無意識のうちに、二粒目のキャンディーに手を伸ばしていた。

「止めておけ。二個目は多すぎる」

「…………」思わず手を引っ込めた。だが、意味が分からなかった。

このキャンディーには何かが含まれている？

すでに一粒目はとっくに舐めきった。四〇分以上も前に。

胸の前で両手を握りしめる。冷たく震えている自分がいる。

私は何を飲み込んだのだろうか？

男はそんな私をルームミラーで確認すると、

「心配するな。死にはしない……」と言って、おもむろにキャンディーを籠ごと回収した。

そして――、

「多分な」

……チ、チ、チ、チ。

私は、キャンディーの中に何が含まれていたのか、怖くて聞けないでいた。

あの言葉が蘇《よみがえ》る。

〝お前は七日以内に消える〟

一〇　【過去】…『鶴扇閣事件の記録』（八月一九日　夜〜深夜）

宏はフードを被ったまま、大ホール東南の端の窓際で、床に腰を下ろしていた。演舞が日舞からエアロビに変わってもそのまま見惚《みほ》れていたのだ。指先だけでなく、足先にまで神経を集中させているのは、古今東西すべての舞踏に共通なのだと感心しながら。

「栄子さん。麻美さんは、なぜルーズソックスを履いてるんですか」

ジャージの上から白いそれを履いていたのだ。

「馬鹿、あなたの彼女ってコギャルなわけ」栄子は目を剝いて宏に顔を近づける。

「あれはレッグウォーマー。ソックスじゃありません。もうっ――」と膝を叩いて立ち上がり、「いつまでもあんたの相手をしていられないわ」と言い置いて、夜食用のおにぎり作りと朝食の仕込みのために、厨房へ戻っていった。

倉庫からは、洋介が大工仕事を行っている工具の音が断続的に大ホールにまで響いていた。

「さあ、宏君。人の練習ばかり見ていないで、ストレッチするなりしたらどうですか。ただでさえ身体が硬いんでしょう。そろそろダンスレッスンの時間ですよ。特に今度の君の役どころは動きが激しいんです」

突然、孝裕に声をかけられ、宏は恐縮した。

「はい、そうですね。ちょうど今、そうしようかなと思っていたところなんですが、つい、見とれてしまっていて……」

「言い訳はいいですよ。一〇月の本番まで時間がありません。この合宿は特に体力強化に勤しみなさい。体力は全ての基本ですから」

「あ、はい」と宏は腰を浮かせつつ、「でも、部長も大変ですね。芝居だけじゃなく、舞台手配や関係者への挨拶といった雑務もこなさないとならないんですよね。さらにこのうえ脚本まで仕上げなきゃならないなんて――。一人二役どころか、三役も四役もこなさなければならないですよね。すごいなあ、いったいいつ寝ているんですか」

宏は孝裕が、ミーティングが終わってからもワークデスクで舞台図面を確認したり、発注予定表を作ったりしていたことを知っていた。しかも柔軟をしながらだから恐れ入る。

「言うほど大変じゃありませんよ。それに脚本は祐子だし、ほぼ出来上がっています。私は少し手を加えるところを指示しただけです」

生真面目で融通の利かない孝裕相手に、宏のお世辞による切り返しは効果がなかった。

「じゃあ、祐子さんは脚本の仕上げに部屋に戻っているんですか」

「ええ、多分。今ここで何もしていないのは、君だけです。私の心配より――」

「いやだなあ。こうやって踊りを見るのも勉強の内ですよ」

「私の心配は、あなたです。自分のやるべきことを速やかにやること」

温和な孝裕もさすがに少し声高《こわだか》になった。

「はい、今晩はポスター作りと、えーと、演目造りを完了させます。そのためにいるものですから」宏は背筋を伸ばして答える。

「適当なことばかり言うもんじゃありません。芝居の練習が第一義です」孝裕はきっぱり言い切ったあと、後ずさりをしてその場を離れようとしている宏に向かって、「その前に、洋介の様子を見に行ってくれませんか。まだ時間がかかるようなら手伝うって伝えてください」

釘を打ち付ける金槌の音や電動丸ノコのチューンという音が、未だ断続的に大ホールに響いていたからだった。

宏は「はい」と神妙に頭を下げると、孝裕に言われたとおりに、小ホールを抜け倉庫へ向かうことにした。

左廊下を通り、玄関側にある倉庫の入口に向かう。その途中、厨房のガラス窓越しに、おにぎりを握っている栄子の姿が垣間見えた。口が動いていることから、つまみ食いをしているものと思われた。いつもならまず間違いなく、半畳《はんじょう》を入れるところだったが、このときは孝裕の言いつけどおり、素直に倉庫へ直行した。

金槌の音がトン、トンと鳴っている。宏は倉庫の引戸の引手に手をかけ、引き開けようとしたが、僅かにがたつくだけで開かなかった。

「先輩、宏です。開けてください」板戸越しに声をかける。そうしておいてもう一度引手を引いてみるが、やはり同じで、少しだけがたつきはしたものの、戸が開くことはなかった。

——金槌の音は止んでいた。

しばしの沈黙の後に、さらにもう一度試みたが、シンとして一切の反応が返ってこなかった。このときはただ、洋介が面倒くさがったか、単に後輩をからかってやろう、あるいはその両方の理由で、無視しているのだろう、程度にしか思わなかった。口の減らない宏に対し、そういった仕打ちは過去にもあったからだ。

そこで宏は仕方なく、いったん右廊下を奥に進み、ミーティングルーム隣の物品庫から侵入することにした。結局遠回りをして辿り着いたことになる。

このときの様子は孝裕に見られている。孝裕は大ホール西端に置かれたワークデスクで舞台図面を拡げ、内容を検《あらた》めていたからだ。

そのときには、すでに金槌の音も鋸《のこぎり》の音も、一切止んでいた。

物品庫と洋介がいるはずの倉庫を結ぶ開口には、すでに引戸が吊り込まれていて、ひとつの作業が完了していた。

その引戸を引き開け、倉庫の内部を覗く。

部屋の大きさのわりに照明機器が適していないのか、部屋は薄暗く、また埃《ほこり》っぽかったこともあって目が慣れるのに数秒必要だった。

それから洋介を発見するまでには、部屋の中に数歩足を踏み入れねばならなかった。倉庫は物品庫に比べ、使われていない家具がさらに多く置かれていて、雑然とし、その陰に隠れていたからだった。

さらにまた、それが死体であることも、宏にはすぐには分からなかった。洋介はうつ伏せというか、板壁にキスでもするように顔をくっつけたまま腰砕けになっている状態でいて、出血も気が付かないほど僅かだったからだ。

「先輩。調子はどうですか」いつもの調子で訊ねた。洋介がふざけていると思ったのだ。

「……」返事はない。

「どうかしたんですか？」

宏は集積してある家具を避けながら近づくと、洋介の顔を覗き込んだ。阿修羅の如き形相をしているのを見たときも、まだ、冗談でやっていると思ったのだ。というのも、洋介の今度の役どころが、非業の死を遂げる殺人犯だったからだ。


【［洋介殺害状況図］を参照】


「その後は、どうしたんだい」

死体発見時の生々しい死の情景が思い出され、宏は孝裕の質問にすぐには答えられなかった。そのため孝裕は、宏の気持ちが静まるまでじっと待ってくれた。骸《むくろ》となった洋介を除く全員が、大ホールの中央辺りに腰を下ろし、宏の一語一句に耳を傾けていた。

「う、うっ、……あとは皆さんも知ってのとおり、す、すぐに倉庫を飛び出し、物品庫へ……。そして、ここまでやって……来たんです」

唇が震えてうまくしゃべれない。網膜に焼きついた悲惨な映像はなかなか消えることがなかったのだ。

発見以降の概略は以下のとおりである。洋介が死んでいるのを確認した宏は、まず大声を発した。ぎゃーっとか、何とか、声にならない声だった。それからしばらくして、倉庫から物品庫、そして大ホールへ転がるように飛び出てきたのだ。それと入れ替わるように、祐子を除く全員が倉庫に入って行った。彼女は二階にいたため、少し遅れたのだ。それでも時間にして一分も経っていなかった。叫び声を上げてから、大ホールに飛び出てくるまで少し時間がかかったのは、ショックで腰を抜かしていたためである。初めて身近な人の死に接したのだ。動揺は計り知れないほど大きかった。

「君が入って飛び出して来たのは、そこですよね?」

孝裕は物品庫の入口を指さす。ミーティングルームの前辺りにいて、全てを把握しているはずなのだが、自身が、信じていないような口ぶりだった。

というのも、倉庫は言わずもがな、物品庫、ミーティングルームの窓には全て鍵がかかり、誰も開けた形跡がない――桟《さん》には長年の埃が積もっていた――ことと、玄関前の廊下へ通じ

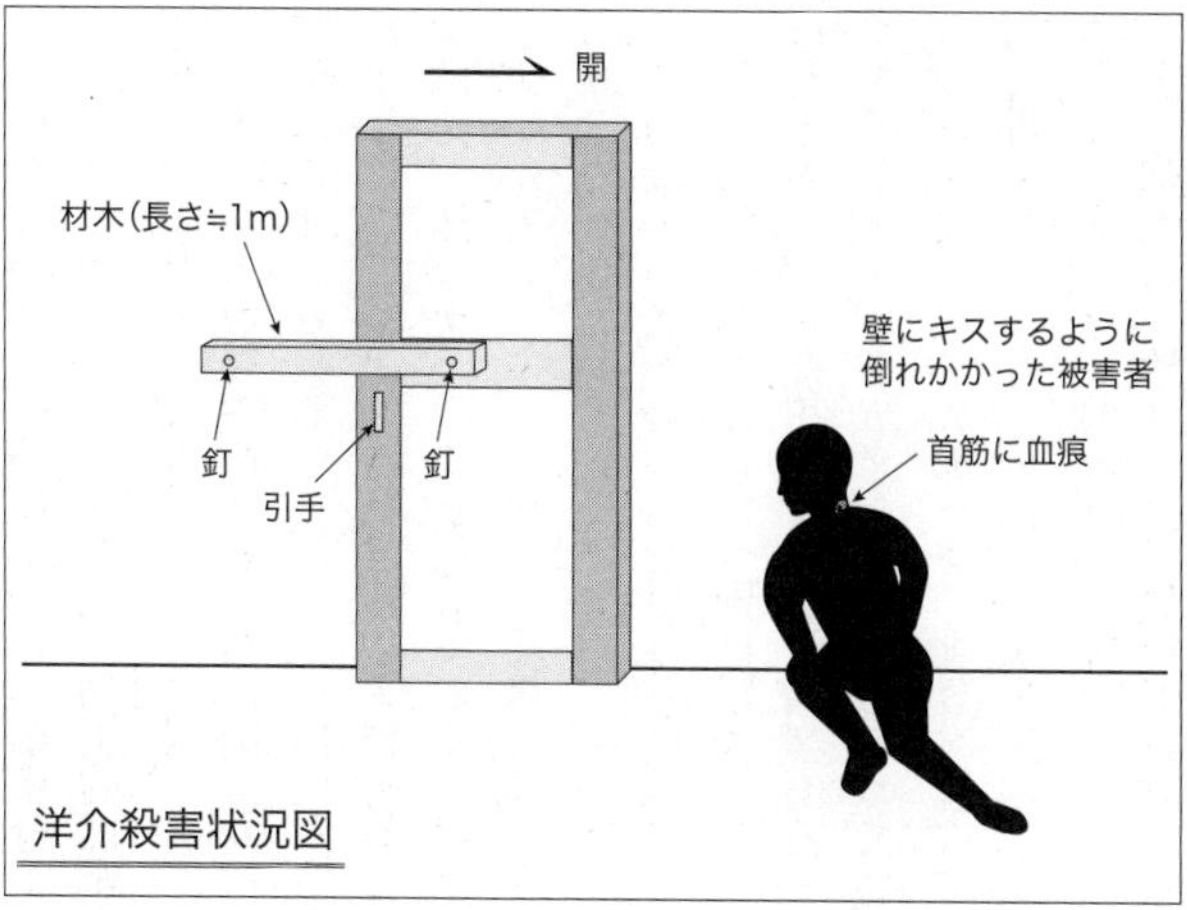

洋介殺害状況図

る引戸は、板壁と板戸に亘り、長さ一メートル超ぐらいの角材で、またぐように釘打ちされていたからだった。最初に宏が引戸を玄関側から開けようとして開かなかったのもこのためだ。角材は三センチ×六センチの断面をし、壁側に大きな釘で一箇所、扉側にはそれよりも小さいが十分な長さをもつと思われる釘でやはり一箇所、しっかり打ち込まれているようで、釘の大小の頭だけが見て取れた。

「ええ、入ったところから引き返して来ました。それ以外は何も、全く手をつけていませんよ」宏は決然と言い放った。

そして、これが肝心なことなのだが、この角材は、今日ここを訪れたときには、なかったものだということ。殺された洋介と宏が館に入ってまず覗いたのがこの倉庫で、玄関から、まさにこの引戸を開けて中を検めたのだ。

これを誰が何のためにやったのかは分からないが、内部からしかできなかったのは、間違いないようで、シンプルが故に効果的に密室を形成していた。もちろん、宏と入れ替わりに倉庫、物品庫から出て来た者はなく、隣のミーティングルームに隠れていた者もいなかった。

つまり殺人現場である倉庫への出入り口は一箇所に限定され、殺害が行われたと思われる時刻から発見されるまで、そこを出入りしたのは、第一発見者である宏だけなのである。大ホールにいて結果的に物品庫の入口を見張る形になった孝裕がその証人となった。

「ねえ、洋介をあのままにしておくのはかわいそうよ。倉庫から出して、あげて――」

栄子が言い及ぶ。涙声だ。先ほどまでは大声を上げて泣いていたので、幾分落ち着きを取り戻した様子だった。

その栄子の話が終わらないうちに「ダメよ、触っては」祐子が叫ぶ。

彼女の断定的な発言に一同はびっくりして見つめた。情け容赦ない非情な一言が、いつもはおっとりとした祐子の口から飛び出るとは思っていなかったのだ。

「どうしてよ、あのまま放っておくっていうの！」

「ダメって、言ったらダメ。動かすなんて、あり得ないわ」

「仲間の洋介が死んだのに、あんな窮屈な格好で、倉庫になんか置いておいて平気なの？みんなの仲間じゃないのっ！」

誰も何も言い返せない。気持ちは誰しも栄子と同じだった。だが、死因が問題だった。自殺でもなければ、病死でもない、明らかに殺されたと思われる以上、犯人はこの館にいた、あるいは今もいるかもしれない。それが分かっているからこそ、全員がそう思っているからこそ、洋介を、否、証拠である死体を動かすべきではないと、やはり全員が考えていたのだ。おそらく栄子も含めて。

ややあって「かわいそうだけど、警察が来るまで現場保存しておくべきだわ」少し冷静になった祐子が、それでも決め付けるように言い放った。

「だけど、その警察にも連絡が取れないのよ。仮に取れたって道路が寸断されているのよ。いつやって来られるか分からないじゃないの」

生来気の強い栄子が気を取り直して反論する。

「だからこそよ。いつ警察が来られるか分からないからこそ、そのままにしておいた方がいいの。もう誰も近寄らない方がいいわ。動かすなんてあり得ない」

「祐子っ！　あんた――」

「祐子さんの言うことにも一理あると思います。ぼ、僕も現場を、証拠を荒らさない方がいいと思います」落ち着きを取り戻した宏が、一語一語かみしめながら言う。

「証拠って――宏、あんたまで、そんなこと言うの」そう言ってから栄子は、部長の孝裕を見つめ、判断を委ねた。だが、孝裕は腕を組んだまま沈黙を通した。

「すみません、栄子さん。僕、現場の写真を撮っておこうと思うんですけど……。だからといって現場は触れない方がいいと思います。かわいそうですけど……」

宏は栄子に許しを請うように視線を送った。そして、全員に頭を下げた。

「そうですね。それなら全員で行きましょう。いや、行きたくない人は来なくても構いません。祐子、無理にとは言わない」孝裕が断じた。

「すみません、麻美さん」宏はまた頭を下げた。

祐子だけは、何も聞こえていないかのように、頷くでも首を振るでもなく、ただじっと顔の前で組んだ手を見つめていた。


結局、全員で倉庫の現場検証をすることになった。

まず、物品庫とミーティングルームを調べる。外へ繋がる窓は、やはり先ほど見たように、埃が桟に積もっていた上に、窓際にはテーブルなどが積まれているため、これらを、音を立てないで抜け出ることは不可能のように思われた。

続いて、殺害現場の倉庫に入る。板壁に上体をあずけるように倒れ掛かっている洋介が、発見時そのままの姿でそこにいる。顔が見えないのが幾分気を紛らせてくれると思っていたが、屈強な男が歪《いびつ》な形で凭《もた》れかかっている様は、そこに圧倒的な暴力の存在を連想させて、逆に気分が悪かった。

しばらく息を呑んで立ち止まる。何の物音もしない。犯人がまだ隠れているような気配もない。

孝裕は死体に触れないように注意しながら近づき、「引戸はやはり開かないですね。釘で打ち付けられた角材がちゃんと効いています。間違いない」左手で角材をつかみ、全く動かないことを確認した。続けて、「角材は新しく、打ち込まれたばかりです」

そして今度は、積まれたテーブルなどに触れないように慎重に窓辺によると、「窓も開けられた形跡はない」と首を振った。暗に桟に積もった埃を見てくれ、と言わんばかりに視線を十分置いてみせた。

女性陣は孝裕のその一挙手一投足を、何も言わず、ただ見守っていた。

宏は、黙々と部屋中あちこちの写真を撮っていた。

フラッシュが目を見開いたままの洋介の横顔を何度も、何度も照らし出した。

「さあ、もう出ましょう。あまりいたくないわ」

祐子が目を閉じて、激しく首を振った。顔色はこころなしか青ざめて見える。

ピチャ、ピチャと、屋根を打つ雨音が、耳障りだった。

現場検証のあと、やはり全員で館内を調べ、外の発電機小屋まで不審者がいないことを確認し、同時に施錠して回った。特に外へ通じるドア（玄関はもちろん、裏口、勝手口）には全て内部にも大きな閂がついていたので、それも確実に閉めていったのだ。

当然のことながら、現場保存のためホールと繋がる物品庫の出入り口、同じくミーティングルームの出入り口も施錠した。鍵は祐子が持つことになった。

ダメ元で携帯電話をかけてみたが、やはり繋がることはなかった。

＊

宏は大ホールの先端、窓際にいて、サッシを背にひとりで腰を下ろし、膝を抱えていた。少し首を傾げ、虚空をじっと見つめている。ガラス一枚隔てた先は、奈落の底へと繋がる絶壁であるという恐怖も、漆黒《しっこく》の闇と打ち付ける雨で視覚と聴覚が遮断され、気にはならなかった。あるいは親愛なる先輩を亡くした悲しみの大きさが、高所恐怖症を一時的にせよ克服させていたのかもしれない。

しばらくすると、隔板壁の端から孝裕が姿を現した。

そして、そのまま歩を進め、宏の隣に十分な間隔を開けて、腰を下ろした。

「様子はどうでした？」宏が問うた。

「うん、大丈夫だ。少し横になりたいそうだ、女性陣は。まあ、仕方がないでしょう。あんなことがあったばかりだから……」

「ええ、そうですか。……でも、栄子さんまで……」

「たくましく見えても、女性ですよ」孝裕は少し微笑んでみせる。

「そうですね。……すみません」

「それに、彼女は洋介と仲がよかったからな。一番ショックを受けているのは彼女だろう」

宏は驚いた顔をして孝裕を見つめた。

「なんだ、知らなかったのか」そう言って孝裕は両手を床につき、ストレッチでもするように足を伸ばし、「僕も具体的に、どこまでの仲なのかは知らないが、祐子から聞いていた話では、将来も考えた付き合いだったらしい」

「そ、そうなんですか。なんか悪いこと言っちゃったかな」そう言って肩を落とした。

「現場保存のことか？」

ストレッチを始めた孝裕の問いに、宏は力なく頷いた。

「言い出したのは、君じゃない。それにあれはあれで、正しい見解だと思う。洋介には悪いが……」そう言ったまま沈黙が訪れた。


「部長は、誰が犯人だと思います」

宏が突然、核心を突く質問をする。

孝裕は「何を言い出すんだ――」と言いかけたまま、宏をじっと見つめて口を噤んだ。

「……僕じゃありませんから」

「そんなこと――、思っているわけないだろう」今度はしっかりと言葉にした。

宏はいつも丁寧な言葉使いを崩さない孝裕の口調が、微妙に変化していることが気になった。少し雑というか、乱暴というか、何か棘《とげ》を感じていた。

殺人事件という予想し得ない出来事に直面して、孝裕もまた余裕を失っているのだろう。ストレッチといい、何かこれが、この人の本質ではないか、というような気がして、宏は気付かれないように呟いた。

「僕が部長に言われて、倉庫に行く直前まで、中からトン、トンという金槌の音が響いていましたよね」

宏の問いかけに、孝裕はただ頷く。

「時間にして一〇から二〇秒のことだと思います。音がしなくなって、一〇から二〇秒後にまず物品庫へ入ったという意味です」

孝裕はまた頷いた。

宏はまだ詳《つまび》らかになってはいない何かを確認したかった。

「物品庫に入ってから、洋介さんの死体を発見して、大ホールに飛び出てくるまでに、二分ぐらいはかかっているかもしれませんが、それは先輩がふざけているのだろうと思ったからです。だから、入って一分間ぐらいは死んでいるなんて気がつかなかったんです」

今度は、孝裕は頷かず、宏の乾いた唇をじっと見つめるだけだった。

「部屋の中は埃っぽくて、薄暗かったこともあります。とにかくすぐには死んでいるなんて分からなかったんです」宏の目から涙が滲んできた。

「でも、死んでいた。しかも、殺されていたんです」宏はその涙を拭おうともせず、孝裕を見つめ返した。

「すぐに助けを呼びたかったけど、動けなかったんです。しばらく腰を抜かしてしまって……。うっ、うっ」嗚咽《おえつ》が漏れ始めた。

「仕方ないさ。ああいう状況なら、誰だって精神が麻痺するものだ」

それ以上の言葉を継げず、孝裕はただ、宏が泣き止むのを待った。


鶴の首の風を切る音が小さくなった。

天を突く尖塔にも似た屋根形状が生み出す風切り音が、ずっと鳴き止まなかったのだ。窓ガラスを叩く雨はまだ強いものの、強い風は幾分収まってきているようだった。

孝裕は首を捻って、窓の外を見た。

「今すぐというわけではないが、女性陣が落ち着いたら、ここを出よう」

孝裕はずっと前から考えていたようで、絞り出すような言い方だった。

「いいえ、それは危険です。外に殺人犯がいるかもしれないんです。少なくとも夜明けまで待った方がいいです。僕たちだけじゃないんです。女の足じゃ、無理ですよ。今出て行くなんて自殺行為です」

「分かっているさ、そんなこと」

孝裕にしても、直ちに実行できると思っていたわけではなく、「女性陣の気持ちと天候が落ち着くのは、明け方頃になるだろう。それからだ」

「ええ、そうですとも。凶器が何なのか分かっていませんし、犯人は冷静で計画的に殺人を犯しています。だから、それまで落ち着いて事件の検証をした方がいいです。今ここで現場を離れるのは犯人の思う壺です。証拠を隠滅される可能性もあります」

「洋介が殺されたことに間違いはない。僕たちはあの部屋に三度も入り、十分、現状を確認した。それに写真もたくさん撮っただろう」

「僕だけは四回です。最初に発見したとき――近づいて行って、死んでいるというのは分かりました。脈をとってみたわけでも、瞳孔が開いているのを確認したわけでもありません。推理小説が好きで、中途半端な知識を持っているだけで、医学の知識なんかあるわけではないですから。みんなそうでしょ」

分かっているよと孝裕は目線で頷く。

「でも、死んでいることは分かりました」

「ああ、それは理解した。最初に見てそう確信した。だが、そのときは、まさか殺されたとまでは考えてもいなかった」

「それは僕も同じですよ。でも折り返し倉庫に入ったとき、首筋に流れた一条《ひとすじ》の血痕、後頭部の小さな傷を部長も確認したでしょう。抱きかかえようとして、祐子さんにたしなめられたとき、そのとき部長の手に血がついたんですよね」

「ああ、そうだ」孝裕は答える。

「死因は後頭部の傷、錐か何か、そういった細長い鋭利な刃物で一刺ししたのでしょう。あの部屋には機械工具がたくさんありましたから」

「洋介が持ち込んだものだってある」

「でも、凶器と特定できるものは発見されなかったです。錐などはありませんでした」

宏は唾を飛ばす。

「仕方ないだろう。我々は警察じゃない。凶器の特定など不可能だ。だからこれ以上殺害現場を荒らすわけにはいかない」

「洋介先輩が、持ち込んだ工具には、いったいどんなものがあるんですか」

「手ノコに電ノコ、金槌と電動ドリルとか……」孝裕は腕を組んで絞り出す。

「他にはないんですか」

「釘抜きに使うバールに、定規に使う差し金、あとは替刃や釘などで、もちろんサンドペーパーや木工ボンドはあったが、それらは関係ないだろ。それより宏、これ以上何を検証しようというんだ。いったい何を探すというんだ」孝裕は少し苛ついていた。

「僕が犯人ではないということを証明したいんですよ。だからせめて凶器でも特定して、それを保存しておけば、僕の指紋がついていないことが証明できる。そうでもしなきゃ僕が一番に疑われるんです。第一発見者だし――。みんな口に出さないだけで、僕を疑っているはずです」

「ばかな。第一、動機がない」孝裕は首を振る。

「動機ならあります。いつも怒られてばかりいて、それを逆恨みしたとか、何とか――。何とでもでっち上げられます」

「よせ、そんなことは誰も思ってやしない」

「もちろん今言ったことは真実ではありません。僕は洋介先輩のことが好きでした。ただ、第三者である警察は、それを信じてはくれないかもしれないんです」

風切り音が小さくなった代わりに、波が打ち付ける音が大きくなったような気がした。しばらく無言で向き合った後、

「犯人は、外部から入って来て――」

「部長、気を遣ってくれなくてもいいです。ここには女性陣はもういないですし、僕も男です。こうみえても至って冷静でいます。そんな都合の良い犯人がいるなんて警察は考えてくれるでしょうか？」

「当然だ。現実的に考えてもその可能性の方が高い」

孝裕はあくまでも外部犯行説を主張した。

宏にしても仲間内に犯人がいるとは信じられなかった。でも、

「こんな嵐の夜に？　でしょうか？　決壊して不通となった道の行き止まり、陸の孤島のこ

の館に、殺人犯が現れたというのでしょうか？」

根っから猜疑心の強い宏は、検証を止めることはできなかった。

「嵐の夜だからこそさ、陸の孤島になったからこそ、唯一の避難場所である鶴扇閣に足を踏み入れたのさ」

「それは誰ですか？　オクトパスマン――ですか」

孝裕は「そうだ」と答えてから一拍置き、

「こう考えてみたらどうだろう。僕たちが降りた駅のひとつ手前の駅、その近くに少年刑務所がある。脱走した少年は当初、この半島とは反対方向へ逃げたと思われた。小さな山を越えれば、二路線を持つ駅へ出ることができる。その方が逃げやすいからな。しかし、実はこっちの方へ逃げてきた。半島のある方は突き当たりが英虞《あご》湾だから、まずないだろうと予測する。その裏をかいたんだ。だからこそまだ捕まっていない。少年なのに頭のいいヤツだよ」

孝裕は続ける。

「この半島へ辿り着いたまではいいが、運悪く雨が降り出し、道路が遮断された。そのうえ雨は激しくなるばかり――」

「そこに、この館が目に入ったというわけですか」

宏の問いに孝裕は腕組みをして、大きく頷く。

「……本当にそう思っていますか？」

そのとき、稲妻が光った。

「当然だ。外部犯に決まっている。少なくとも、僕たちの中に殺人犯がいるわけがない」

という孝裕の言葉は、雷鳴にかき消された。

（そうだとしても、凶悪な殺人鬼が近くにいるという事実は変わらない）

宏は言葉を飲み込んだ。

一一 【過去】…［タクシー拉致事件］（八月一九日 午前七時三〇分）

〝鈴鹿まで6㎞〟という緑地に白抜き文字の道路案内標識が見えた。いつ降り出してもおかしくないほど低く垂れ下がった雲のせいで、一足飛びに夕闇を迎えてしまったかのように辺りは暗かった。タクシーに乗って、まだ一時間と経っていないのに、一日中連れ回されているような感覚に囚《とら》われていた。

ひょっとしたら、夜がまだ明けていないのだろうか。

今朝からこれまでのことは全部夢で、未だ夢の中にいて……。

いや、そもそもの生い立ちから夢で、私は未だ生まれていないのだとしたら……。

……分からない、

……また、……分からなくなってしまった。

……過去にも、同じような感覚を、経験したことがある、ような……。

頭の中が重く、ずきずきと痛みはじめてきた。

茨《いばら》の王冠を無理やり被せられているような痛みですか?——かかりつけ医はそう表現した。なぜかおかしかったが、否定はしなかった。言い得て妙だったからだ。三人目の医者だけど、腕前はともかく、私の話をよく聞いてくれるから好きだ。本当なら、一昨日、その医者の診察を受けているはずだった。発表用の資料作りが忙しくて、一週間くらい延ばしてもいいだろうと軽く考えていた。それがいけなかったのか……。ちゃんと診てもらってさえいれば……。

——だめだ、弱気になっては。

全てこの男が悪いのだ。拉致されたことによるストレスが全ての元凶なのだ。気を確かに持たなければならない。こんなことで、諦めてはいけない。最後にはきっと全てがうまくいく。そう信じて今まで生きてきた。それは今後も変わらない。

私は知らないうちに、首からスカーフを外し、ぎゅっと握りしめていた。手にしたスカーフを捻り、手の甲に巻き付ける。右、次に左と、両手でしっかり握る。そして、素早く男の首に巻きつける。最後に、思いっきり力を込めて締め上げる——そんな妄想をしていたら、ふと、ルームミラー越しに男と目が合った。マスクを下にずらし、もうケロイドの痕を隠そうともしていない。そして、男はフッと鼻で笑ってみせた。

手にはカッターナイフが握られていた。やはりあの音はカッターナイフの刃を出し入れする音だったのだ。男は今まで隠していたカッターナイフを、今度は隠そうともせず、あえて見えるように晒してきた。下手なことをすると、こいつで切り付けてやるぞと言わんばかりだ。

私は浮かしかけていた身体を、深々とシートに預けた。キーンという耳鳴りが響いてきた。茨の棘がどんどん伸びてくるようだった。

＊

とある通勤――帰宅時の出来事だった。季節はまだ春だった。

夜の一〇時過ぎ、四両編成の電車に四五分揺られ、無人となった駅の改札を抜け、家路に向かう。一日中曇りの天気は、夜明けまで続きそうで、月も星も明かりをもたらしてくれない真っ暗な夜だった。春とはいえ、夜はまだ肌寒く、線路沿いの、車がやっと通れるぐらいの細い道を、私は足早に歩いていた。

名鉄瀬戸《せと》線の印場《いんば》駅から自宅マンションまで、徒歩一五分。バスはあるが連絡が悪いため歩くことにしている。それから遅い夕食をとり化粧を落として風呂に入る。少しテレビを見て寝るのが一時半。四時間半の睡眠をとり、六時過ぎには起床しなければならない。通勤に電車と徒歩で合わせて一時間一五分かかるからだ。そんな生活がもう六ヵ月以上続いている。特にこの二ヵ月は、竣工を間近に控えて土日も仕事だったから、疲労がかなり蓄積している。

私は歩きながら、明日こそマンションの、火災保険料の振込みを忘れないようにと心に誓っていた。心に誓うとは大げさに聞こえるかもしれないけれど、振り込まなければならないと思っていても、仕事のことばかり考えていて、つい忘れてしまうという日々が、二週間も続いていたのである。明日が期限のはずだ。

保険料の振込みに限らず、そうした日常の細々としたことを、疲れているせいか、忘れてしまうことが多くなった。だから私は近日中にやらなければならないことを、ポストイットに書き出し、目に付くところに貼るようにしている。冷蔵庫の扉に、洗面所の鏡に、パソコンモニターの端に、クローゼットの扉やトイレの扉にと、いたるところに貼っている。

今では部屋中がポストイットだらけになってしまった。惣菜の消費期限、通院の日時、ドラッグストアのポイント還元日、コンクリート技士免許更新の振込み、クリーニングの引取り、等等を書き出しておくのだ。貼りすぎも逆に混乱を招いて、却ってよくないと思うときもあるけれど、貼らないとその夜、安心して眠れないのだ。ぐっすり眠るためだけに、ポストイットに記し、貼り出していると言ってもいいほどだ。

さっきまでは、私の前にはグレーのスプリングコートを着た若いサラリーマンがいた。その後ろにはクラブ活動の帰りであろうか、スカートの下にジャージを穿いた女子高校生の二人組がいた。いずれも同じように家路へ急いでいるようだった。

ふと気が付くと周りには誰もいない。線路を左手に見、右手に戸建て住宅が迫っている細い道を進む。寿命切れ寸前の街灯が時折点滅するように照らすだけで、足元は薄暗い。住宅からこぼれてくる明かりも貧弱だ。この時間になると電車の通過も途切れ、もとより車の往来もほとんどないので、自分の靴音だけが、夜気の中で響いている。

尾行《つ》けられている——そう感じたのは、自宅まであと三〇〇メートルと迫ったところだった。

ひとりの男が私より一〇メートルぐらい空けて尾行いてくる。全体に黒っぽい服を着ていて、人相はもちろん年齢もつかめない。

立ち止まって胸ポケットから携帯電話を取り出す。その際、ちらと後ろを窺う。すると男も足を止め、靴紐を結び直すかのように、片膝を立てて跪《ひざまず》く。

間違いない。尾行けられている。

心臓が高鳴る。

私は右へ折れる小道を選択した。帰るにはこのまままっすぐに進めば、最短なのだけど、その先は国道下を潜らねばならず、その間、右にも左にも迂回する術がないのだ。襲われれば逃げ場がない。

男はやはり尾行いてくる。

さらに足早に歩く。

携帯は開いたままだ。懐中電灯の代わりにもなるし、いざというとき通報もしやすい。

男は近づきもせず、かといって離れてもくれず、一定の距離を保ったままだ。

やがて幹線道路に出た。片側一車線とはいえ国道である。線路沿いの道よりは、ましな街灯もある。少しだけほっとする。

斜め向かいにコンビニの明かりが見えた。横断するため、左右を確認する。

普段ならこの時間帯、交通量は少ないのだけれど、こういうときに限って、車がやって来る。しかも、渡れるかもしれない間隔を置いて、渡れそうにないスピードを出して、右からも左からも車がやって来る。途端に気が急く。

数台の通過を待って、もう一度素早く左右を確認し駆け足で道路を横断した。こういう状況で走るのは苦手だ。

渡りきって、すぐ振り返る。

男は国道へ出る小道から、出て来ようとはせず——、やがて、闇に溶けた。十分な時間、そのまま待ったが、何も動きはなかった。

——諦めたようだった。

そのとき携帯電話が鳴った。びくっと飛び上がらんばかりだった。一範からだった。

「もしもし、明日の打ち合わせの件だけど——」

居酒屋で飲んでいるのか、電話の後ろが賑やかだ。

「ん……どうした、チュウ？　もう寝てたのか？」

驚いて、すぐには答えられなかったので、そう思ったらしかった。

「……今、帰宅途中よ。ちょっと変な奴に尾行けられていて——」

するとの声の調子が急に真剣なものになり、「大丈夫か」

「うん、もう大丈夫よ」

「今どの辺りにいるんだ」

「家の近く、なんだけど——」

「すぐ、大きな通りへ出ろ。急ぐんだ。何とか走れるんだろ、トモ。どこでもいいから、人のいるところに行け。そうだ、コンビニがあるだろう」

一方的に喋る一範の真剣な声が耳元に響いた。

「大丈夫よ。今そのコンビニの前にいる。諦めてどこかへ行ったみたい」そう私は答えたが、一範の声は興奮気味で、このまま警察へ行け、被害届を出せ、女友達の家に泊めてもらえ、と普段にない的確で真摯《しんし》なアドバイスをくれ、「もう、心配ないわ」と言う私に、なかなか電話を切らせてくれなかった。少し嬉しくもあった。

それでも一範のアドバイスに従って、いったんマンションから離れるように大通りを進み、先にある二四時間スーパーでタクシーを呼んだ。

タクシーを降りる際、辺りを窺う。

誰の人影も、何の気配もない。

——大丈夫だ。

エントランスホールでボタンを何度も押す。一〇階にあったエレベーターが一階に到着するのがもどかしかった。

エレベーターが一〇階に着き、部屋の戸口に立つ。

バッグからキーを取り出すのに少しだけまごついた。

キーを鍵穴に差し込む。まわすとき、少し引っかかりを感じた。

ドアを開ける。いつものように軋《きし》む。

しかし……？　——変だ。何かが変だ。

部屋の匂いというか、空気が澱んでいるように感じる。

まさか……、まさか……、
まさか…………誰かが——。

＊

二ヵ月くらい前のことだったように思う。私の出した可燃ゴミの一部が散乱していたことがあった。半透明のゴミ袋は、破れていたのではなく、結び目を解いたように口が開いていたから、カラスや猫の仕業ではない。

可燃ゴミの収集日は月曜日と木曜日で、当日の朝に集積場所に出すのが、決まり事となっている。独身で外食の多い私には、ゴミ出しは一週間のうち一回あれば十分で、土日は自炊するため月曜日の集配に間に合わせるのが常となっていた。しかし、月曜の朝はいろいろとやらなければならないことが多く、忘れがちになるので、いけないと思いつつも、収集日前日——すなわち日曜日の深夜、就寝前に出していた。同じようにしている他の住人もいたので、最近では罪悪感も薄れていた。

ある月曜日の朝、出勤するとき、同じマンションの一階に住むおせっかいなおばさん（藤田という）から、縛り方が甘いからこうなるのよとか、分別もできていないんじゃないのとか、本当に当日の朝に出しているんでしょうね、といったことをねちねちと注意された。

藤田に指摘されたゴミ袋を見てみると、果たして私が出したゴミだった。散乱したゴミの中に一昨日買ったばかりのジャケットの値札が落ちていたからだ。このとき私は、藤田が前日出しの住人を監視し、わざとゴミ袋の中身を散乱させ、懲らしめるためにやったのだと思っていた。そうでなければ、ゴミの一部を見て、私の出したゴミなどと指摘できるはずがないからである。

次の日曜日の深夜、正確には月曜の午前一時に私は集積所にゴミを出した。厳密には、前日出しではない。藤田宅の電気は消え、閑としていた。このときのゴミ袋には少し細工をしていた。身元を特定できるようなゴミは一切捨てず、かつゴミの一番上にキャベツの葉が一枚くるようにして袋を縛ったのだ。誰かが結びを解き、中身をあされば、そのキャベツの葉は移動しているはずである。

翌朝、私の出したゴミはキャベツの葉が下方に移動していた。私は藤田宅の窓を睨みつけた。ところが様子がおかしい。カーテンがなく部屋の中が見て取れたのだ。部屋は空っぽだった。良く見れば洗濯物も干していないし、そもそも物干し竿さえもなかった。後で聞いた話によると、身内に不幸があって急な引越しを余儀なくされたらしいということだった。

犯人は藤田ではなかった。

するとと、誰かが、私の出したゴミをあさっている。それは間違いのない、動かし難い事実だった。

その日以来、個人を特定できるようなゴミはシュレッダーしてから捨てるようにしたのは言うまでもない。さらにその後、ゴミ袋の結び目を変えたり、テープで縛ったりして観察してみた。そうすると、やはり誰かがあさった形跡が残っていた。ときにはゴミ袋そのものがなくなってしまっているということもあった。そういうことが小一ヵ月続き、ここ一ヵ月前からはそれもなくなって、安心してきたのだが……。

一二　【過去】…『鶴扇閣事件の記録』（八月二〇日　未明）

少し収まる気配を見せていた風雨も、また強くなってきたようで、キューンという鶴扇閣特有の風切り音が館全体に響き渡っていた。独特な屋根形状がもたらすもので、鶴の鳴き声がどういうものか、宏は知らなかったが、この風切り音がそれに似ているのだろうと、勝手に解釈していた。

宏は孝裕と一緒にもう一度館内の戸締りを点検した。何か異常を感じたからではない。念には念を入れただけのことだった。女性たちは二階の一番奥の部屋に籠もっている様子で、微かにすすり泣く声とそれを慰める声が漏れていた。孝裕はひとりにならないようにとドア越しに声をかけると、再び大ホールに戻り、床に腰を下ろした。

「分かりました部長。部長の言うとおり犯人はオクトパスマンだったとしましょう。それなら彼はどこから入ったのでしょうか」議論は宏によって再開された。

「正面玄関から入ったのに決まっている」

「倉庫への侵入のほうですが」

「玄関を入ってすぐの、右手の――角材が釘打ちされた引戸からだろう」

「そうですよね。僕もそう思います。ここへ着いてすぐ、洋介先輩と部屋を見回ったとき、その引戸に異常はなかった。建付けが悪くて開け閉《あ た》てがしづらいという以外は」

「ああ、それは間違いない。着いてすぐ開けたのは僕だし、祐子たちもそのとき傍にいたから証言してくれる。そもそも、その引戸の調整と、物品庫と倉庫を繋ぐ引戸の取り付けが洋介の仕事だった」

孝裕は分かり切ったことを改めて口にした。

「食事は、物品庫にあったテーブルを小ホールに移して全員揃っていただきましたから、犯人は、僕たちが食事を始めてから間もない頃に侵入したことになります。しかし部長は食事中もちょこちょこ抜けました」

「ええ、発注リストに漏れがないか気になりだしましてね。何度か席を立ってワークデスクまで往復しましたよ」

「そうです。三〇分余りの食事どきに三度ほど立っています」

「そうだったかな」と思いめぐらす孝裕に、宏は確信的に頷くと、

「ミーティングルームやその隣の物品庫の入口は、そうやって結果的に部長が見張っていたことになりますから、そこからの侵入は考え難いと思います。勝手口は論外です。丸テーブルから丸見えですし。また厨房には食事前後栄子さんが出入りしていました。だから裏口か

らの侵入の可能性も低い。ということは玄関から倉庫という経路、しかもコーヒータイムになってから侵入した確率が一番高いです」

「……」両腕を組んで沈思する孝裕に、宏は続けた。

「コーヒータイムの三〇分間はそれこそみんなが一箇所に揃っていましたからね」

「窓からの侵入がないことも確認済みだし」と孝裕も同意する。

「コーヒータイムが終わる前に、一足先に洋介先輩が倉庫へ向かいます。そこで犯人は、何らかの理由で先輩を殺し、逃走したわけですよね」

宏はひとつ息を吐いてから、「まず、第一に、なぜ殺したのでしょうか？　しかも引戸を取り付けるまで待ってから殺しているように思います」質問というより、自らの頭を整理するため、視線を上げ、屋根裏の軸組を見つめている。

「それは分かりません」と、孝裕は即座に答えたあとで、「忍び込んで隠れていたが、洋介に見つかって格闘になって殺したとも考えられる」

「もし、そうなったのだとしたら、何らかの物音を聞いていてもよさそうですが、僕たちは何も聞いていません。それに喧嘩十段を自任していた先輩が簡単にやられるものでしょうか」

孝裕はしばらく考えてから首を振った。それを見て宏は続けた。

「……でも、それは置いておきましょう。仮にそうだったとして、犯人はどこから逃げたのでしょうか？　それが第二の疑問です」

「それは――」と言いかけて孝裕は言葉を呑んだ。

「僕は小ホール、左廊下、玄関を通って倉庫へ行きました」

「私はコーヒーを飲み終わって、小ホールから大ホールのワークデスクに向かいました」と孝裕も宏に続いて自分の行動を説明した。

「ですよね。そのときにはまだ洋介先輩の大工仕事の音が響いていたんです。でも先輩は殺され、犯人は消えたんです。消去法からいって、侵入路は大ホールから通じるミーティングルームか物品庫の出入り口しかありえない。でも、部長は誰かが出入りしたのを見ていない」

犯人は外からやって来てまた出て行ったと思いたいが、そんなことが果たして可能なのだろうか、宏は頭を悩ませた。


「麻美は踊っていたし、私は厨房にいたわ。でも、何も気づかなかった」

声のする方を振り向くと、小ホール側の隔板壁から大ホールに姿を現した栄子だった。

そして、孝裕の方に向かって数歩歩み、「先に、お風呂に入ってくるね」と立てた親指を肩に担ぐ。背後の浴室を指しているらしい。片方の手にはタオルと着替えが握られていた。

「え、栄子さん……」心配した宏が駆け寄ろうとするのを、栄子は手を上げて制して、

「覗くなよ。鍵はちゃんとかけるから無駄だぞ」

「……え、栄子さん……」宏はもう一度呟くと、「風呂、ちゃんと洗って、お湯入れておきましたから——。あ、僕じゃなく、全部、祐子さんにやってもらったんですけど。へ、へっ」

栄子はかすかに微笑むと、

「うん、知ってる。……もう大丈夫だから」と鼻声で言って踵を返した。

栄子の目に涙が溜まっていたのを、孝裕も宏も見逃さなかった。ふたりには慰める言葉も元気づける言葉も思い浮かばなかった。ひとりになることを止めたい気はあったが、栄子はおそらくひとりきりで大声をあげて泣きたいのだ。泣いて、泣いて、泣きはらしたいのだ。

隔板壁に消える栄子を見送って、宏は目を閉じ、洋介が殺されたと思われるときの様子を何度も想像してみた。

窓ガラスに打ち付ける雨音と、屋根の風切り音がより鮮明に内耳に響いてきた。

「そんなことよりも、もっと重要なことがあります。それは、見つかるかもしれないという危険を冒さず、なぜ侵入した引戸から出て行かなかったのでしょうか。わざわざ釘で角材を打ち付けて引戸を開かなくすることの意味が分からないんです」

宏は孝裕に正対し、最大の疑問を早口で言い抜けた。なぜ犯人は密室を作ったのか、それが分からなかった。

「犯人は、私たちがこの館に到着して、そんなに遅くないときに侵入していたのかもしれません。夕食までの二時間ぐらい私たちは自由な時間を過ごしていました。犯人は倉庫に身を隠し、私たちが寝静まるのを待つつもりだった。倉庫には使わなくなった家具やガラクタや資材があって身を隠しやすいですからね。といっても、引戸をいきなり開けられると発見されてしまう。だから角材を打ち付けて開かなくした。丸テーブルを引き出したのも、洋介が倉庫へ入ったのもみんな大ホール側の物品庫からです。そのとき玄関廊下側の引戸に角材が打ち付けてあったって誰も気が付きません」

孝裕は熟考しながら、一語一語丁寧に反芻した。おそらく何度も頭の中を駆け巡っていた推理なのだ。

「洋介先輩以外の人が、しかも先輩が倉庫にいないときに、釘を打ち付ける音を立てれば、誰よりも先輩が不審に思ったのではないでしょうか。不要な物音を立ててまで、犯人は危険を冒すでしょうか？　考え難いと思います。それに犯人の心理からいえば、逃走経路として二方向を確保したいと考えるものではないでしょうか」と言ってから、宏は右手をじっと見つめた。引戸を開けようとして開かなかったときの、感触を思い出そうとしていたのだ。

「窓から逃げられると考えていたからでしょう」と孝裕。

「窓は積み上げられた古い家具で逃走経路としてはふさわしくありませんし、実際にも窓は開けられていませんでした」と宏は即座に否定し、うーんと唸ったあと、「でも、――いいでしょう。そうだったとして、その後はどうなるのでしょうか……」

宏の自問自答は続く。

「今までの流れをまとめると、犯人は僕たちが夕食を済ませるまでの間、玄関から入り、最初に目に付いた引戸から倉庫に入る。そして引戸を、音を立てないように釘打ちし、開けられないようにした。そこへ大ホールからやって来た先輩がまず物品庫の引戸を取り付ける。続いて倉庫に入ると、建付けの悪い引戸に角材が打ち付けられていることに気が付く。犯人は人を呼び寄せられるのを恐れ、なんだろうと不思議がっている先輩の背後にそっと忍び寄り、鋭利な錐状の凶器で後頭部に一刺しした。いずれ発覚することを恐れた犯人は、角材を外すことも考えたが、音が立つのを怖れ、ホール側にいる僕たちに——方法論は不明ですが——見つからないように倉庫から脱出。そのまま雨の降りしきる外へ逃亡した——こんなところでしょうか」

宏はいったん孝裕の顔を覗くように見つめ、異論反論がないのを確認してから、

「おかしなところはいくつもありますが、そうだったとした場合、犯人が押し入った目的は、雨をしのぐことと、とりあえず食料を得ること、あるいはお金だと思うんです。ですが、その目的を放棄して逃げた」と続けた。

「殺人を犯したことで、怖くなったと考えられる。殺しが目的で侵入したのではないからだ。洋介殺しは止むに止まれぬことだったんだ」孝裕の口調がきつくなった。

「そうですね。そうとも考えられます。でも、争った形跡がなく、犯人は後ろから一撃で仕

留めています。かなり手慣れた冷徹な犯行だと思いませんか。しかも、あと館に残っているのは、女性と色白で非力な僕と、失礼ですが、部長だって僕より少し背が高いだけで華奢な方じゃないですか。慌てて逃げることもないでしょう」

「それは、そうだが……。金品のためだけに全員殺してまで——とは考え難い」

宏は孝裕の考えに軽く頷いてみせたが、無表情の全く納得していない顔つきで言葉を継いだ。

「決定的に矛盾することがあります。それは、僕が倉庫へ行く直前まで工具の音が響いていたという点です。これが洋介先輩の作業音であったとした場合、僅か一分とかからない間に殺人を犯し、僕に見つからずに逃走したことになります。神業《かみわざ》です。それに僕が直前に聞いた金槌の音は、何を打ち付ける音だったのでしょう？　引戸が開かないようにするための角材を打ち付ける音だとしたら、何のためでしょうか。何のために先輩は、そんなことをしたのでしょう。さらに、引戸を開けようとした僕が、やがて大ホール側の物品庫からやって来ることが予想できた犯人は、なぜ角材を外して玄関へ逃げようとしなかったのでしょうか。バール——釘抜きで立てる音など微かなもので、気に留めるほどの音ではないはずなのに」

と、喋った後、一呼吸おいて直ちに再開した。

「次に、犯人が角材を打ち付けたと仮定しましょう。これこそ意味が分からない。建具がちゃんと収まっていた以上、洋介先輩は建具を修理し終えていた。それを隠れて見ていた犯人は、大工仕事で立てる物音は誤魔化せると認識していたはずです。なのに、釘抜きで角材を外す程度の物音を嫌ってまで、見つかるかもしれない危険を冒してまで、大ホールに面した出口から脱出したのでしょうか？　バールは目につくところにあったのにですよ。いずれにしても、血が固まらず流れていたことと、まだ温かかったことから、洋介先輩が直前まで生きていたことは間違いありません。密室を作ったのが先輩であれ犯人であれ、いずれ僕が大ホールから物品庫、倉庫に入って来るだろうとは予想できることです。玄関に繋がる引戸が開かないので、『開けてください』と僕が声をかけているんですから。そうした場合、犯人が逃げるとしたら、窓かあるいは角材を外して引戸から逃げるかのどちらかです」

一気に喋り切った宏は、目を見開いて、乾いた唇をなめた。そして、踏み入れてはならない領域に踏み込んだ。避けては通れないと腹を決めたのだ。

「でも、オクトパスマンではない犯人が、僕たちの中にいるとして考えた場合は、様相が違ってきます。たとえ倉庫に入っていっても、洋介先輩に疑われず、背後に立つことは可能です。考えてもみてください。倉庫は足場の踏み場もないほど、壊れた家具や建材でごった返していました。物音を立てずに、忍び寄ることはかなり難しいです。それに先輩は腕力には自信がある。そう簡単にやられるとは思えません。何らかの抵抗をできたはずです。でも、そんな形跡はみられなかった。それは身内だからと油断していたからではないでしょうか」

孝裕の視線が鋭く宏を射る。

「ぼ、僕だって、仲間を疑いたくはありません。諸先輩方を信じています。でもちゃんと検証しないと、第一発見者である僕が疑われるんです。警察が来るまでに検証しておかないと」

「それでっ！　我々の誰かが犯人だったとしよう。その場合はどうなる。洋介が簡単に殺されたことの説明は自然になった。だが、それだけじゃないのか。やはり、引戸を固定したことの意味は不明だ。それに犯人はどこに消えた。誰が犯人であったにせよ、犯人が消えたことは間違いないんだ」

孝裕は仲間を疑う宏に対し、憤怒《ふんぬ》する感情を抑えていた。それが言葉の端々に現れていた。

数瞬の沈黙の後、宏は肩をすくめながら、孝裕の目を見ずに答えた。

「そうです。内部犯人説を採用した場合も、引戸を固定したのが洋介先輩であれば、同じく意味が分かりません。しかし、僕たちの誰かが、引戸を固定したのであれば、犯人に何らかの意図があったはずです。わざわざ密室状態を作った仲間内ならではの理由があるはずです。外部犯では密室状態を作る意味がないのは今までに言ったとおりです」

「仲間内ならではの理由とは、――それは何だっ」

孝裕からは、もういつもの鷹揚とした態度は完全に消え失せていた。さらに、

「そうすると、あのとき大ホールに姿を見せていなかった、祐子か栄子のどちらかが犯人だということになるんだぞ。分かって言っているのか、宏っ。お前が知らないだけで、いろい

ろあってたまに喧嘩もするが、喧嘩するほど仲がいいんだ」

孝裕は、洋介の死体を前に、祐子と栄子が険悪な雰囲気になったのも、何でも言い合える仲だからこそで、そこに諍《いさか》いなどなかった、ということを言いたかったのだ。

「そ、そうは……思いますが、……でも」

「もう一度訊く。仲間内ならではの理由とは、——それは何だ！」

孝裕の形相は舞台でも見せたことがない、初めて見せる憤怒の表情だった。宏は怯《ひる》みそうになりながらも、冷静に事実だけで対応しようと心に決めた。

「いっ、今は分かりません。僕だって疑いたくありません。入部して軽口ばかり叩いていましたが、皆さんのことが好きです。で、でも……。いえ、だからこそ、もう一度良く調べてみたいんです。さっきは現場保存ということで、触れない方が良いと僕も思いましたが、あの引戸には何か細工があるはずです。そう考えなければ説明が付きません。密室状態に見せることで犯人に有利になる何かがある以上、密室の謎が解ければ、犯人を追い込めるはずです」

「いったい、どうしようと言うんだ」

孝裕はさっきからずっと、握り締めた両のこぶしを、組んだ腕の中で隠そうとしていた。

「鍵を借りて——、いえ、祐子さんには来てもらわなくても構いません。部長と一緒に倉庫に行って、もう一度引戸の周りを重点的に調べてみたいんです」

「調べるって、何をだ。戸が開かなかったのは確かめてみただろう。角材で固定されていたのは間違いない。この手で確かめたんだ。引手の上部で釘打ちされた角材は、右にも左にも上にも下にも全く動かなかった。それだけは断定できる。間違いなく板壁に固定されていた。この左手に、今でもそのときの感触が残っている」

孝裕の勢いに宏は気圧《けお》されそうになった。

「ええ、確かにそうです。僕も見ていました。でも、自分でもっと詳しく——」

孝裕は腕を組んだまま、睨むような眼差しで、宏の顔をしばらく見つめていたが、やがて腕を解きながら、

「私が犯人だったらどうする」

突然、冷たい毒がその声に混じった。

「そ、そうでないのは、自分が一番良く知っています。洋介先輩が倉庫に入ってから、僕は部長がずっと大ホールにいたのを知っていますから」

「だが、逆にお前が、いや、君が犯人でないことを、私は一〇〇%の確率では知りませんよ」孝裕の口調が改まった。

「そうですね。おっしゃるとおりです。ですから部長には、少し離れたところから僕を監視してもらえればいいんです。僕ひとりで倉庫に入ったのでは、死体を勝手に動かしたとか、証拠を隠滅したんだろうとか、原状を荒らしたと、後で言われるのを防いでおきたいんで

す」

　孝裕は、もう一度腕を組み直し、考え込むようにたっぷり沈黙の間を置いてから、

「それでもダメだ。賛成できない。現場保存が一〇〇%保たれていないとしても、これ以上、素人が徒《いたずら》に触れるのは良くない。物品庫の扉は警察が来るまで開けない方がいい」

「だけど――」言い募ろうとする宏を手で制すと、

「それに、男ふたりが倉庫の中に入ってしまったら、誰が女性陣を守るんだ。洋介を殺した犯人は外部犯――オクトパスマンだと俺は思っている。まだここら近辺に隠れている可能性だってあるんだ。俺たちがひとつの部屋に入ってしまったら――、もし万が一、奴が戻って来て、館内を彷徨《うろ》ついていたって分からない。気が付かない。だからここにいて、じっと夜明けを待つんだ。どうやったって、洋介が生き返るわけではないし。それなら、現場保存も含め、このホールでじっと待つ方が一番良い」

　孝裕はそう言った後、窓ガラスに映る自分自身に言い聞かせるように、腕を組んで大きく頷いた。グループのリーダーらしく、残ったものの安全を第一に考えたのだ。宏にもそれは理解できた。

　大好きな先輩が殺された。いつも怒られてばかりいたけど、そこに愛情はあった。好きだった。だから犯人を突き止めたい。そんな思いが先行していた。

　だが、孝裕の指摘のように、究明しようとすれば、残された仲間を疑うことになる。残さ

れた先輩方にも洋介同様親しみを抱いている。普通に考えればこの中に殺人犯がいるなんて考えられないことだ。

——推理好きの悪い癖が出たのかもしれない。

「すみません部長。決して皆さんを疑っているわけではありません。ただ、何かしていないと不安だった……それだけです」

宏は少しの後悔をしながらため息を吐いた。

「宏、だからと言って、これっぽっちも、お前を疑ってなんかいない。さっきはああ言ったが」

腕組みを解いて言い切る孝裕に、少しだけ安堵《あんど》すると、

「それより、……少しおなかすきませんか？」宏は何気に時計を見る。

「いいや、私はいい」

「僕、食堂へ行って、何か、とってきます」

「うん、そうする方がいい。疲れているんだ。栄養補給が大事です」

このときには、いつもの穏やかな孝裕の声に戻っていた。

宏は重い腰を上げた。そして食堂へ消えた。

一三　【現在】…蜘蛛手　密室を語る

蜘蛛手が記録書の、ちょうど洋介殺害辺りを読んでいたところで、

「この平面図は原設計図そのものではないよな」と訊いてきた。

宮村は「ああ、当時の現状図だと、僕も思うよ。読んでもらって分かるだろうけど、間仕切りが取り払われて大部屋になっているし、物品庫は元図書室だったって書いてもあるしね。引戸の配置ももちろん――。でも……そんなところかな、原設計図から変化しているのは。それが何か――」

「いや、倉庫の密室は解けたかいと訊くからさ」

「うん。洋介殺しはちょっとした密室殺人だ。蜘蛛さんならそこまで読んだ時点で解けているかなと思って口を挟んだんだ」

蜘蛛手は椅子に浅く座り直し、背凭れに身体を預けると、右足首を左足の膝に乗せ、その右足が水平になるまで足を組んだ。

「例えば、倉庫の引戸は接着剤で接着されていた。殺害後、角材の半分を板壁の方に接着し、

引戸から廊下に出る。引戸を締めた後、今度は戸と枠を接着する。これで密室の完成だ。音の問題も解決する。もちろん釘はダミーだ」

「そんなバカな。これは実際に起こった事件なんだ。そんな冗談みたいなことが――」

「あり得ない話じゃない。全員が死亡か不明になり、館は警察が来る前に焼け落ちていたと言ったよな」

「まあ半分ぐらいはね。一階の倉庫を中心に焼失したんだ」

「とすれば、証拠はこの図面しかない。そこにトリックがあったのさ。図面が現実と合っているかどうかは検証できない。図面は図面でしかない」蜘蛛手は添付の図面を摘み上げる。

「――だけど」宮村は首を振った。

「接着剤を使っていないなんて誰にも断言できるわけがない。焼け落ちてしまっていれば誰も検証できない。なぞなぞならこれも正解のひとつだろう」蜘蛛手は譲らない。

「……」宮村は口を歪めた。

「まあ、例えばの話だ。本気で思っているわけではないよ。ただ、今のような答えの方が笑える分だけましだということさ」

「……どういう意味だい？」

「君は今、冗談のようなといって怒ったけど、僕にしてみれば、この程度の謎を僕に提示すること自体が冗談のようだよ。謎といえるほどのものでもないってことさ」

なるほど、蜘蛛手はすでに見破っているようだった。

「さすがだね。やっぱり蜘蛛さんだ」

この程度の謎では蜘蛛手を悩ませることもできなかった。分かってはいたが、やはり、鋭い。ここはこれ以上蜘蛛手のプライドを傷つけない方が得策だ。臍《へそ》を曲げられたら後々面倒なことになるのは、今までの付き合いで重々承知している。

「宮村、君が知りたいのは、この密室の真相ではないはずだ」蜘蛛手は言う。

さすがに先を読んでいる。そのとおりだ。

「逆に、君に質問だ」

まずい、すでにご機嫌を損ねてしまったか？　質問しているのはこっちの方なのに。

「引戸の引手はどの高さに付けるのが正しい」

何の話だ？　と疑問に思いつつも、

「……腰高とか、下腹の辺りの高さが一番使い易いかな。現にその辺りに付いているよね」

「使い勝手という観点に立てば、もう少し高い位置、腹と胸の中間辺りが一番使い易い。肘を軽く曲げた高さだ。だが現実的にはもう少し低い位置にある。床から九〇センチ程度の高さだ。これが何を意味するか分かるかい」

宮村は首を捻る。そこまで細かいことを気にしたことはない。

「洋介が調整した倉庫の引戸の高さは二メートルと一般的な引戸に比べ高い。だから引戸の重心は一メートルのライン上にある。つまり本来なら重心のある線上に引手があった方が、力学的に無理なく、スムーズに動くのさ。これがずれていると重心を中心にモーメントが働き、扉は開け難くなるのだ。それが分かっていれば、答えはおのずと導かれる」

「……」ダメだ。

宮村は頭を掻いた。完全に質問の仕方を失敗した。臍を曲げられてしまったようだ。蜘蛛手がこういう言い回しをするときは、絶対にこれ以上の説明はしない。久しぶりに会ったので蜘蛛手のトリセツを誤ってしまったのだ。

「そんなことより、いろいろと違和感だらけの記録書だな」

蜘蛛手はそれだけ言うと、また記録書に目を落とした。

——でも、興味はそそられたようだ。

一四　【過去】…『鶴扇閣事件の記録』（八月二〇日　未明から早朝）

「麻美さん。大丈夫ですか。気分の方は――」

数分後、宏がベーグルと缶コーヒーを持って大ホールへ戻ってみると、そこにはジャージを羽織ってストレッチしている彼女がいた。

「ええ、もう大丈夫よ。何かしている方が、気が紛れるし――。さっき部長がやって来て、戸締りも今一度確認して異常もないから、下りて来ていつものことやったらって――」

「そうですよね」部長なりに気を遣ったものだろうと宏は考えた。そして姿の見えなくなった孝裕を目で探していると、ちょうどミーティングルームから出て来るところだった。手に何か持っている。

「台本のコピーを頼んだのよ」

こんなときでも、まだ稽古のことが――、と言いかけたが止めた。彼女の言うとおりこんなときだからこそ、いつもの日常、毎日やっていることをやるべきなんだと、宏は無理やり自分を納得させた。

少しの間、ふたりから脚本の説明を聞き、演目の打ち合わせをしたあと散会すると、大ホールでは日課の日舞が再開された。

宏は大ホール中央より少し離れたところ——小ホールの隔板壁に近いところで、見るとはなしに日舞を見ていた。脚本の内容も打ち合わせの内容も頭に残っていなかった。同じ位置で同じ日舞を見ている。デジャブではなく繰り返されるループ。洋介先輩の死を挟んで同じものを見ている。

しかし頭の中は違った。活発に動いている。密室のトリックもさることながら、どうして洋介先輩が殺されなければならなかったのか。目的が分からない。殺人を犯さなければならないという思考が宏には理解できずにいた。

……結局、先輩から大工技術を教わることはなかった。

缶を口にあて、傾けて、初めて空になったことを知る。

嵐が去り、夜が明け、警察がやって来るまで、こうしているしかないのか?

事件のことは忘れ、日常に没頭する。

……それでいいのだろうか?

結論の出せないことだからって、無理やり考えないようにしようなんて……。

……でも、みんないい人たちだ。

——いい人?

何を根拠の、いい人なんだろう。……僕はあまり知らない。知り合ってまだ五ヵ月なんだ。

宏の頭の中は自問自答を繰り返すだけだった。

そうして、しばらく時間が経過した後だった。

〝ガシャーン〟

音は唐突に響いた。何だろうと耳を澄ましていると、

続いて、〝キャーッ〟という女性特有の甲高い悲鳴が続いた。

音源は浴室のある方からだった。

普段は弟たちの世話でゆっくり入っていられないから、合宿のときは必ず長風呂になる栄子の習慣にしても、一時間を超えていた。そして、その悲鳴が、栄子のものであることも容易に推察できた。

宏はすぐに駆け出した。小ホールへ抜け、左廊下を通って裏廊下から脱衣室に向かう。左ルートの最短距離だ。

一方、孝裕は大ホール中央で、比較的ワークデスクに近いところにいたので、右ルートを選択した。一連の動作をお互いアイコンタクトで了解し合ったのだ。

全体を俯瞰し、作業を分担する方がベターだと考えた故の結論だった。一度パニックを経験したことで冷静になれている自分がいたことに宏自身が驚いていた。

宏は裏廊下の脱衣室の出入り口に着いた。

「栄子ーっ」と叫びながら近づいて来る声がする。反対側から孝裕がやって来ているのだ。

脱衣室のノブは回る。鍵はかかっていない。

でもその前に、隣のトイレ・洗面を確認する。

そこは出入り口に扉がないので、室内の確認がし易く、誰も潜んでいないのが一目で分かる。但しふたつあるトイレブース内は不明だ。だから、すぐに床に伏せた。トイレブース下の二〇センチほどの隙間から中を覗き、誰かが潜んでいないか確認したのだ。

すると反対側からも孝裕が床に伏せてこちらを見ていた。目が合った。同じことを考えていたのだ。

「宏っ。こっちからは鍵がかかっていて脱衣室に入れない」

「こちらは開いています。今すぐ開けます」

「気を付けろ。宏っ」

「はい」と大きな声で答えながら、勢いよく脱衣室の扉を開けた。室内は栄子の着ていた衣類とタオルが脱衣籠にあるだけだった。反対側の扉がガチャガチャ音を立てている。型ガラス越しに孝裕の姿が見える。宏はすぐにサムターンを回し、ドアを開け、孝裕を迎え入れた。

そしてふたりして浴室の引戸を引き開けた。

浴室の曇りガラス戸を開けると、ものすごい勢いの風が孝裕と宏のふたりに容赦なく、吹き付けた。身体が押し戻されるぐらいの強風だった。一枚の窓ガラスが割れ、外の風が直接吹き込んでいたからだ。

だが、それよりもふたりを驚かせたのは、血で赤く染まった浴槽だった。そこには全裸でうつ伏せに沈む栄子の裸体があった。背中から刃物の柄が出ている。刺されたのだ。犯人の姿はない。

窓サッシは縦二〇センチ×横二七〇センチの大きさだが、三分割されていて真ん中が嵌め殺し窓だ。つまり開閉できるのは両端だけで――、目いっぱい開けても、幅九〇センチ（高さ二〇センチ）しかない。しかも天井ギリギリの高い位置にある。

そのうえ割れたガラスは鮫の歯のようにギザギザにサッシ枠に残っているところがあって、錆付いたクレセントは閉まったままだ。長い間開けられた形跡はない。

これでは到底、脱出は不可能だ。一般の人間なら。しかし、……オクトパスマンなら……あるいは……。外部犯を信じる宏がいた。

とりあえず、さっと室内の確認だけすると、宏は孝裕と一緒になって、栄子を浴槽から引き上げることにした。まだ息があるかもしれないと期待したのだが、ふたりで両脇を支えたときに、それが無駄であることが知れた。目に焦点はなく、首はだらしなく後ろに折れたからだ。脱力した栄子の全体重がふたりの腕に重くのしかかった。

割れたガラスの破片は浴槽内にも洗い場にもない。つまり外からではなく内側から割られたということになる。犯人はここから外に逃げたというのか。

決して冷静だったわけではない。他のことを考えなければ泣き崩れそうだったからだ。また大好きな仲間——栄子さんが殺されたのだ。

しかし、そのとき、

「うぎゃーっ!!」天を突くような叫び声が響いた。

今度はホールの方からだ。声は祐子のものに違いない。

孝裕と宏のふたりは、栄子の亡骸《なきがら》を再び浴槽に沈め、一散に浴室から飛び出た。続けてトイレを抜け、左廊下に出る。

なぜなら、隔板壁の裏——反対側からどんどんと激しく打つ音がしたからだ。

「どうした祐子っ」隔板越しに孝裕が叫ぶ。

「ひっ、ひーっ、た、助けてっ。変な男が、た、たった今、ここを——」なおも隔板を叩き続けている。大ホールのちょうど更衣・機材スペースになっているところに祐子はいる。

「待ってろ。すぐ行く」孝裕はそう言うと、宏に向かって左廊下を指さした。自らは右廊下を廻って大ホールに行くつもりなのだ。

「気を付けろ。犯人が隠れているかもしれない」

「はい。分かっています」宏はそう言うと小ホールを回り大ホールへ抜け、更衣・機材スペースに向かった。大ホールに入った時点で、右廊下から合流点へ走ってくる孝裕が見えた。

ふたりが更衣・機材スペースのふたつあるカーテン扉をそれぞれ同時に開けた。

果たして、祐子が床に伏して震えながら泣いていた。右足の義足は外れて転がっている。

「どうした祐子」孝裕は抱き起こして問いかける。祐子は、震えて、泣き崩れてまともに答えられない。

「大丈夫だ、祐子。僕だ。安心しろ」そう言って孝裕が包むように抱きしめると、少し落ち着いたようで、

「――二階にいたんだけど、何だか栄子の声が聞こえた気がして、それで一階に下りて大ホールに来たんだけど、誰もいなくて、もしかしたら更衣室かなと覗いてみたら、――入ったと同時に誰かが飛び出して来て――」

「どんな奴だった」

「背の高い男だったように思う。ただ、びっくりして立ち竦《すく》んでいたら、いきなり蹴られて――。そしたら義足が外れて――。後は分からない。ただ、怖くなって隔板を叩いたの――」

宏は何か釈然としないものを感じた。

「二階から一階に下りるとき、なぜ僕にも部長にも出会わなかったのですか。栄子さんの叫び声がしたときどうしてすぐに下りて来なかったんですか。上で何をしていたんですか」だ

から少し詰問するような訊き方になった。

「そ、そう言われても……、脚本の修正でもと思ったんだけど、やっぱり、洋介が殺されて……不安が大きくなって……。義足を外して、布団にくるまって耳を塞いでいたから――」

なるほど。それで叫び声も判然としなかったし、階下へ下りるにも義足を着けなければならない。だから宏たちが浴室に入ってからしか下りて来られなかった――のなら辻褄《つじつま》は合う。

「それで――」

ここに至って、祐子は何かに気付いたようで、黒目を大きくして孝裕に向き合う。孝裕のジャージの胸元には栄子の血がついていた。

「ねえ、栄子に何かあったの？　栄子はどこ？」

「心配するな。何も考えるな」そう応える孝裕にも余裕はなかったはずだ。

「栄子もまさか……」

沈黙が雄弁に物語っていた。祐子はその場に突っ伏した。

ふたりは衝撃を受けて泣き崩れる祐子を大ホールに残し、再び浴室に向かった。祐子をひとりにしておきたくなかったが、栄子の亡骸を検分するためだ。仕方ない。犯人は逃げてしまったのか、全く気配を感じなかったし、何より同行させて、栄子の悲惨な死に顔を見せるよりはましだとの判断を優先させた。

左廊下を通って浴室へ向かいながら、宏は確認した。

「部長、外へ通じる全てのドアには閂がしっかりかかっていました。栄子さんの悲鳴を聞いて浴室へ向かうときも、祐子さんの絶叫を聞いて大ホールへ戻るときも、そして今も、こうしてすべてのドアは閉まっているんです。外部のどこからも侵入できなかったはずです。それに館内にも、もはやいる気配がありません」

「オクトパスマンは風呂場の窓から逃げたに決まっているじゃないか」孝裕は断言する。

「無理ですよ。窓は――、幅はともかく高さが二〇センチとなさすぎます。おまけに高い位置にある」

「世界には特異体質の人間はいるものだ。俺たちの常識――狭い認識だけで判断しちゃいけない」

「でも、それじゃあ、犯人は浴室の窓から脱出して、またどこからか侵入して、大ホールに隠れていたっていうんですか。祐子さんを襲った犯人は、どこから侵入してきたんですか」

宏も興奮していて大声で反論する。

「それは――きっとどこかに、俺たちの知らない秘密の出入り口があるんだ、ここには。年に一回か二回しか利用しない俺たちの、知らない何かがあってもちっとも不思議じゃない」

会話はここで終わった。

あえて玄関を回り、トイレ、脱衣室と入り、再び浴室のサッシを開けた。数分前の景色は、願いむなしく変わっていなかった。当たり前だ。

「部長、ほら高窓のクレセントは開けられた様子がありません」宏は窓を指さし、「割れた窓にはガラス片も残っています。如何《いか》にオクトパスマンでも――」

「分かった。もういい」孝裕は手を振った。「だがな、秘密の出入り口がきっとどこかにあるはずだ。――雨漏りしているのは、その近くに、きっと、秘密の出入り口があるからだ」

ふたりは浴槽に膝までつかりながら、やっとの思いで栄子の死体を引き上げると、洗い場のタイルの床に横たえた。背中から出ていた柄は包丁のものと思われた。

なぜ？　どうして？　誰が？　頭の中では思考が空回りするだけで、次にどうしたらいいのか分からず、ただ、宏と孝裕は見つめ合っていた。

恐怖、不安、衝撃、悲哀、多くの感情の渦の中で、それでも宏は考え続けた。

犯人は窓から逃げたのではない。窓が割れたのは、栄子が逃げようとして割ったからだろう。右手甲にあった切り傷がそれだ。

まだ調べていないのは、二階だ。二階に潜んでいるのだろうか。しかし二階に逃げ込むのはさらに不可能だ。祐子の叫び声が聞こえて、宏たちはトイレの右側の出口から飛び出した。つまり階段がある側だ。この時点で、どんなに足の速い犯人だって、階段まで到達できるはずがない。

そのあとで、宏は左、孝裕は右廊下へと別れて大ホールに向かったのだ。どちらかが犯人と出会っていなければならない。しかし、忽然《こつぜん》と消えた。

洗い場の床に横たえた栄子を、ブランケットで包んでいる孝裕の背中を、宏はじっと見つめていた。

――誰かが嘘をついているんだ。

――なぜ、嘘をつく？

孝裕は辺りを憚《はばか》るでもなく大粒の涙を流しながら、濡れた栄子の顔を慈《いつく》しむように拭いていた。

――それは殺人犯だからか？

――なぜ、今まで一緒に歩んできた仲間の命を奪うのだろうか？

他人の死でそんなにも泣けるのだろうか。親友である洋介先輩の死のときでも泣かなかったのに……どうして。

だが、それ以上の考察をしている時間的余裕は、宏にはなかった。

そのときだった。背後で耳を裂くような悲鳴が、また響いた。

「いやーーーーーーっ!!」

「あ、麻美さん！」

振り返ると、彼女は脱衣室で仁王立ちになり、髪を振り乱して激しく頭を振っていた。血まみれの殺害現場を見てパニックになったのだ。親友の無残な姿を見て繊細な神経が崩壊したようで、振り乱した髪が燃え盛る炎のように見えた。

すかさず孝裕が近寄り、なだめようとするが、拒絶するように両手をばたつかせ、さらに狂ったように叫ぶ。孝裕の手や腕に付いた栄子の赤い血を見て余計に興奮したのだ。

「ぎゃーーーーっ！　触らないで！　もう、たくさん。こんなところなんか、いられない！」

そう叫ぶが早いか、孝裕を突き倒し、裏廊下に出て、そのまま裏口から外へ飛び出してしまった。

宏はすぐ後を追ったが、後から追いついた孝裕に突き飛ばされ、抜かれてしまった。

宏はすぐに立ち上がって追いかけようとしたが、裏口を抜けたところで止まった。

誰が閂を外した？　なぜか裏口の固い閂はあらかじめ外されていたのだ。

いつ外した？

誰が外した？？？？

デッキを出て、すぐ右手、山手に向かって駆け上っていくふたりの後ろ姿が見えた。

雨は再び激しくなっていて、殴りつけるような雨粒が、すぐさま全身を濡らす。冷たさよりも痛さを感じるほどだった。

頭に去来した疑問が何だったのか、考察を続けたかったが、宏も情動に勝てなかった。山を駆け上るふたりを——、孝裕の後を追って駆け出すしかなかった。

追いかけ始めてすぐ、宏は異変に気付いた。孝裕はともかく、先に行く人影がものすごいスピードで駆け上っていく。どんどん離されていくのだ。動きも軽やかでとても女性のものとは思われなかった。

暫く追いかけてから後、灯台の閃光がまるでスポットライトのように、先頭を行く人影を照らし出した。痩身でフードを被った衣服が雨で張り付いているせいか、巨大化したナナフシが二足歩行しているように思えた。明らかに見たことのない男の後ろ姿なのだ。

孝裕の位置からでは近すぎて、育ち過ぎた草木に邪魔されて、見えていないのだ。

宏は孝裕を見失わないように追いついて行くのがやっとだった。山から海に向かって強い風が吹き付け、追うふたりの正面に、矢のような雨となって、降り注ぐ。背丈より高く育った鞭のような細い葉を持つ雑草が、風になびき容赦なく打ち付ける。捲った袖から出た前腕は切り傷だらけになった。

山頂へと上っていく一本の獣道、くねくねと折れ曲がった道がもどかしい。しかしその道も、強風で折れ散った草木に覆われて、すぐに分からなくなる。

「部、部長ーっ！　待ってください」宏が叫ぶ。

ときどき光る灯台の灯りが孝裕の位置を確認するのに役立った。暗闇のままだったらとうに置いていかれたことだろう。

「部、部長！　間違っています。追っているのはっ、オクトパス、マンなんですッ」

孝裕は一心不乱に、振り返ろうともせず、どんどん上っていく。正面から吹き付ける風が、孝裕を呼ぶ声さえも押し戻す。

「このままじゃ、僕たちが、遭難しちゃいますっ！　戻りましょうッ」

宏は雨に濡れた草に足をとられ、倒れ込んだまま、あらん限りの声で叫んだ。そのおかげか、先を行く孝裕の足が止まった。そのすきに宏は立ち上がり、やっとのことで、孝裕に追いつくことができた。

孝裕の足からは血が流れ出している。

宏は自分の足元を見る。やはり同じように血が流れていた。草木や礫《れき》で足が切れたのだ。大雨に流されつつも、識別できるのだから、かなり深い傷を負っているはずだった。慌てて飛び出したのでふたりともサンダルだったのだ。痛みはアドレナリンのおかげで感じていなかったが。

宏は孝裕の傍にへたり込んだまま、微動だにせず麓《ふもと》を見下ろしている孝裕の視線の先を追った。孝裕が足を止めた本当の理由が理解できた。

崖は洋介が言ったように、山頂付近から海岸へ向けて崩れ落ち、あったはずの道路もぽっかり抜け落ちていたのだ。

宏も孝裕と一緒になって、抉《えぐ》り取られた赤土色の斜面を呆然《ぼうぜん》と眺めていた。

灯台がまたピカッと光った。雨はもう気にならなくなっていた。

「とにかく、いったん戻りましょう。犯人は部長の言うようにオクトパスマンだったんです。遠目だけどはっきりこの目で見たんです」

宏は、崖の崩れた急斜面を今にも駆け下りようと、眼差しを向けている孝裕に気づいて、その腕をつかんだ。

「戻って、どうするんだっ!」

孝裕はつかまれた腕を振り払いながら叫ぶ。

「冷静になってください。追っている相手が違います。彼女だって靴に履き替えている時間はなかったじゃないですか、僕たちと同じように。こんな礫と草だらけのところを登れるわけがないんです。だったら、どこかで見失ったんです。男ふたりがこれだけ追って追いつけないわけないじゃないですか。ただその結果、潜んでいたオクトパスマンを炙《あぶ》り出し、奴を追いかけることになってしまいました」

「じ、じゃ——どこに」

「すでに鶴扇閣に戻っているんじゃないですか。最初こそ興奮していたかもしれませんが、この雨に打たれて、今頃は冷静になっていますよ、きっと。そうですよ、戻っているに違いありません。女の足で来られるところじゃありません」

「そうだな、そのとおりだ」

「そ、それに――」宏は言い澱んだ。

「それに、何だ」このときになって、孝裕は初めて宏を振り返った。

「あの殺人犯が、鶴扇閣に戻っていたとしたら……」

「逆に――危ない」ふたり同時に同じ台詞を発した。

孝裕と宏は今来たばかりの道を戻っていった。足の怪我が気になったが、下り坂と追い風ということもあって、一五分もすると鶴扇閣が見えてきた。

この頃には雨はかなり小雨になっていたが、風は依然強く、建物の、鶴の首のような尖った屋根は大きくしなっている。

「おい、おかしいぞ。照明を切ってきたか？」

孝裕の問いかけに、宏も視線を伸ばす。その先には灯台から発する灯りによって、鶴扇閣独特のシルエットこそ浮かんで見えたが、建物から漏れているはずの明かりはなく、照明が全て消えているのが見てとれた。

「そんな暇なんかありませんよ。――発電機の燃料が切れたからでしょう」

「違う。満タンの燃料がなくなるには早すぎる」

ふたりは顔を見合わせ、一散に駆け下りた。

一五　【過去】…［タクシー拉致事件］（八月一九日　午前七時四〇分）

ちょうど一ヵ月前の、日曜の夜のことだった。この日のことは昨日のことのように覚えている。如何に忘れっぽい私でも忘れることはない。それほどの衝撃事だったのだ。

〝コト〟玄関先で、何かが動いたような気がした。

少し気になって、2DKの寝室として使っている和室から出て、戸口を検めてみた。特に異常はなかった。ドアチェーンもちゃんとかかっている。建物が軋む際のラップ音か何かだろう――そう思って、和室に戻り、そのまま読みかけの本を読み続けた。ヘッドホンをして音楽を聴きながら。

一一時を過ぎ、就寝前にシャワーを浴びるため、ユニットバスに入った。

その頃には物音のことなどすっかり忘れていた。そして、シャワーで全身を濡らした直後、シャンプーが切れていることに気付き、替えをとりに脱衣室へ戻った。そのとき脱衣室とダイニングキッチンを結ぶドア――型ガラス額付扉――の向こうで何かが動いた。

――誰かが侵入している⁉

私は自分で自分の口を押さえ、悲鳴が漏れないようにした。瞬間、何をして良いか分からなかったのだ。

次の瞬間には、侵入されないように脱衣室の扉のノブを両手で強く握った。この扉に鍵はない。しかもこちらは全裸だ。全身をこわばらせて、握り続ける。取り付けの甘いノブがカタカタ音を立てる。浴室では椎名林檎の歌声が響く。

影はドアの前で止まった。男と距離をとれない。扉を挟んで一メートルもないのだ。

濡れた身体の水分が一気に凍りつく。

侵入者の表情までは分からないが、成人の男には違いない。ゆっくり首を傾げながら、こちらを見、白い歯がこぼれた気がした。余裕だ。扉を開けて、こっちが追えないことが判っているからだ。

私はさらに力をこめ、ノブを握り締めた。

――何者だ！　どこから侵入したのか？

外出から帰ったのが九時、そのとき玄関ドアに異常はなかったはずだ。部屋に入って、すぐにドアチェーンはかけた。九時以降に侵入は無理だ。

しばらくして〝東京事変〟のＣＤが止むと同時に、影は玄関の方へ動き、やがてチェーンを外す音のあとに、玄関ドアが静かに閉まる微かな音がした。

チェーンを外す音？

チェーンを外す音？

チェーンを外す？　……音　……？　……？？？

――男は九時より前から侵入していて、隠れていたとでもいうのか。そんな……。

もし、隠れるとしたら……。

まさかクローゼットの中？

帰宅してから二時間が経つ。それまでじっと隠れていたというのか……。

私は濡れ髪のまま、洗濯機の中に放り込んでいたガウンを大急ぎで着、脱衣室を出た。そしてためらうことなく、思い切って、そのままの姿で玄関を出た。ちょうど一〇階で止まっていたエレベーターに飛び乗り、一階まで下り、さらにマンションから大通りへ駆け、辺りを見回した。それらしき人影はもちろん、猫の子一匹も姿を見せず、森羅万象の全てが、闇の中に溶け込んだかのように、しんとして静まり返っていた。

私は諦めてエレベーターに戻った。

――誰だ？　中肉で背丈は同じくらいか、少し低いくらいだった。

――髪は？　短髪ではない。ロングでもない。

エレベーターが一〇階に着くと、ホールの空気が澱んでみえた。

急いでいたため、鍵をかけずに出て行ってしまった。といってもせいぜい三、四分程度のことだ。

玄関ドアを開けた瞬間、私は立ち尽くした。出がけに引っ掛けてしまったパンプスがちゃんと揃えられていたのだ。しかも爪先を部屋側に向けて。

——ま、まさか！

戻って来ていたというのか？ なぜ？

私は叫び出したくなるような気持ちを押さえ、玄関ドアを開け放したまま、身構えながら2DKの部屋の隅から隅まで調べた。クローゼットはもちろん、流しの棚、洗濯機の中まで調べたが、誰も隠れてはいなかった。

……誰も隠れてはいなかったが、震えは、いつになっても止まらなかった。

＊

辺りが急に暗くなったかと思う間もなく、ドアウィンドウに大粒の水滴が流れ始めた。雨が降り出したのだ。突然の天候の変化に後ろを振り返り、リアウィンドウ越しに空を見上げる。青い空とどす黒い雨雲の境界がはっきり見て取れた。まさしく雨雲に突入した瞬間だったのだ。

タクシーはどこへ向かっているのだろうか？ 大阪方面か、三重の南部か、どちらにしろあまり足を踏み入れたくない地域だ。

「暗黒の領域へ突入した」運転手に聞こえないように呟いた。

このタクシードライバーに扮した男は、ただの変質者ではない。それだけははっきりしている。きっとどこかで会っているはずだ。

(思い出せ。思い出せ。思い出せ)

私は念じるように眉間に指先を当て、強く目を閉じた。

……やはり、私の記憶が欠落している頃に出会っているのだろうか……。

この男とはどこかで……。


私は九年前、事故に遭った。そのときの怪我が原因で、今でも後遺症に悩む。記憶の一部が欠落しているのも症状のうちのひとつだ。こうした後遺症治療のため、今でも定期的に診療を受けているが、効果は薄い。

つまり私の記憶は、この九年分しかない。しかもそれすら危ういときがある。だからそれ以前のこととなると余計思い出せないのだ。いや、思い出さないようにしていると言った方が正解かもしれない。精神が、身体が、拒否反応を起こすからだ。三番目に付き合った男がいけなかった。そいつがすべての元凶だったのだ。

その男とは半年ほど付き合って結婚したけれど、失敗だった。最初は優しい男だった。女の気持ちを理解し、女の立場を尊重する自称フェミニストだった。生真面目で実直で——、しかし融通が利かない。そのうえ潔癖症だった。——嫌だった。次第に息が詰まった。

そして何より私の人生を好転させる力のない男であることが分かったのだ。それが決定打になった。

離婚を切り出したところで応じそうになかったので、機をみて逃げ出した。だけど執拗に追い掛け回され、山林に逃げ込んでもしつこく追ってきた。そのとき事故に遭ったのだ。

あの日のことは思い出したくもない最悪の一日だった。記憶を遡《さかのぼ》るとき、必ずこの一点を通り過ぎることになる。すると動悸が激しくなり過呼吸に陥ってしまうのだ。医者からは命に関わる病状だから、無理に思い出そうとしない方が良いと言われている。その一点を飛ばして、更に過去を思い出せそうなものだと思うのだけれど、何故か私の場合はそれが出来ない。医者も精神的な問題というだけで、真の原因も治療法も見出せないでいる。

事故の後、何もかも失った私は、生まれ故郷の北海道に戻った。札幌の中心部から車で一時間ほどの街だ。ひとりっ子で両親もとうに亡くなっていて、親戚縁者がいるわけではない。しかし、世界で唯一愛着がある場所だった。

更地となった実家跡地で、佇《たたず》んでいると、幸いなことに、声をかけてくれた中高年の女性——名は石田という——がいて、彼女がしばらく私の面倒をみてくれることになった。

彼女は「御厨さんとこの……？」と肩を落としている私に声をかけてくれた。彼女はその昔近所に住んでいた私のことを覚えていてくれたのだ。

「あの頃はまだ四歳か五歳ぐらいだから、すっかり見違えちゃったけど、目元に面影が残っているよ」とか、「確かご両親は、大阪に引っ越して、亡くなられた、と聞いたけど……」という問いかけにも、私はただ俯《うつむ》くだけで首を振った。思い出したくないのだ。それもつらい思い出なのだ。

石田夫妻には、生きていれば私と同じくらいの年頃の娘（六歳で病死）がいて、私のことを亡くなった娘とダブらせていたようで、行き先がないことを告げると、傷が癒《い》えるまでうちにいればいいわ、と言ってくれたのだ。これまで私がどういう人生を歩んできたのとか、あれこれ聞かれることもあまりなかった。聞かれても答えようがないので、俯いて黙っていたため、気を遣ってくれていたんだと思う。

他人の私に対し、我が子のように接してもらっていたけれど、それでも私は石田家を三ヵ月ほどで出た。成熟した十分な大人であるし、元来独立心が旺盛なこともあって、スーパーのアルバイトの延長から住込みの仕事を見つけ、石田家を出ることにしたのである。

その後、札幌で様々な仕事をしながら、通信教育で勉学を重ね、大病を患ったりもしたが、大検に合格したのが七年前、そして二級建築士とインテリアコーディネーターの資格をとり、Z建設というゼネコンへ就職できたのが三年半前、去年の暮れには一級建築士にも晴れて合格した。こうして今では、女性では珍しい現場監督として忙しい日々を送っている。これまでの九年間、自分が何者なのか、ゆっくり考えたこともなかった。生きていくため、生活するため、これからの将来に備えるために一生懸命だったのだ。過去を振り返っている余裕などなかった。

少し余裕ができたのは名古屋に引越してからだ。とはいえ自宅に他人を招いたのは、柴田を除けば一範だけしかいない。雨の日だったので、つい甘えてしまった。大事な仕事仲間でもあり、車で送ってくれるという申し出を断り切れなかったのだ。コーヒーを淹れ一時間ほどで帰ってもらったけれど、あのとき、部屋の鍵の型をとることは可能だったのか……。

——ないとは言えない。

＊

ワイパーが規則正しいリズムで動く。右から左へ、左から右へ、動きを変えるポイントでキュッと音を立てる。ゴムがガラスを擦るときの音だ。

この運転手は、この男は、私の記憶のない時代に、何か関係があったのに違いない。そして、それがあまり良くないことであることも、疑いを挟む余地がなかった。

私はワイパーの音が気になり、じっと見つめている。

カッターナイフを出し入れする音はすでになくなっていた。

タクシーは雨の降りしきる中を走っている。ウィンドウガラス一枚隔てた外の世界では、冷たい雨が降っている。しかし、私はまだそれを感じることができないでいる。やがて、ガラスは消え去り、土砂降りの雨の中に放り出されようとしているのに。

――そのとき思いついた。

車のフロントガラスは合わせガラスだから無理だとしても、リア、あるいはサイドガラスなら強化ガラスのはずだ。一点に集中して力を加えれば砕け散るに違いない。そうすれば脱出できる。部屋の鍵をしっかり握りしめて、思い切り叩きつければ割れるはずだ。試してみる価値はある。

――いや、やっぱりダメだ。忘れていた。男は電波シールド用に特殊なフィルムを貼っていると言っていたではないか。サイドウィンドウガラスにも当然貼っている。すると割れにくい。

私はまた絶望の淵に追い込まれた。

ワイパーのゴムはガラスに接する裏側の、なぜか先端だけが真っ赤に染められていた。アカハライモリを思い出す。お腹だけ真っ赤な色をしたイモリだ。九州や四国、主に西日本に生息する日本の固有種だ。幼い頃、川遊びで捕まえたことがある。気味悪がる男の子を尻目に素手で何匹も捕まえていた。

そのイモリが串刺しにされワイパー代わりに左右に激しく動く。キュッ、キュッと音を立てながら。――そんなことを考えた。

トカゲは尾を自切し、再生することで知られているが、実は尾骨までは再生しない。しかし、アカハライモリは再生能力に優れ、尾骨まで再生する。また四肢を肩の関節より切断しても指先までも完全に再生するのだ。幼くして、私はそれを知っていた。実験と称して、捕まえたイモリを、カッターナイフで……。

だから、友達はいなかった。

いま、目の前のアカハライモリが串刺しにされた状態ながら、うごめき始めた。ワイパーの左右の動きに合わせ、尻尾は反対方向に、右、左と振っている。

もう私には、それとしか映らなかった。

……幼くして……⁉

幼くして……？

私は、幼少期の記憶を……、

大阪での記憶を、

思い出したのか……？

一六　【過去】…『鶴扇閣事件の記録』（八月二〇日　夜明け前）

宏は山を下りながら、考察が十分にできていない栄子殺しについて考えていた。

本来なら次から次へと起こる事件のめまぐるしさと、嵐の中の捜索という体力を消耗する一方の行動で、とても落ち着いて考えていられる状態ではなかった。それができたのは、下りであったこと、風向きが吹き下ろしの追い風だったことなどが幸いして、あがった息を整えられたからだ。

孝裕は相変わらず物凄い勢いで先頭を走っていて、その距離は離されつつあったが、見失ったとしても、鶴扇閣という特徴的な目標物があるので、道に迷うという可能性はなく、それがまた宏に落ち着きを取り戻させることにもなった。

宏は首から下げたポシェットからレコーダーを出し、録音状態にあることを確認し、口述を続けた。防水性・耐衝撃性であることが活かされた瞬間だった。

まず栄子の悲鳴が聞こえたとき、宏は小ホールを回り、厨房の前を通って、裏廊下に到達した。このとき勝手口と裏口には閂が下りていた。防犯用であり強い海風対策でもある長さ五〇センチはある太い鉄筋棒が、閂として内部からしっかり差し込まれていた。

また厨房の窓は閉まっていた。クレセントが下りていたかどうかまでは分からないが、洋介が亡くなったとき全員で閉じているのを確認した。仮にもし厨房のクレセントが開いていたとしても、外から侵入したのなら、窓際に、窓を塞ぐように吊るされた、鍋、フライパン（しかも大小・深浅様々な形状のもの）があり、さらにはお玉にヘラにトングなどもその隙間を塞ぐように吊るされている。――それらを避けて音を立てずに侵入することは不可能だ。調理器具の鳴子《なるこ》状態なのだ。しかも、この強風だ。窓を開けた時点でその鳴子が一斉になるはずだ。

栄子の死体を発見して、今度は祐子の悲鳴がしたとき、宏は孝裕と玄関のある方のトイレ出入り口から出た。このとき宏は玄関戸も顧みた。やはり閂は下りていた。洋介殺害事件後、施錠は確認していたし、女性陣が二階へ籠もった際にも声掛けに階段を使った。その際も閂は下りていた。右翼の倉庫、物品庫、ミーティングルームからの侵入は論外だ。窓際に積まれた調度家具類が邪魔になって入れないのは検証済みだ。

そして、来たときと同様二手に分かれて大ホールに戻った。宏が左回り、孝裕が右回りでだ。しかし、オクトパスマンはいなかった。

隔板は取り外し可能だが、中間だけ一枚外すことはできない。それぞれが實《さね》――小口端部が溝及び突起——に加工されていて、それらが順に組み合わさることによって隔板壁を形成しているからだ。端から順番に外していかなければ無理なのだ。それに一枚は大きくて重いから、とてもひとりでは取り扱えない。仮に實に予め細工をしていて、一枚だけ外すことができたとしても、それなりに時間はかかるはずだ。従って隔板壁を通り抜けたという仮説は成り立たない。

宏は自ら頭を叩き、推理をやり直した。

山頂へと逃げて行ったあの男がオクトパスマンで、殺人犯だとしたら、オクトパスマンは浴室の窓を割り、その特異な能力を使って浴室に侵入し——。

いや、それを栄子さんが黙って見ていたというのか？　それはあり得ない。もしそうなら割れたガラスの破片だって浴室内になければおかしい。しかし現実は違った。

では、もし孝裕が内通者とした場合。孝裕は玄関の門を開け、犯人を誘い入れ、再び門を掛ける。犯人はトイレにでも隠れておいて、風呂に入ったときを見計らって栄子さんを殺す。

——ここまではいい。その後、風呂の窓ガラスを割る必要があるのだろうか。外へ逃走するのなら、クレセントを開けて外へ出ればいい。その方が安全だ。ガラス片の残る窓から出ていかなくてもいいし、そんな悠長な時間はなかったはずだ。悲鳴をあげられているのだから、一刻を争うのだ。だからガラスを割ったのは栄子さんで、不可抗力だった。

ということは、オクトパスマンはどこへ行った。いったん二階へ身を隠したのか？

とするのならオクトパスマンは、栄子殺害後なぜトイレへ繋がる方のドアから逃げなかったのだ。二階へ行くならそちらの方が近い。しかし、実際は違った。脱衣室とトイレを繋ぐドアのサムターンはかかっていた。つまり脱衣室側からサムターンを回したことになる。即ち鍵のかかっていなかった方のドアから逃げたのは間違いない。そして裏廊下に出たところで宏がやって来る気配に気付き、間一髪でトイレに逃げ込んだ……。

いや……そうだろうか？

もし仮に二階に身を隠したとしても、オクトパスマンは次の瞬間に、大ホールに現れる術がない。

——だから、これはない。オクトパスマンは二階へは上がっていない。

宏は頭を振ってもう一度思考を繰り返した。

孝裕の手引きで、侵入したオクトパスマンは、トイレに身を隠しておき、頃合いを見計って入浴中の栄子を殺す。サムターンを回し——孝裕のアリバイを確保するため——、脱衣室から裏廊下へ出、トイレに隠れた。——このとき洗面台の上に上って身をかがめていたのだ。宏からはトイレブースがあって見えないが、孝裕からは丸見えだったのだ。

【［栄子殺し　オクトパスマン動線　宏の予想図］を参照】

次に、オクトパスマンは宏と孝裕が浴室に入っている間に、右廊下を伝い更衣・機材スペースへ身を隠す。

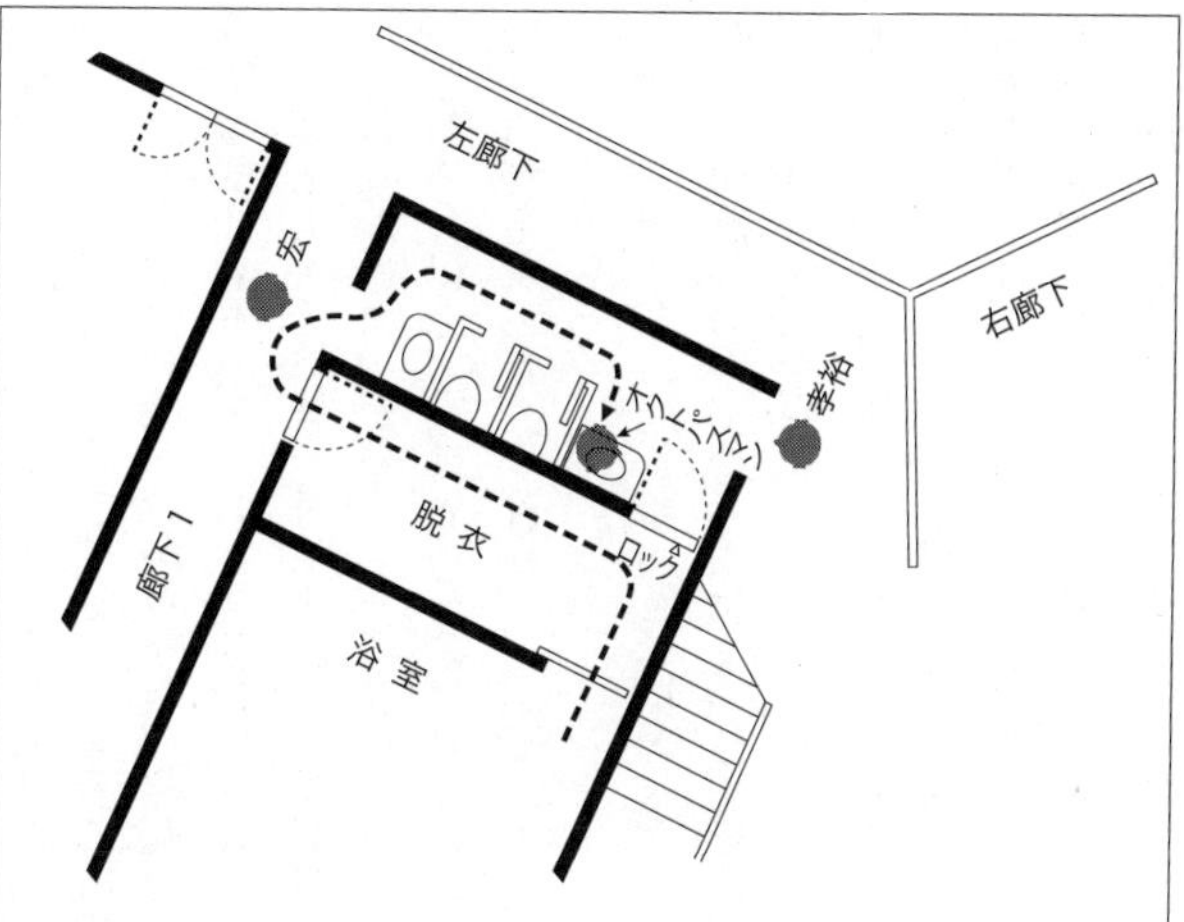

栄子殺し　オクトパスマン動線。宏の予想図

一方、祐子はオクトパスマンと入れ違いに二階から下りてきて、おそらく左廊下を使い小ホールを回り、大ホールに入ったのだと思われる。そこでオクトパスマンに襲われたのだ。

その後はどうしたのか？

オクトパスマンはどうやって外へ逃げたのか？

宏と孝裕によって挟み撃ちに遭わずに逃げる方法といったらひとつしかない。

――右廊下にいたのだ。

孝裕とすれ違いながら、ただ、右廊下にいたのだ。そして、玄関でなくわざと裏口から逃げた。だから、半狂乱となった彼女も裏口から閂を外す手間なく外へ出られたのだ。女の力では重い閂を開けるのには時間がかかる。何のことはない、すでにオクトパスマンが門を開けて出て行った後だったのだ。

──強引だが、孝裕を共犯と考えることで、このように考えることができる。

しかし孝裕の動機が分からない。親友を、仲間を殺す動機。仮にそれがあったとして、どうやってオクトパスマンと知り合い、殺害を依頼したのか。前からの知り合いだったのか。そうだとしても本来、オクトパスマンは逮捕されていたのだ。脱走は本人だって想定外なことではなかったのか。

だがそれ以上、宏は思考を続けることはできなかった。山道が開け、鶴扇閣が間近に見えたからでもあるが、事件が次のステージへと展開したからだった。


ウッドデッキに辿り着いた孝裕と宏が、まず行ったことは建物の照明を点けることだった。殺人犯が暗闇の中で待ち受けている可能性がある以上、当然の帰結だった。

ふたりは無用な音を立てないように、裏口のドアを開け、身体を忍ばせた。戸口の上にブレーカーがあることを知っていたからだ。

果たして、ブレーカーが落ちているだけだった。孝裕は闇の中で宏と顔を見合わせ、ブレーカーを上げた。次の瞬間、鶴扇閣に明かりが戻った。

宏は孝裕の後をついて慎重に歩を進めた。左廊下を右折し突き当たりをさらに右折。すると玄関口が見える。

「あ！――」孝裕はあげかけた声を呑み込み、宏は玄関前廊下を指差したまま止まった。

トイレ・洗面の出入り口から玄関前を経由して倉庫の出入り口へと赤い筋が続いていた。栄子の死体を引きずった血の跡であろうことは容易に推察できる。

「祐子っ。いるのか。返事をしろ」唐突に孝裕が叫んだ。「気を付けろ。オクトパスマンがいるかもしれない」

先廻りされたオクトパスマンに襲われていないか心配したのだ。宏はその様子を、少し距離をとって眺めていたが、孝裕の形相は真に迫ったものだった。演技にはみえなかった。オクトパスマンの手先であるようには思えないのだ。仮説は違っていたのだろうか。

しかし、返事はなかった。閉め忘れた裏口のドアが風でバタバタ音を立てるだけだった。

そして、倉庫の、密室を構成していた引戸に、孝裕は手をかけた。

果たして引戸は音もなくすーっと開いた。本来なら開かないはずの戸だ。

倉庫の中は――血の海だった。開けた引戸から流れ出すほど血が溜まっていた。息が止まる思いだった。

見ると、戸口には栄子のものと思われる全裸死体が、長髪の洋介と思われる死体と並べるように横たえられていた。〝思われる〟というのはそれらの死体が、切り刻まれていたからだ。特に顔面は執拗で、識別できないほどに、ぐちゃぐちゃに刻まれてしまっていた。

さらにその奥には右ひざから下の足がないもうひとつの死体が横たえられていた。祐子が着ていた赤いジャージの上とマキシスカートにくるまれて。義足もばらばらに壊されて傍に転がっている。

「祐子っ！！！！！」と突然、孝裕の絶叫が空気を裂いた。

孝裕は血の海に跪き、事切《ことき》れた骸《むくろ》にとりすがって「祐子」「祐子」「祐子」「祐子」「祐子」と泣き叫び続けた。あの、いつも落ち着いて、穏やかで、凛《りん》とした姿は、なかった。

最愛の人を亡くした男の叫びはしばらく続いた。

血で染まった床に跪いて嗚咽する孝裕を、宏は冷静に、いや、興奮を突き抜けた状態とでも言おうか、あたかも沸騰したお湯が鍋からふきこぼれて火を消してしまったような——そんな心持ちで、しばらく見つめていた。

犯人はかなり錯乱していたのか、めったやたらに切り刻んだとみえて、首から胸元にかけても血が滲んでいた。両手も二の腕から手先にかけて肉片がえぐられている。床板に幾筋もの溝があり——それはおそらく電動丸ノコで切り刻んだときに勢い余ってできた痕ではないかと思われた。

考えがまとまらないまま、横たわる死体にとりすがって叫び続ける孝裕を尻目に、宏は部屋の外に出た。そして目を閉じ、玄関廊下で、ただ呆然と立ち尽くしていた。

すると、鶴の鳴き声にも似た尖塔の風切り音が、さらに大きくなっていった。目を開け見上げると、天へと連なった歪な五角形の空間を、三角形を成すように組まれた木軸組が、強風のたびに大きくしなってギュッ、ギュッと音を立てているのだ。見ていてそれとはっきり分かるほどしなっている。先端に行くほど大きく揺れていて、壊れないのが不思議だった。

さらに、しなるたびに、どこからか侵入した雨水が塊となって宏の顔めがけて落ちてくる。

次の瞬間、宏は雨漏れの雨を頭から浴び、火照っていた頭が冷やされた。

――そうか。分かったぞ。

こんな変わった建物なのだ。どこかに秘密の通路なり出入り口なり、何かの仕掛けがあるんだ。部長が言っていたことは当たっていたんだ!?

オクトパスマンはここに――尖塔の内側にある秘密の出入り口から出入りし、その特殊な能力を用い、屋根の小屋裏の木軸を伝って、自由に移動していたんだ。


「でも、……なぜ、栄子さんの死体を倉庫まで運んだのだろう」

そして、もう一度倉庫の戸口まで戻ると、未だ泣き崩れる孝裕の背中に向かって、

「左足のスニーカー、祐子さんは、いつ履いたのでしょうか?」

そのとき、風向きが変わり、開け放たれていた裏口ドアがガシャーンと音を立てて閉まった。その衝撃で嵌め込まれているガラスが割れた。

孝裕の嗚咽《おえつ》が、止んだ。

一七　【過去】…［タクシー拉致事件］（八月一九日　午前七時五〇分）

雨は小降りになったが、男はワイパーの振幅スピードを変えなかったので、キュッ、キュッというゴムがガラスを擦る音だけが車内に響いていた。

タクシーが鈴鹿を過ぎた頃、男が突然、私に向かって、何かを投げて寄越した。

膝に当たり、足元へ落ちる。

ルームミラーに映る運転手の顔を見てから、それを拾い上げた。

かなり傷んだ写真週刊誌だった。雑誌には開け癖がついていて、落ちて開いたページに何気なく目をやった。

和服を着、蛇の目傘をさし、ポーズを作っている女の写真が二枚と『モデル〝ASAMI〟はどこへ……？』という大きな見出しが目に飛び込んできた。

私はさっと流し読みし、再びルームミラーを見た。

記事の内容は〝あの有名人は今どこへ〟的な内容だった。記憶を紐解いてみてもさっぱり見当がつかない。〝ASAMI〟なるモデルのことは知らない。この九年間、テレビもろくに見ていないし、芸能雑誌を買った覚えもない。そもそも芸能界に関心がないのだ。

「この雑誌が、どうかしたのですか？」私は恐る恐る訊ねた。

「…………」

「美しい人ですね」

「…………」

あてずっぽうで、開いたページをかざし、

「このモデルがどうかしたと、いうのですか？」

「…………」

「ずいぶん旧《ふる》い雑誌ですよね」

「…………」

男が何も答えないので、

「もう、……亡くなっているのではないですか？」こっちも適当に訊ねる。

すると、「ふ、ふ、ふ、……そのモデル、死んでいるって？　は、は、は。生きているよ。しっかりとね」

男はそう言って笑うのだった。

＊

ここ数ヵ月の間、少なくとも高山〔楽房尋〕での不審な電話の一件から一ヵ月前の自宅への不法侵入までの期間、ゴミあさりやストーカー行為以外にも不可解な出来事が起きていた。今それらの記憶が、湧き水が吹き出すように蘇ってきた。犯人は私が思っている以上に、私の部屋に出入りしていたふしがある。

いつだったか、部屋のカーテンが開いていたことがあった。ほんの僅かだけれど、数センチほど開いていた。これといった理由は特にないが、出掛けにはいつもきっちり隙間なく閉める性分なのだ。それが、開いていた。閉め忘れたはずがない。

ＰＣの履歴が変わっていたこともある。普段開くことのないファイルが開けられていたのだ。趣味に関する情報のファイルで、仕事が忙しかったため、二ヵ月以上、開かなかった。それが、最近使ったファイルの中に履歴が残っていたことがあった。おかしい。他人に見られても、どうってことないデータばかりなのだが……。

しかしそれ以前に、パスワードはどうやって分かったのだろうか。

……生年月日にしていたのが良くなかったのか。キャッシュカードの暗証番号も同じだけど、（机の引き出しに無造作に仕舞ってある）カード自体盗られていないし、スキミングされた形跡もない。実被害には至っていないのだ。ということは金銭目的でない。それははっきりしている。

目的は何？

犯人の目的はいったい……？

ゴミを捨てる際、身元を示すようなもの――手紙や個人情報を示すものは細かく切って捨てるようにしている。それはゴミをあさられる前からだ。しかし、ダイレクトメールはどうだろうか？　自問してみる。……クリーニング屋の誕生日サービス券などは、そのまま捨ててしまっていた。そこからパスワードを推理予測した可能性は……、ある。

では次の疑問、どうやって部屋の中に侵入《はい》ったのだろうか。

築二五年の旧い賃貸マンションで、ドアは今流行のディンプル錠ではなく、開錠時、鍵穴が縦になっている最もピッキングしやすいタイプの錠前だ。専門の工具さえあれば大した技術がなくても開錠できる。ゼネコンに勤める私だからかもしれないけれど、建築作業現場に行けば錠前の見本があり、その機構を知ることはたやすい。専門の工具といったって、複雑なものではなく、上司の所長は千枚通しとマイナスドライバーを加工したもので開けてみせた。ましてやそういったものはネットでいくらでも入手できるご時世だ。

でも、だからこそ入居に際し、振動でセンサーが反応し、警報が鳴る防犯ブザーを戸口に付けたのである。簡単に侵入できるはずはないのだが……。

さらに一ヵ月前の不審者の侵入で、新しい錠前に付け換えたばかりなのだ。複製がし難いディンプルキーに換えたのだ。新しい侵入予防センサーにもグレードアップしたのだ。誰も侵入れるはずがない。

――それでも侵入された。

……誰が、どうやって侵入《はい》ったのだろうか？

たしかにひとりいた。私の周りに、ひとりだけいた。

私の日常を知り得、ゼネコンに勤める一範なら合鍵を作り侵入することも可能かもしれない。

一度招いたとき鍵の型を取ったと考えられる。

しかし、信じられない、まさか、あの一範が――。これまでのいい関係を壊したくないけれど……、信じたいけれど……。

とはいえ、分からないのがこのタクシー運転手だ。一範とどういう関係にあるのだろうか。

それが分からない。それとも、一範は一切無関係で、全てはこの運転手の単独行動なのだろうか。

五〇〇〇万円もかけてタクシーを改造し、電波までシールドする男だ、何か私の知らない方法で侵入した可能性はある。

……そう、私の知らない方法で。この男ならそれが可能では……。

逆に、だからこそこの男の犯行に違いない。

これまでの全ての犯行――高山〈楽房尋〉での呼び出し電話も、深夜のストーカーも、入浴時に不法侵入したのも、全てこの男の犯行だとしたら。

だが、目的だけが分からない。結局、ここへ立ち返る。私の部屋に侵入して何を探していたのか。金銭が目的ではない。悪戯目的でもない。

思わずキーッと金切り声を上げたい衝動に襲われる。もう気が狂いそうだった。冷静でいなければと思えば思うほど、神経が沸騰する。

それを抑えるため、自分の二の腕を自分で抱きしめ爪を立てる。痛みを感じるまで、血が滲むまで強く立てる。

そうして、幾分冷静を保てる。


しばらく時間が経ち、私は何気に、もう一度雑誌に目を落とす。

モデルはうりざね顔の美人で、総絞りの大振袖を上品に着こなしていて、指先にまで神経が行き届いていた。振り返りの写真では、立て矢結びの帯が華やかさを添えている。大振袖といい、立て矢結びといい、背の高い人にこそ似合うものである。

さっきは見落としていたけれど、次のページの隅にも小さな写真があった。それは同じ女性が着物に羽織を羽織った写真だった。

それは正装ではない。男性の場合、黒紋付に羽織袴をつけるのが正礼装だが、女性の羽織姿は、正礼装はおろか準礼装にもならない。そもそも正装の部類に入らないのだ。

本来羽織は男性の着物だ。武将が着た陣羽織がその起源だといわれている。女性が羽織を羽織るのは、たしか、深川の芸子が着たのが始まりで、それが粋だということで広まったものだ。歴史も浅い。

このモデルは髪もちゃんと結っていて、第一礼装であり、豪華さと贅沢感あふれる総絞りの振袖を着こなすぐらいの、こだわりのある人だ。それなら、羽織を羽織るはずがない。見る人が見れば下品だと思われるのを知っているからだ。

……!?

……私は着物を知っている?

……私が、着物を知っている?

……私は、何故、着物を知っているのか?

私には、――私が着物を知っている――ということ自体が不思議でならなかった。

……私の記憶に着物はない。

……私は着物を持っていない。

なぜなら、着ることがないからだ。

……私の生活に着物は必要ないのだ。

なのに、私はなぜ知っているのだろうか…………?

誰か近しい人が、着ていたのだろうか……。

そのとき、車が急に加速した。身体がシートに張り付き、さらにシートに呑み込まれるような気がした。
この男は、何をそんなに急いでいるのか？
どこに連れて行く気なのだろうか？
そこに、何があるのだろうか？
誰かが待っているのだろうか？
誰かを待たせているのだろうか？
誰か……を。

――誰だ？　今喋ったの。

一八　【現在】…蜘蛛手　宮村を送り出す

蜘蛛手の手がちょうど栄子殺害事件のページに及んだので、宮村は待ちきれず訊いてみた。

「最終的に宏は洋介殺し、つまり倉庫の密室の謎を解くことになるんだけれど――」

いつもの蜘蛛手は速読で、さっと斜め読みしただけで、その内容をほぼ完璧に把握できている。それが蜘蛛手の特技のひとつでもある。それがこの日は違った。椅子のリクライニング機能を目いっぱい使い、組んだ足先をゆらゆら揺らしながら、ゆっくりゆっくりページを捲っている。今夜の宮村の都合を知っていて、わざと時間を費やしているのかと思うほどだ。おかげで予定の時間まで残り少ない。

「この時点で事件解決に必要な情報は全て提示されていると思うんだ。蜘蛛さんに全貌は見抜けたかい」宮村は言葉を急いだ。

「おかしな質問だね。その言い方だと、僕には倉庫の密室すら見抜けていないと言わんばかりだ。さっきも言ったが、建具の重心ライン上に引手があれば、戸はスムーズに開く。建具がせって開きにくいということはない」

「でも、現実問題として、開け閉てしづらいとか不具合を感じることは少ないよね」

「それは引戸が軽く、滑りが良いからだ。引戸は調整済だから本来ならスムーズに開いたはずだ」

「……」角材で釘固定されていたから、開かなかったのだ。蜘蛛手は何が言いたいのだろう？

「廊下側から開けようとした宏は、少しがたつくだけで開かなかったと言っている。一方、事件発覚後、現場検証した孝裕が、打ち付けられた角材を左手で上下左右に動かしてみたが、びくともしなかった、とある。この矛盾は何だろう。違いが生じた原因は何か？　そこに辿り着けば謎は解ける」蜘蛛手はちらと宮村を見、

「孝裕が左手を使ったということも重要なポイントだ。左手なら釘で打ち込まれた板壁に近い辺りをつかんだからびくともしなかった。これが右手だったならどうだろう。角材の、戸に収まっている方の、釘に近い辺りをつかんだことだろうから、おそらく、微妙な角材の動きに気付いたかもしれない」

蜘蛛手は手渡した紙の束を扇状に開き、扇子のようにして優雅に扇いでいる。その口元はうっすら笑みを湛えてさえいる。そんな低レベルなことを言わせるなよ、と言わんばかりだ。

「ああ、分かっているよ。蜘蛛さんはとっくに分かっていたのだろう。僕もそう思う。そう言ったつもりだったが、言葉の選択を間違ったらしい」

宮村は、とりあえず取り繕って、先を急いだ。論点はここではない。倉庫の密室より複雑

怪奇な密室事件が残っている。さらにその密室の謎こそ未だ解明されていないのだ。

「この図は、添付の平面図に、栄子殺し前後の、各人の動きを記入したものだ。今朝描いたばかりの図だ。十八女さんにもメールしておいた」

宮村は立ち上がると掛けていたジャケットの内ポケットから一枚の用紙を取り出した。

【「栄子殺害時の配置図（宮村：記）」を参照】

「蜘蛛さんはよく言うよね。行き詰まったら、紙に描いてみろって。そうしたら、複雑なことも整理できるって。だけど今回の場合は、不可能状況だというのがより鮮明になっただけだ。ほら、この状況下で、悲鳴がした直後、僅か数秒、多く見積もっても十数秒で犯人の逃走経路は全て塞がれている。物理と監視による密室が成立していないかい」

宮村は興奮を抑えきれず、玄関、裏口、勝手口、厨房・食堂、ミーティングルーム、物品庫と全ての出入り口を指でなぞった。

「全ての出入り口、窓は閂、あるいは鳴子作用による障害物、椅子家具集積によるこれまた障害物によって物理的に閉じられている。各人は絶妙の位置でお互いに監視し合っている。そういった状況下で犯人は忽然と姿を消した。最初は浴室から、次に大ホールに現れたかと思うと、今度はそのホールからも消え失せた。まさに消失事件だ。今までこれほどの衆人環視での消失事件に出会ったことがない」

だが、蜘蛛手は冷ややかな視線を落とした後、「ふーん、こうなるのか」そう言って微笑

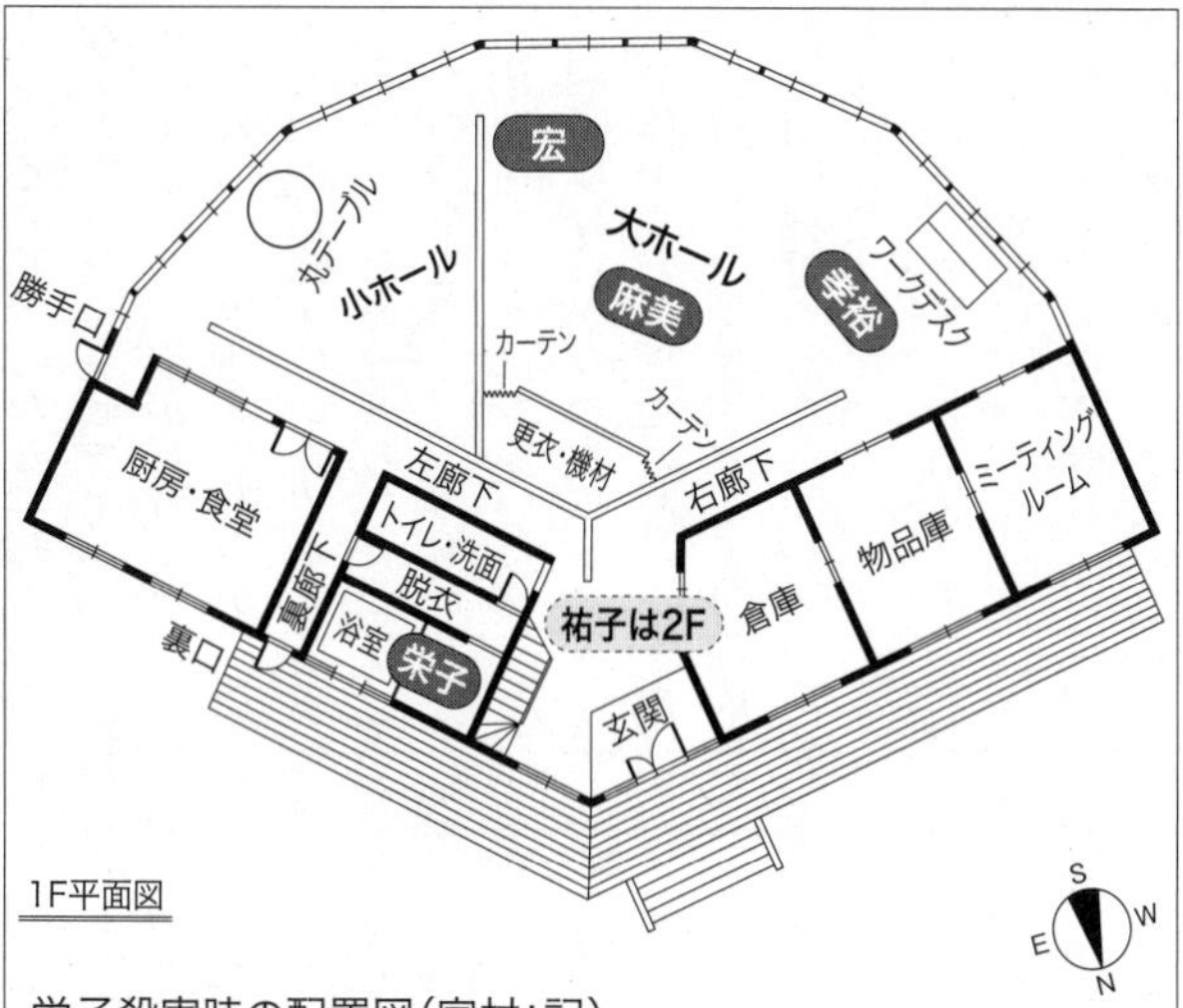

栄子殺害時の配置図（宮村：記）

んだ。

一度記録を読んだぐらいでは、如何に蜘蛛手と言えど、この難解な謎は十分に理解できていないようだった。宮村は少し胸を張った。

「記録書の中で、宏はひとつの仮説に言及している。孝裕が手引きして、実行犯がオクトパスマンというものだ。動機等を無視すれば、その仮説も成立はするが、それでも、疑問は残る。栄子殺害から大ホールに行き、祐子を襲い、右廊下へ逃げるまではいい。そこで孝裕とすれ違い、外へ逃げた。ということになるのだが、オクトパスマンはなぜ裏口から外に出たのだろう。なぜ最短距離となる玄関から逃げなかったのだろうか。そこが疑問だ。もうひとつ、その共犯となる孝裕も結果的には死んでしまっているんだ。何か手違いがあったのかな」と宮村は首を傾げてから、「最後に宏が共犯だったとした場合、これはもう何がなんだか分からない。彼が録音したのだから、なんとでも吹き込める」

「その場合、事件そのものがでっち上げ。あるいは、この記録書そのものが芝居で使う脚本だとか」蜘蛛手はシニカルに微笑んでみせる。

「正直、これをみせられたとき、僕もそれを考えなかったわけではないよ。でも、事件が起きたのは事実だし、死体も、五体発見されているんだ」

「さっきもそう言っていたな」

「四遺体は首がない上に焼けてしまっていて、身元は特定できていないらしい。男女それぞれ二体ずつというだけだ。――先入観なしで読んでほしかったんで黙っていたけど、孝裕だけが首あり白骨死体として海に沈んでいた。鶴扇閣のある半島から五キロも離れている海底から引き揚げられたらしい。あの辺は潮の流れが激しいところで――」宮村はちらと腕時計を気にして、

「だから、六人引く五人、残ったひとりが犯人で――、そうなると犯人を言い当てることはそんなに難しいことじゃない。それなのに警察の動きは鈍い。いつものことかもしれないけどね。でもきっとそれは、密室の謎が大きく立ちはだかるからなんだ。これが解けないと事件は解決しないんだよ。あるいは、あくまでもオクトパスマンによる単独犯行で、その特殊

能力を活かし、秘密の出入り口を使って跋扈《ばっこ》していたのか」

「君にしてはなかなか論理的な思考だね」

言葉とは裏腹に、蜘蛛手の発する声は一オクターブ程高い。揶揄っている証拠だ。

「蜘蛛さんといれば、僕でも少しは成長するものさ。とにかく一にも二にも解決しなければならない問題は栄子殺しで、割れた窓ガラスの浴室から、どうやって素早く逃げ出すことができたかだと思っている」宮村はあくまでも謙虚にふるまう。

「この記録書は昨日読んだばかりだって言ってたよな」

「ああ、そうだけど」

蜘蛛手は扇子代わりに扇ぐ手を止め、口元を隠す。その切れ長の目は、微笑んでいるようでもあるし、「君は密室をだしによく僕を煽《あお》るが、君の方こそ、よっぽど密室が好きなんだな」少し呆《あき》れているようでもある。

そして片目を少しだけ吊り上げると、

「ひとつ君に訊きたいことがある」

「何だい」宮村は応じる。

「推理好きの宏が、栄子殺し及び祐子襲撃事件では、洋介殺しほど検証していないのはなぜだ」

「……そうかな、それなりに検証していると思うけど」

「外部犯――オクトパスマンありきでの消失については、それなりに考察しているが、内部犯単独での検証は放棄しているように映る。時間的余裕がなかったのは分かるが、なぜか密室にも拘泥《こうでい》していない」

「……」宮村は答えられないでいた。

蜘蛛手は微笑むと、話題を変えた。

「――で、捕まったオク――タコ男は、具体的にはなんて言っているんだ」

「警察に対しては相変わらず黙秘を続けているんだけど、ナオミにはある程度打ち明けたらしくて――」

蜘蛛手は少し前のめりになって、「ほう。それはタコ男が鶴扇閣殺人の被疑者にされそうだからか？」

「うん、どうもそのようだね。十八女弁護士にまで記録書の存在を知られてしまった以上、早く身の潔白を証明して、本件だけの罪を償って自由になることを選択したんじゃないのかな。で、何て言っているかというと――」と宮村も身を乗り出し、

「嵐の山中を彷徨《さまよ》っていて、雨宿りをしようと館に近づいたとき、窓ガラスが割れ、悲鳴がし、何が起こったかと考えているうちに、裏口から女が飛び出してきた。栄子の刺殺体を見てパニクった麻美だね。だから逆に驚いて山へ逃げた。気付けばいつの間にかふたりの男に追われていた。女はいなかったそうだ。その後嵐が過ぎるまで山頂付近に隠れて、鶴扇閣が燃えるのを見ていた。明け方近くになって下りて来て、鶴扇閣からそう離れていないところ

でボイスレコーダーを拾った。ヤンキースのキャップに包まれ石の下に隠すように置いてあったらしい。とにかく鶴扇閣事件には関与していない、と主張しているそうだ。今朝十八女さんに確認した最新の情報だよ」

宮村は唾を飲んでさらに続けた。

「オクトパスマンも渋々かもしれないけど、やっと覚悟を決めたんだ。この不可思議な事件を解決する最大のチャンスが到来したんだよ。最後まで読んでもらえれば、僕の疑問も分かってもらえると思うよ」

宮村はもう一度腕時計を確認する。

蜘蛛手は口元を押さえ、「でも六引く五の単純な引き算ではないって、君は言うんだろ」

蜘蛛手のこの言葉に宮村は大きく頷くと、

「さっきも言ったとおりで、十八女さんによると警察は半年も前にボイスレコーダーの音声データをつかんでいながら、捜査は全く進展していないと憤慨していた」

「連続窃盗犯が所持していた音声データだからな。それに一応の決着がついている過去の事件を好き好んで掘り返したりしないさ、警察は」

「そんなあ。これだけの事件だよ」

蜘蛛手は何か考えをめぐらしているようで、しばらく黙り込んでから、

「まあでも、僕はこの記録書の内容を尊重するよ」

蜘蛛手のこの言葉に宮村は後ろ髪を引かれそうになったが、

「蜘蛛さん。悪いけど、今日はここで失礼するよ。今日ばかりは蜘蛛さんの話を聞いてばかりいられないんだ」そう言いながら、椅子から立ち上がり、背中を向けてジャケットのかけられたハンガーに手をかけた。

「おや、何だか上から目線だな。僕だって君に相手にされなくて困るほど暇じゃない」

蜘蛛手のプライドをいたく傷つけたようだ。

「事件の真相は気になるんだけど、後で電話を入れるからさ、そこで聞かせてくれよ」

いつもは蜘蛛手にじらされるのだ。一度くらい反撃したって構わないだろう。

「蜘蛛さんとは一生の付き合いになる友人同士だ。――それは確信している。でも今日の相手は、同じように一生の付き合いになるか、一生会うことすらなくなるかの、まさにターニングポイントなんだ。だから、ごめん。ほんとに失礼するよ」

今日だけは遅刻するわけにはいかないのだ。

「ああ、分かっているよ。僕が友人である君の人生の一大事に、邪魔をすると思っているのかい。構わない。行ってきなよ。幸運を祈る」

蜘蛛手は快く送り出してくれた。

＊

このとき蜘蛛手が思っていたことを宮村は、後になって十八女経由で聞かされた。

蜘蛛手は出来の悪い推理小説を読まされているようで、読書が進まなかったのだ。最後まで読み終わっていなかったが、大昔の事件にこれ以上の進展はない。トリックと犯人の予想はついているが、今日まで隠れおおせていたんだ。今更そう簡単に捕まるとも思えなかった。

さらに、大事なデートでテンションの上がっている宮村に、想定外の真相を教えて、落胆させたくもなかった。宮村は本来明るい性格なのだが、世間に気を遣い過ぎて言いたいことも言えずに過ごしてきた時期がある。鶴扇閣事件もそんな頃に起きた事件なのだ。知らなくて幸いだし、出来れば知らない方が良い、こんな陰惨で無慈悲な事件など。

今日ほど生き生きと輝いている宮村を見たのは、蜘蛛手にとって初めてだった。だから、うまくいってほしい。自分を抑えて生きてきた彼に今こそ幸せになってほしい。殺人事件の負のオーラをまとって、彼女に会ってほしくなかったのだ。それが蜘蛛手の偽らざる本心だった。

一九　【過去】…［タクシー拉致事件］（八月一九日　午前八時）

　タクシーは相変わらず、減速する気配すらみせない。しかし、東名阪自動車道はこの先の亀山ＩＣで、いったん途切れるはずだ。その先の伊勢自動車道の関《せき》ＪＣＴまでの間は、わずかながら一般道を走ることになる。二キロメートルにも満たない距離ではあるが、一般道への分岐地点と再び高速へ繋がる合流地点の二箇所で、車は減速を強いられる。

　逃げ出すならここだ。ここしかない。ヘッドレスト越しに首を絞め、停車させ、ドアのロックを外させる。カッターのことは気になるが、多少の怪我は覚悟しよう。それよりも、また強く降り出した雨に濡れることの方が嫌だ。

　私は外していたブラウスの第一ボタンをはめ、スーツのボタンもはめなおした。最後のチャンスに賭けることにしたのだ。

　だが、高速道路は亀山に近づくにつれ、舗装は新しくなり、車線数も増え、やがて左手の大阪方面へ向かう車線へと分岐してもいた。亀山ハイウェイオアシスなるサービスエリアまで出来ている。

――しまった！　そうか。

伊勢自動車道は東名阪自動車道と半年ほど前に繋がったのだった。

「ふっ」と笑い声が漏れ、「なんだか、残念そうだな」

からかうような運転手の声がする。しかも、それは、なぜか遠くの方から聞こえてくるように感じた。

……私はかつて、この道を通ったことがある……。

それも一度や二度ではない。何度も通ったことがあるのだ。

脱出の可能性が消えたことよりも、意識の底に埋没していた記憶が、蘇りつつあることの方が怖かった。

タクシーは雨を切り裂き、伊勢方面にどんどん南下していく。

ワイパーが激しく動く。

行き先はいったい……？

この男は私をどこに連れて行く気なのだろう？　私のあとを追って高山まで尾行《つ》けまわし、マンションに不法侵入し、五〇〇万もかけて車にシールドまで施す。

この男の目的は……？

奈落の底へ落ちて行くジェットコースター――そんな乗り物に乗っている気がしてきた。

赤いワイパーが目障りだった。

キュッキュッという音が耳障りだった。

……でも、何故だろう、吸い込まれていく。


午前八時一〇分。

さらに津《つ》を過ぎた。私の記憶にある、南の限界をとうとう超えた。

……限界を超えた？

窓ガラスを流れる雨雫が、まるで早送りのナメクジでも見ているかのごとく流れ、アカハラのようなワイパーによって消され、また新たに現れる。

……限界を超えた？

ナメクジの雨雫は窓ガラス一面に広がり、ワイパーのアカハラが一斉に蹴散らす。散らされたナメクジは、今度は私の頭の中に侵入してくる。

……限界を超えた？

突然、男がクラクションを鳴らした。

追い越し車線をゆっくり走る先行車にイラついたのだろう。

……イラついた？

……イラついて、そして、

……限界を超えた!?

そのとき、私の脳裏に何かが蘇った。

高山の〈楽房尋〉で最初の呼び出し電話があったとき、

「…………………、あ、さ、み」

たしか「……あ、さ、み……　さま……」

――そう呼んでいた。

だから私は最初、聞き流してしまった。

その後だ。その後で「みくりや」と呼ばれたのだ。間違いない。決して私の前に別の呼び出し電話があったわけではない。時間的にそんな間《ま》などなかった。一回目の呼び出しから二回目の呼び出しまで僅か数十秒だった。間違いない。

私を呼び出した男は、はじめ「あさみ」と呼んだのだ。そして間違いに気付き「みくりや」と呼びなおした。

誰かと勘違いしたのか、何かを間違ったのか……。

でも、この〝あさみ〟とは一体誰だ。

なぜ私のことを「あさみ」と呼び間違ったのか？

「……あさみ」

「……あさみ」

「……あさみ……？」

どこかで、聞いたことがあるような、……気がする。

座席の上に放り出した、さっきの雑誌にもう一度目をやる。

このモデルも〝ASAMI〟だ。このモデルと何か関係があるのか……。芸能人に知り合いなどいないし、親戚筋か何かとも思えない。

――誰だ……。


私自身が、この〝ASAMI〟なのだろうか……？

ふと、そんな疑念が頭をよぎる。

目を凝らして、じっくり手元の写真を見つめる。

〝ASAMI〟は着物を着て、白粉《おしろい》を塗っているとはいえ、私とは似ても似つかない。

写真のモデルは面長で、私と同じくらい背も高そうだ。大振袖と立て矢結びの帯は小柄な人には似合わないものだし、手に持った蛇の目傘からでも、女性にしては長身だというのが推し量れる。

でも私は陽に焼け、少し太ってもいる。それになんといっても頬から顎にかけてのラインが、私に比べシャープだ。骨格までは誤魔化しきれるものではない。

この写真は私ではない。

私は目を閉じ、激しく頭を振った。

この写真が私であるわけがない。でも、どこかで会ったことがある？

……また頭痛がしてきた。


雨の日に頭痛が出ることはよくあることだが、今日の頭痛の原因は天気のせいではない。拉致され、長時間監禁に近い状態で、肉体も精神もこれ以上ないほどストレスを感じているからなのだ。

髪を束ねられ、そのまま天井から吊るされているような、初めて味わう痛みだった。

「……あなたは、……間違っていませんか」

やっとの思いで言葉を絞り出した。

「……」

「——私を誰かと勘違いしているんじゃないでしょうか」

「……。ふっ」鼻で笑う声がして、「勘違い？　誰と勘違いしているというんだ」

運転手の声は吹き付ける雨のように冷ややかだった。

「そ、それは……、私には分からないですけど……」

「勘違いなんかしてないさ。まあ、最初は本当に分からなかったが、今では確信しているよ、お前だって——」

「私は、この〝あさみ〟という人じゃありません」

左右に激しく動くワイパーにつられ、私はすぐさま言い返した。

「は、は、は、は、は、は、は」

男は心の底から可笑しいとみえて、大笑いをたっぷり三〇秒は続けると、

「そんなことは分かっている。お前はその写真の人物じゃない。でも、〝あさみ〟は〝あさみ〟だよ。ひ、ひ、ひ」そう言ってまた笑い続けた。今度は引きつるように。

!?――意味が分からない。

この男は何を言っているのか。何が言いたいのか？

私が〝あさみ〟であって、でも、写真の〝あさみ〟ではないって……？

運転手はその後もしばらく笑い続け、

「記憶障害っていうのは、まんざら嘘ではないらしいな。信じられないがな」

!!――知っている。

この男は、私が記憶を欠落していることを知っている。誰にも話したことがない事実を、この男だけは知っている。……何者なのだ。

やはり私が記憶をなくしていた時期に、何らかの関係があった男に違いなかった。

「……わ、私は」

我慢しきれずに、

「何を……」

してはいけない言葉を、

「何を、したのですか？」

遂《つい》に口にした。

これが、この男の狙いなのだと、私には分かっていた——はずだった。

分かっていながら、本当はそれを頭の中に封じ込めておきたかったのだ。

……たぶん、

……いや、きっと。

運転手の笑い声が止んだ。

冷え切った空気が車内に充満した。

「何をやったか——、だって——」

声は急に、獣のうなり声のように敵意を含んだ。

「それを分からせるために、こうしてお前を運んでいるんだ」

「…………？？？？」

ワイパーの能力の限界を超えるほど、外は土砂降りであったが、男は車の速度を落とそうとはしなかった。いつスリップしてもおかしくない危険な状態だった。

しかし車内ではまた沈黙が復活し、ワイパーの音だけが耳障りに響いている。アカハライモリが笑っているようだった。

「ところで、この間のワインは気に入ってくれたかな」

しばしの沈黙のあと、うって変わった優しげな声で話し掛けてきた。

髪の毛がものすごい力で引き抜かれるような気がした。鳥肌が立った。

＊

二週間前、月曜の夜、仕事から帰るとダイニングテーブルの上に一本の赤ワインが置いてあった。一九七五年、ブルゴーニュ産のワインだった。買った覚えもなければ、誰かから、もらった覚えもない。とにもかくにも私の所有物ではないのだ。

私は混乱した。ひどく混乱した。脅《おび》えながら、導き出した答えは、誰かが侵入して置いていったということだった。キーを付け換えても意味がなかった。防犯ブザーは役に立たなかった。

警察へは直ちに届け出た。だが、他に被害がないこともあってか、警察は簡単な調書だけとって、何もしようとしなかった。それでも必死の説得――一ヵ月前の入浴中にもやはり誰かに不法侵入されたこと、さらには隣家にも不審者が侵入したことなどを訴えた――が実り、警察はやっと重い腰をあげ、玄関ドアを中心に指紋採取等の捜査に着手してくれた。

しかし、その後の捜査は進展せず、犯人はまだ捕まっていない。

二〇　【過去】…『鶴扇閣事件の記録』（八月二〇日　夜明け）

どのくらいの時間が経ったのだろうか、宏は孝裕と玄関に佇んでいた。

「部長——」気のない声で宏が口を開いた。ショッキングな出来事が続くと、人間の精神というものは、逆に落ち着いてくるものだと、このとき宏は感じていた。ただ同時に、それは危ういバランスの上に成り立っている独楽《こま》のようなもので、長続きはしないのだろうとも。

「どうした……？　何をぶつぶつ言ってるんだ。何か考えでもあるのか？」

大声を出して泣き叫んだおかげで、逆に孝裕も落ち着きを取り戻していた。

「いえ、考えなんて、何もないです。……というか、何も考えられないです」

と首を振ってみせたが、「でも、密室の謎は解けました」そう続けて言って、宏は踵を返し、倉庫の中に一歩、二歩、足を踏み入れた。孝裕も後に続いて身を入れた。

足元には栄子と洋介と思われる死体、その奥には祐子と思われる死体が赤く染められた床に転がっている。

「あれを見てください」

宏は洋介の死体があるその足先に落ちている角材を指し示した。板戸と板壁に打ち付けて密室を構成していた角材である。

「例の角材だな」

「そうです。片方の端には細く短い釘の先が、角材を貫通して真っ直ぐ伸び出ています。反対の端部には、それより太く長い釘が、貫通した角材の表面から、九〇度近く折れ曲がって突き出ています。どういう状況か分かりますか」宏は逐語的に言った。

「強引に引き抜いたんだな」答える孝裕。

「そうです。片方が抜ければ、残り片方は、テコの原理を利用して、引き抜くことは簡単です。そうやって引き抜いたものだと思われます。短い釘で打たれていた方は、引戸の方に打たれていました。釘の頭部の大きさからそれが分かります。太く長い釘ほどその頭部も大きいものです。ということは、まず引戸に打ち込まれていた短い釘の方を引き抜き、その端を手に持って強引に角材を引き剝がした。そのために長い方の釘は九〇度近く曲がった。というところでしょうか。――では、最初に引き抜いた端部は、どうやって抜いたのでしょうか」

孝裕はそれには答えず、じっと待つ。

「バールで抜くしか方法はないでしょうが、短いと言っても三センチは貫通して出ていますから、釘が曲がらずに抜けるとは思えません。でも、釘はほぼ真っ直ぐで曲がった形跡すらありません」

孝裕はさらに無言で受け流す。宏としても、自分の発言の効果を高めるために間をとるつもりなど、全くなかった。ただ、声が嗄《か》れて、すぐには発声できなかっただけだ。

「ということは、つまり、この短い釘は打ち込まれてはいなかったということになります」

そう結論づける声にはテンポも抑揚もなく、孝裕には聞きづらかったはずだ。

「えっ、何、……しかし」孝裕はその後に続く言葉が出てこなかった。

「覚えていませんか部長。事件現場の検証のために倉庫へ入ったとき、部長はその左手で角材を触りましたよね」

「ああ、確かに触った」そう言ってそのときを再現するように左手を鳩尾《みぞおち》の高さに上げ、上下左右に動かしてみせる。

「たしか、全く動かなかったんですよね」という宏の問いに、孝裕は大きく頷く。

「事件発覚前、僕が廊下側から引手に指先をかけたときには、戸はやはり開きませんでしたが、僅かですが、がたついたんです。それは何故だと思いますか」

「倒れた洋介の身体が邪魔をしたんだろう」

「いいえ、洋介先輩は、扉から離れた板壁に顔を付けていました。戸には触れていませんでした」

ああ、そうだったなと孝裕は頷いてみせたが、すぐに「……勿体をつけるなよ」と少し苛だって応じた。

宏は「すみません」と軽く頭を下げてから、

「部長が手にしたのは角材の左端で、板壁に金槌で釘打ちされ固定されていたのです。反対に僕がつかんだのは戸の方で、これは角材と戸が釘という媒体で連結はされていたのですけど、密接に固定されていたわけではなかった、ということです」

宏は孝裕にではなく自分自身に語りかけながら、頭の中のハードディスクを整理しているかのようだった。

「板壁にはこのようにひとつの小さな穴があります。長い釘が打たれていた跡に間違いないでしょう。比べてこっちの方を見てください」

孝裕は宏の指差す方を見るために、左から右へと、首を一八〇度回さねばならなかった。

「ほら、ここをよく見てください。ここです」

宏が指差す引戸の方には、釘が打ち込まれていたような穴ではなく、代わりに長さ二〇センチ程度の水平な溝が刻まれていて、右端に行って僅かばかり下に落ちている。変形L字の溝が刻まれていた。その溝幅は五ミリ程で、釘がちょうど滑るくらいの幅だった。

「角材は引戸の方には打ち込まれていなかったんです。釘がこの溝を滑って戸がちょうど閉まったところで——この溝が一センチほど下に落ちているじゃないですか——これが一種のロック状態になって、戸が開かなかったんです。犯人は洋介先輩殺害後、短い方の釘は引戸のL字溝の中に収まっている状態で、板壁の方にだけ長い釘を使って角材を打ち込みます。

次に、扉を二〇センチほど開けて廊下に出た犯人は扉を閉め、最後に何か硬くて厚さの薄いもの――差し金のようなものだと思いますが――枠と扉にできた僅かな隙間からそれを使って角材を僅かに回転させるように一センチほど直下の溝に落とす。釘が引っかかりとなってロック完了です。後はその差し金を、戸の隙間から倉庫内に押し込むように捨てておけば全ての作業が完了です。僅かな時間で犯行は可能だったはずです。また、角材は一点でのみ固定されていただけですから、引戸の外から一センチ程度回転させるのは容易だったでしょうし、また逆に僅か一センチ程度でしかないから、回転させることで打ち込んだ釘が緩んでしまうこともなかったのです」

宏は一気に言い抜けた。

【［洋介殺害　密室説明図（1）］［同図（2）］を参照】

「――で、誰だ。犯人は」

「二〇センチという狭い隙間から出入りできる人間といえば、オクトパスマンということになるのでしょうか」

と宏が答えた瞬間、再び暗闇が支配した。発電機のエンジン音も止んでいた。今度こそ本当に燃料が切れたのだ。代わりに灯台の明滅する灯りが窓から差し込み、室内を照らし出す。

「だが、溝を彫るのは簡単にはできないのではないか。これは結構大変な作業だろ。かなり深いし……」

「木製建具ですからね、そんなに難しくはないでしょう。電動丸ノコを一回流せば完了です。一見手間がかかりそうにみえるのが一センチ下に彫り込むことですが、先端の尖った手ノコで二、三度引けばこれも造作ないでしょう。ルーターという専用工具を使えばもっと簡単でしょうけど、そんなもの洋介先輩も持っていなかったはずですしね。それより、一方に長い釘を使ったのには、他の理由があるのですが、分かりますか、部長」

孝裕は強い視線を投げつけ、続きを促した。

「犯人はこの一メートルぐらいの角材を打ち付けることで密室を作り出してみせました。密室となったのは、そのトリックを成立させるための、引戸に彫られた溝が角材の裏、陰に隠れて見えなかったからですが、同時にもうひとつのものも隠したのです」

「……」

「それは凶器です。角材の先端から突き出た釘、角材を貫通して突き出た太く長い方の釘——これが凶器なんです。犯人はこの釘の貫通した角材を使って、篠原洋介先輩の後頭部めがけて振り回したのです。しかも、大胆なことにその凶器を隠そうともせず、密室トリックに再利用《リサイクル》・転用しました。犯人が狡猾で独創的なのは、この部分です」

「何が再利用だっ！」

孝裕は、犯行を行ったのが、宏でもあるかのように、彼を睨みつけた。事件の全容が明かされるにつれ、再び高まってくる興奮を抑えることができなかったのである。

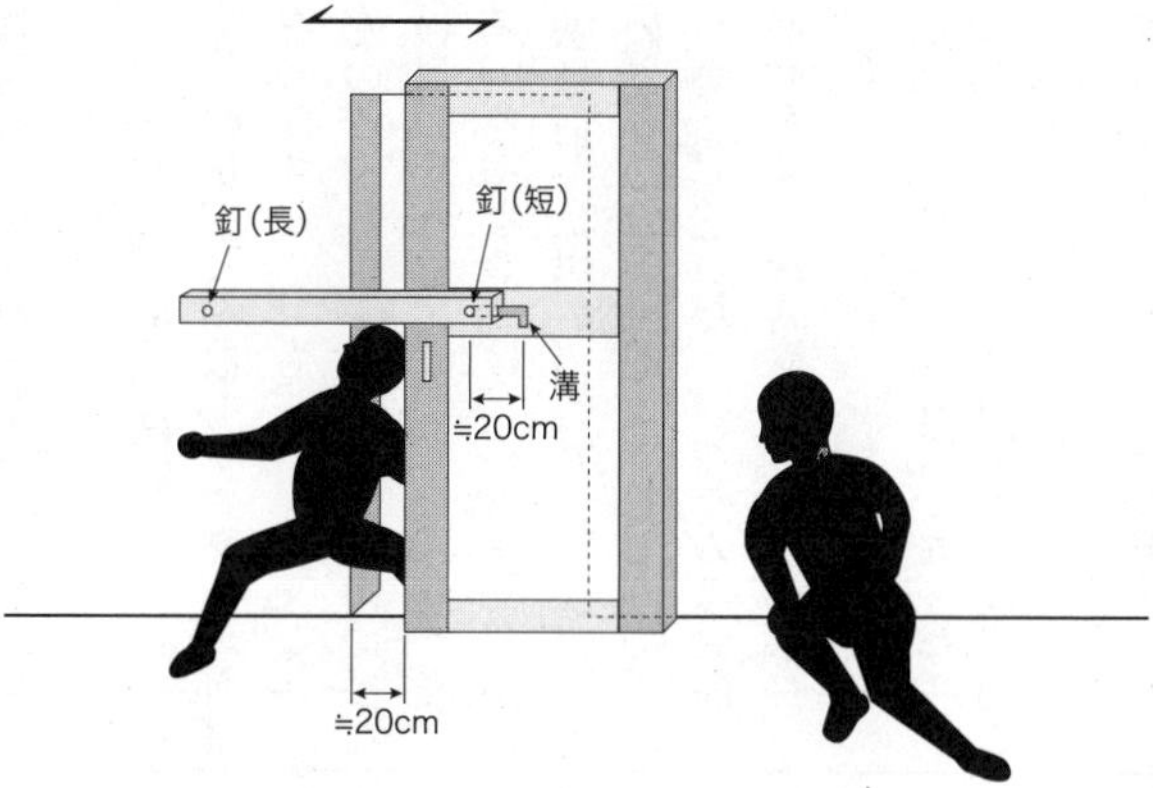

洋介殺害密室説明図(1)

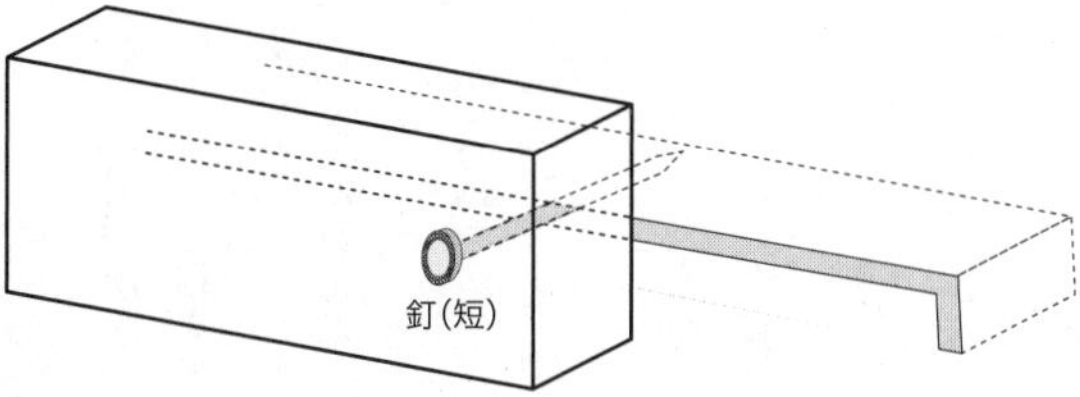

洋介殺害密室説明図(2)

ってみせた。

視線に気圧された宏は、だから自分には犯行は無理なのだと、何度も何度も大きく首を振ややあって、「安っぽい手品だ」孝裕は吐き捨て、「こんなものに引っかかっていたなんて、全く。だが、こんなトリックなら警察が来てちょっと調べれば――」と目を逸らせた。

「そうですね。でも、警察は来なかったじゃないですか、現に――」

宏の皮肉に付き合う気は孝裕にはなかったが、急に変わった声音が気になった。見ると、宏の目の焦点は定まっていなかった。

「そ、そんなことは、百も承知だったんでしょうね、は、――犯人は」

宏は何かに思い当たり、急に声をひそめ、「ここに懐中電灯があります。靴に履き替えてこのままあの山を越えましょう」

「しかし、危険だといったのはお前だぞ。せめて夜が明けるまで待った方が――」

「撤回です、前言撤回します。部長。これ以上、一時もここにいない方が良いです。危険です。奴は、多分僕らを皆殺しにするつもりです」

「なに！」孝裕は目を開いて、「こんな密閉空間で皆殺しなんてあり得るのか？」

「本来ならミステリの世界だけで起こり得るものだと、僕も思います」と宏は前おいてから続けた。

「ですが、現実はもっと複雑のようです。洋介先輩の殺害では、密室を作っていたから、計画的で冷徹な殺人犯だと思っていたのですが、そんな気はないようです。専門家が見れば、いえ専門家でなくても、ちょっと見れば誰でも分かるようなトリックを使っているということは、犯人には密室なんか関心がなかった。ただ、自分が疑われずに次の殺人が決行できればよかった。ある一定の時間が稼げればよかったのだとすれば——。決定的な根拠はありませんが、そう感じます。それに、栄子さん殺害のことを考え合わせると……」

突然、宏は口を噤んだ。喋り過ぎだ。殺人実行犯はオクトパスマンだとしても、共犯がいた可能性は捨てきれない。とすると、それが目の前の孝裕に違いないのだ。

「と、とにかく、早くここを出ましょう。犯人は僕たちにあれこれ考えている時間を与えてくれないと思います」

宏は言いながら、外に出たら逸れたふりをして、ひとり逃げ出すことを考えていた。

「そうだな……。よし、分かった。そうしよう。雨も幾分小降りになったようだし」

ふたりが倉庫を出ようとした瞬間、ゴーッという音と共に、火の手が玄関の方から一気に上がった。

燃焼臭が鼻を突いた。誰かが火を放ったのか？

「発電機の軽油を抜いてばら撒いたんだ、きっと」宏が叫ぶ。

「いいから、逃げるぞ」

孝裕は隣の物品庫へ走った。宏も続く。

大ホールに繋がる出口辺りにもすでに火の手が上がっている。

「犯人は僕たちを焼き殺すつもりだ。──よし、こっちだ」

孝裕はそう言うが早いか、窓際に積まれてある家具の山を蹴散らし、傍に転がった椅子を手に取り振りかぶった。

「待ってください。ガラスは強化ガラスかもしれません」

「ん？　だからどうした」

「大きなガラスは南面のサッシと同じで強化ガラスだと思います。椅子を投げたぐらいじゃ割れません」

孝裕は宏の忠告を無視して投げつけた。ガラスはあっという間に砕け、大きな開口ができた。

「普通のガラスだったな。──考えるより、動けだ」

「でも、ガラスの一部は刃物のように枠にも残っていますし、破片はデッキに散らばってしまった。危ないですよ」宏は割れた大きなガラス片で怪我をすることを恐れたのだ。

「焼け死ぬよりましだろっ」孝裕は今にも飛び出しそうだった。

「で、でも、デッキも燃えていますよ」

「雨を吸い込んだデッキが簡単に燃えるはずがない。今は表面に撒かれた燃料が燃えているだけだ。すぐに下火になる。そのときを待って勢いよく飛び出すぞ、いいな、宏」

「でも、犯人が、待ち受けていたら――」

「考えている時間はない。一か八かだ。椅子を持って振り回しながら飛び出るんだ。俺が先に行く。すぐに続け。ふたりが続けて飛び出せば、犯人だって慌てるさ。飛び出したら、一目散に山道を駆け上がるんだ。いいな」

そんな孝裕の言動、気には、犯罪を計画するような邪《よこしま》な精神は含まれていない――宏はそう感じた。一連の犯行はオクトパスマン単独による殺人遊戯なのだろうか。宏は良く分からなくなって、首を振って呻いた。

次の瞬間、ウッドデッキの火の手が急に下火になった。孝裕の予想どおりだった。部分的に鎮火しているところさえある。

孝裕は示し合わせた通り、せーのと、勢いよく外へ飛び出した。宏も続いた。

「――ッ!」宏はデッキで躓《つまず》き、そのまま転がって岩肌が半分以上出ている庭先をさらに転がって止まった。椅子は転んだときに手から離れてしまっていた。

窓を抜けるとき、枠に残ったガラスの切っ先で脹脛を切ってしまったが、すぐに体勢を整え、鶴扇閣を振り向いた。飛び出す直前、女の悲鳴が聞こえた気がしたからだった。

一方、孝裕はデッキ上に片膝をつくように綺麗に着地すると、数瞬そのままの姿勢、クラウチングスタイルで耳を澄ませていた。

「た、たすけてぇーーーっ。たっ、たかひ――」

今度ははっきりした女の声だった。

孝裕は「しまった！　まさか」と言うが早いか、身を翻し、なんと火の手の上がった鶴扇閣にためらうことなく飛び戻ってしまったのだ。

――止める間もなかった。

宏は我が目と耳を疑った。

確かに、それは聞き覚えのある女の、救済を求める叫び声に違いなかった。そして、その叫び声こそが、火の中へ飛び込む孝裕を、引き止められなかった理由だった。

「ぶちょーっ！」「ぶちょーっ！」

「麻美さーん」「麻美さーん」

宏は鶴扇閣に向けてあらん限りの声を出した。

火の手は一気に大きくなる一方で、二階の窓からも赤い炎が噴出してきた。

「戻って来てくださーぃ」

雨が小降りになったことで、火の回りは思ったより早くなり、折からの強風が拍車をかけた。

「ぶちょーっ！」

「麻美さーん」

宏は大きな声で何度も燃え盛る鶴扇閣に向かって叫んだ。

猛《たけ》り狂う炎の熱に焼かれながら、「部長」「麻美さん」と宏が四度目の叫びをあげた、そのとき、倉庫の窓ガラスをガシャーンと突き破り、紅蓮《ぐれん》の炎に包まれたひとりの人間が勢いよく飛び出てきた。

「あ。えっ？――、ぶ、ぶちょう？　……あさみさーーーーんっ！」

が、次の瞬間には、デッキを越え、手すりをぶち破り、庭を転がり、そのままの勢いで崖下へ落ちてしまった。一瞬間に起きた一連の出来事だった。

宏は後を追って、崖下を覗き込んだ。

岸壁に打ち付ける、狂ったような荒波しか見えなかった。

宏はその場に腰砕け、へたり込んだ。雨はまだ降っていたが、依然衰えぬ風が、炎をさらに加速させ、その燃え盛る炎は一気に鶴扇閣を包み込んだ。

キューンと鶴の最後の鳴き声がこだました。

＊

雨は上がり、空は白み始めていた。

かろうじて全壊は免れたが、シンボルとなる尖塔は無残に崩れ落ち、倉庫があった右翼辺りもほとんど焼け落ちていた。左翼の一階だけが何とか原形をとどめていたが、煙はまだ立ち上っている。それでも、雨水を含んだ建材は、これ以上燃え盛ることはなさそうだった。

完全鎮火は時間の問題だった。

宏は鶴扇閣の玄関から幾分離れた岩場に腰を下ろし、ポシェットからレコーダーを取り出して、これまでの出来事を出来るだけ俯瞰し、自分の推理や感想を交え、行きつ戻りつしながら口述していた。

宏は動けなかった。

なぜなら、足は、切り傷で血だらけで、傷はかなり深く、足裏に何かが刺さったままだった。裸足にサンダルで山道を上り下りしたことと、燃え盛る館から、飛び出したとき、割れたガラス片で切ってしまったのだ。包帯代わりのTシャツも、すでに真っ黒に変色していた。

祐子は顔面を切り刻まれ殺されていた。それだけではない、両手も同じように切り刻まれていた。この現象だけ考えれば、入れ替わりのトリックがすぐに頭に浮かぶが、実際のところ現代の科学鑑定を騙すことはできない。歯形ひとつで身元は特定されてしまうのだ。

それに入れ替わりの場合、代わりの死体が必要だ。しかも祐子と似かよった死体でないと意味をなさない。そんなに都合よく手に入るとも思えない……?

義足の問題もある。本物の祐子が義足であることは疑いを挟む余地はない。その義足が壊されていた。だとしたら片足でここから逃げたことになる。自殺行為だ。

結果、祐子は犯人ではあり得ない、という結論になる。

さらに分からないのは、栄子や洋介の死体まで、なぜ切り刻まれ潰されていたのか？

やはりオクトパスマンの凶行なのだろうか。山頂へ向かって逃げたはずのオクトパスマンは、わざわざ戻ってきて祐子を殺し、骸となった洋介と栄子を移動し切り刻んだ。

――ただ、その理由が分からない。

切り刻むのには電ノコを使えばいいし、その痕跡も残されていた。

大柄な栄子を引きずるのも造作ないだろう、オクトパスマンなら。

宏たちより先回りして戻ってくることも、奴の山をかけ上る能力を見たものからすれば
――十分可能だ。

さらに血の海に横たわる三死体を宏たちが検分している間に、軽油を撒いている時間は十分過ぎるほどあった。

しかし、――そもそもオクトパスマンはここから逃げることを考えていないのは何故だ？

全てを燃やして証拠の隠滅を図るためか。

――証拠の隠滅？

――そうか、燃やしてしまえば、あの稚拙な倉庫の密室トリックも永遠に謎になる。誰にも解き明かせなくなる。逆に考えれば、燃やしてしまうつもりだから、簡単なトリックでよかったのだ。栄子殺しの場合もきっとそうだ。

尖塔は焼け落ちた。偶然でなく確実に尖塔を燃やしたかったのではないか。扉のトリック

を隠すために倉庫を燃やしたように、尖塔を燃やすために火を放ったのだ。なぜならそこに秘密の出入り口があり、身を隠す何かが仕込まれていたから。

オクトパスマンの特殊能力――体が異様に柔らかいだけでなく、フリークライミング選手並みのピンチ力をもって小屋裏に潜んでいたのだとしたら――。

普通の人間には無理でもオクトパスマンならホールと廊下や玄関などを、小屋組みを伝って自由に行き来できたのだ。ならば、栄子殺害、祐子襲撃の、消失の謎はきれいに解明される。全てがオクトパスマンの単独犯行で、奴の身体能力の賜物だった……。

となると火だるまになってまで、身を挺して仲間を救おうとした孝裕は共犯ではなかったということになる。

祐子の顔を潰したのも同じだ。とりあえず、被害者を誤認できればいいのだ。そうすれば誰が被害者で、誰の犯行か、とりあえず分からなくなる。そう、とりあえず、でいいのだ。混乱を招き警戒を解く。そうして皆殺しだ。その考えは恐らく間違っていないはず……。

宏は辺りを見回した。

断崖絶壁から転落した孝裕も、おそらく助からないだろう。すると残ったのは自分ひとりであることに、改めて思い至った。

宏の検証はここで終わる。

*

なぜなら、館の山側に、火災の熱が作った陽炎《かげろう》のようにたゆたう空気の乱れの先に、何かが動くのが見えたからだ。

コンタクトレンズを落とした宏の視力では、それが人間であるということぐらいしか分からなかった。

その人間は、半壊した鶴扇閣の向こうで、立ち止まり、じっと宏を見ている。

しばらくして、ゆっくり、北側の、左手の山側の方へと動き始めた。機械的な動き方だった。だが、目はじっと宏を捉えている。

宏のぼやけた視界では断定できないが、こんな場所で、こんな状態で、声もかけず、顔をこちらに向けている以上、宏を見つめていることは間違いない。

——火だるまになって崖から転落したはずの孝裕……？


揺れる人影は、ゆっくりと漂うように動き、やがて木立の中へ消えた。

——誰なんだろう？

宏は声をかけることはしなかった。

心臓の鼓動が、早くなり始めていた。

揺れる人影は山側へ歩を進め、やがて自分の背後に回る。宏にはそれが分かりきっていた。

雨も止み、辺りは明るくなり、強風こそ吹いてはいなかったが、風はざわざわと耳障りだった。

宏は最後の気力を振り絞り、人影から少しでも身を隠すように這いつくばって移動した。

少しの時間が流れた。

危険が迫っていると肌で感じてはいたが、宏はもうそれ以上動けなかった。

猛獣に追われ、傷を負い、殺されると分かっていながら、動けない——半ば生を諦めてしまった、そんな草食動物のように見えた。

そして、ずっと跪くようにして、身をかがめていた宏は、背後に気配を感じた。

気配のする方を振り向いたとき、そこには見慣れた人物が立っていた。

それが真犯人だった。

夜明け前、直前のことだった。嵐は嘘のように止んでいた。

「——い、生きていたんだ……」

宏が遺した最後の言葉だった。

揺れる人影は、微かに頷いたように見えた。

宏はうぉーっ、と言葉にならない叫びを上げ、ポシェットを思いっきり藪へ投げ捨てた。

宏にできる最後の抵抗だった。

その直後、電動丸ノコが回転する音が轟いた。

二一　【過去】…［タクシー拉致事件］（八月一九日　午前九時一〇分）

私には不思議でしょうがなかった。一ヵ月前に不法侵入があってから、ピッキングし難いディンプルキーに換え、警報機まで新しくしたというのに、どうして侵入《はい》れたのか。プロの窃盗犯にかかれば、造作もないことなのかもしれないが、それなりのリスクはあるはずだ。考えてみれば、一範を招いたのはもうずいぶんと前だ。ディンプル錠に換えてから立ち寄ったことはない。鍵の交換すら知らないはずだ。彼に限らず誰も知らないはずなのだ。

しかし、盗むものなどないのに、リスクを犯してまで侵入する理由とはなんだ。

「ピッキングなんかしていないぜ」

男は私の考えを読んだようだ。

「……じゃあ、どうしてワインを置くことができたの」

「おいしく飲んでいただけたかな」

「飲めるわけないでしょ」

「そうか残念だな。生まれ年の'75年物ではなく、記念の'96年物にしておけば飲んでくれたかな」男はわけの分からないことを言って笑う。

そのとき、ある考えが脳裏に浮かんだ。

「やはり合鍵を作ったのね！　マンションの――消防設備点検のとき、業者に化けて入ってきて、型をとったんだわ。それ以外に考えられないわ！」

思わず、ヒステリックになって叫んでいた。

男は「あんなとろい――、この顔でどうやって化けるというんだ。ハ、ハ、ハ」と大声で笑った。さらに、「お前は毎日、一年三六五日、一時も鍵をかけないのか。一瞬でもかけずに家を空けることはないのか」

思い返してみるが、外出時は言うまでもなく、在宅時だって、私は常に鍵をかけている。特にストーカーの影を気にし始めてから、かけないというときはない。

唯一、かけないときがあるとすれば……、

……そうだ、ゴミ出しのときだ。週に一日だけ可燃ゴミを出しに一階まで下りる。不燃やプラスチックなどのゴミはまとまってからでないと出さないから予測は不能だ。だから、可燃ゴミ出しの夜しかない。ただ、それは時間にして三分とかからない。

「お前は日曜の深夜○時過ぎに決まってゴミを出しに下りる。鍵をかけずにね。そしてその後、就寝だ」

その僅か三分にも満たない間に侵入したというのか？　それはおかしい。仮にその三分の間に侵入したとしても……。ワインはどうだ。ワインが置いてあった件については説明がつかない。ワインがテーブルに置いてあったのは帰宅した際だ。月曜日だった。

「嘘よ。そんなこと、できるはずがない。やっぱりピッキングしたのね。時間はかかるけど、できない鍵じゃないわ」

私は悲痛な声をあげて否定した。

この男は私の生活パターンを把握している。私の部屋に自在に入り、私のプライベートを覗き見している。

「そう思い込みたい気持ちは分かるが、合鍵は作ってはいないし、ピッキングもしていない。ディンプルキーの複製は、そこいらのホームセンターで出来ないことは、お前も知っているだろう。ピッキングにしてもディンプル錠の場合、かなり技術がいるのでね。プロの泥棒さんでないと無理だ」不敵に笑う。

でも、……もし、男の言うとおりだとすると、

……日曜の深夜、侵入して、

「立派なクローゼットがある割には使っていないしな。ふ、ふ」

……そのまま部屋に、クローゼットに……隠れていたとでもいうのか。

私の寝息を聞きながら、この男は、ずっと隠れていたというのか！

「通勤はいつもの制服で、ベッド脇のハンガーラックに準備しておく。いいルーティーン

だ」

私は全身の毛という毛が総毛立つのを感じた。

「どうやって出て行ったかが、分からないのかな」

――そうだ、出て行った後も鍵をかけなければならない。

「ベランダから隣へ移動するのは大した手間ではない。一〇階だからって、窓にも鍵をかけたほうがいい」

――そうか、そういうことか。隣宅で泥棒騒ぎがあったのはそれだったのか。

「……でも、窓にもクレセントはかかっていたはず……。ワインが置いてあった日だって、窓には異常はなかった……」

「築二五年以上の旧いマンションだろ。当然窓サッシも旧い。当時のクレセント錠はかかりが甘いと、細かい振動を与え続ければ少しずつ緩んでくる。左右のアルミサッシを微妙にずらすように力を入れ振動を与えることがポイントだがな。あるいは、クレセントをかけたまま、セットではめ込むことも、はずすことも、割と簡単にできるんだよ。ペンチとニッパーで枠を曲げてやればいいんだ。アルミだから元に戻すのも簡単だ、少し傷むけどな。くっ、くっ、くっ。案外サッシの外側って、人は見ないものだ。特に狭いベランダの場合はな。仮に傷に気付いても賃貸物件なら気にも留めないだろ。くっ、くっ」

可笑しいのをこらえているのか、くぐもった笑いだった。

この男は、私が寝静まるのを待って、そっとクローゼットから這い出る。そしてベッドの傍に佇み、私を舐めるようにただ見つめて立っているのだ。そして、寝返りをうつ私をただ、ただ、ただ、見下ろす。夜が明けるまで、じっと動かずに。

ケロイドに占拠された男の顔面が、闇夜に不気味に浮かび上がる。薄く笑ったときにこぼれる歯が青白くおぼろに光っている。

万が一、目覚めたとしても、私はこのケロイドの顔を認識できない。そして逃げる男を、寝起きの私では決して捕まえることができない。それが分かっているから、――その余裕があるから、男は大胆にふるまえる。

夜が明ける前に、男は壁に映える影のように、クローゼットに戻り、私が朝支度を整え出て行くまで息を潜め、それからまたおもむろにクローゼットを這い出、部屋中を徘徊し、冷蔵庫の中から適当な食材を選び出し、空腹を満たす。さらにゴミをあさり、ワインを置き、やっとベランダから出て行く――。

そんな映像が瞬時に脳裏に流れた。

私は思わず叫び声を上げていた。

＊

しばらくの間、気を失っていたようだった。

覚醒と同時に、私を襲った頭痛も嘘のように引いていた。

今や、確信に変わっていた。タクシードライバーに扮したこの男こそが、ストーカーであり、不法侵入者であり、半年以上も前から私を監視していたのだ。

「やはり、あなただったのね、ずっと前から私を尾行《つ》けまわしていたのは」

私は落ち着いていた。

「高山まで尾行けまわしたりして、どういうつもりなの」

「尾行けてなんかいない。あの日は俺も忙しくてね。金も稼がなくてはならないからな。結構、大変なんだ。いろいろ揃えるのに」

「じゃあ、どうして」

「お前が立ち寄りそうなところに電話を入れたにすぎない。それがビンゴだっただけ。楽房尋は運よく四件目だった。一応二〇件はかける気でいたからな」

「でも、私がいつ行くか、時間までは、分からない」

私も引かない。

「それも簡単だろ。結婚式後の宿泊は駅前の華櫓《はなやぐら》ホテル。その近くでお前がよく行っていた店に立ち寄るだろうことは予測がつく。時間は帰りの電車のチケットから逆算しただけのことだ。最初は名前を間違えて呼び出してしまったがね。もちろんその情報は、郵便物や捨てられたメモ用紙から推理できるが、それより部屋中に貼られたポストイットを見れば一目瞭然だろう。それにもし繋がらなかったとしても、こっちとしては失敗ではない。次の機会を狙えばいいだけの話だ。そのかわり成功したとき、お前に与える影響は果てしなく大きい。ノーリスク・ハイリターンだ。やらない手はないだろう」

ふーっと息を吐き、外に目をやると、車はすでに伊勢ICを下りたようで、伊勢市内の一般道を賢島《かしこじま》方面に南下していた。出口料金所のアナウンスにも気が付かなかったらしい。

雨も小雨になっており、幾分空が明るくなっている。一時的な小康状態ではなく、もう少し時が経てば、青空に変わりそうな空模様だった。

車は通学途中の黄色い雨合羽を着た小さな子供たちの列をゆっくり追い抜いて行く。男は車窓の景色を楽しむがごとく、低速で走らせている。

このときには、もう脱出しようという考えは持っていなかった。

ドアや窓がロックされているとはいえ、赤信号で車が止まるたびに、道行く人に助けを求めようと考えなくはなかったが、そうしたところで、どれだけの成果が得られるものだろうか。仮に逃げ切ることができたにしても、それに何の意味があるだろう。この男なら私の思いもよらない方法で再び目の前に現れるに違いない。男は執拗で、計画的で、おまけに行動力がある。中途半端に逃げるよりは、目的を確認した方が良い。一範が主犯で運転手が協力者と考えたこともあったが、その考えは今や消えた。逆に一範が協力者でもあり得ない。この運転手が全てひとりでやったことなのだ。この運転手の執拗さは特別だ。

危害を加えるつもりなら、チャンスはこれまでにいくらでもあった。それをしなかったということは、何か別の理由があるはずに違いない。

今、私にできることは、流れに身を任せ、男の目的を確認すること。それから臨機応変に対応するしかない。――そう開き直ることで、気分は天候の回復に比例するように落ち着きを取り戻していた。その後、男が無言であったことも幸いした。

車は市街地を抜け、更に南下を続ける。景色は緑に覆われ、時折木々の切れ間から海が垣間見える。雨が上がったばかりの海はどこか黒い。

海岸線に沿って山間の道を進んでいるようだった。道は舗装されていて静かな振動がシートから伝わってくる。やがて奇妙な模様をした岩肌をもつ崖が続き、さらに、その岩肌を割って生えてきた松の木群が現れる。

とそのとき、男は唐突に、「鶴扇閣だ」と言った。

絡んだ痰を吐き出すような言い方だった。

前方に屋根の一部が尖った煙突のように延びている奇妙な外観の洋館が見えた。私はそれが目的地だと確信した。

やっと、着いた。

〝鶴扇閣事件の記録〟の補完資料（事件直後の報道より抜粋）

〔翌日の新聞記事の抜粋〕

八月二〇日未明、三重県万葉半島の突端にある、某私立大学所有の木造二階建ての洋館で火災があり半壊した。その焼け跡からは四つの焼死体が重なり合うようにして発見された。四体とも頭部がなく、死体は完全に焼け焦げ、骨盤の形状から男女二体ずつであると思われる。またうち一体は右足の膝から下が欠損していた。

いずれにせよ損傷が激しく、身元の判明は困難を極めそうである。前日から滞在（合宿中）していた同大学演劇部員全員と連絡がとれていない。また遺体は殺され燃やされた後に、頭部を切断された可能性が高く、連続殺人事件として捜査が行われる。

一九日より降り続いていた豪雨により、崖崩れが発生し、国道が決壊したため、死体発見は午後遅くになった。ただ、火災発見は早く、決壊した国道の被害状況を調べるため飛び立った報道ヘリによって視認されている。詳細については以下の通り。

ヘリは八月二〇日未明、雨の中、決壊した国道＊＊線上空を飛行していると、火の手の上がる洋館を発見した。双眼鏡で火災状況を確認していた調査員の話によると、館を覆い尽くす炎がひときわ大きくなる前に、炎に包まれた何者かが、崖から海に転落するのが確認できた。直ちに消防・警察に連絡したが、現場は決壊した国道の突き当たりにあり、車両が不通なため、速やかな消火及び救助活動を行うことができなかった。警察と消防が三時間かかって迂回、山越えし、現場に到着したところ、すでに焼けて半壊した建物跡から、焼死体が発見された。

〔後日の新聞記事の抜粋〕

頭部を切断された四つの焼死体は、比較的若い男女二名ずつ（計四体）であることが判明した。しかし切断された頭部はいまだ不明である。海中に遺棄された可能性もあり、また火だるまで海に落下した被害者の捜索、さらには、事件当日、決壊した国道からは複数台の車輌が海に転落した——行方不明者が十数名——との情報もあり、事件・事故の両面で海中捜索も依然継続されている。しかし潮の流れの速い海域で未だにひとりの犠牲者もひとつの頭部も発見に至っていない。

〔別の新聞記事の抜粋〕

少年刑務所から脱走中の少年（通称オクトパスマン）の行方はいまだつかめていない。警察では山中の捜索範囲を拡げると発表した。

二二　【過去】…［タクシー拉致事件］（八月一九日　午前九時三〇分）

タクシーは停まり、ドアが開いた。

「どうした、降りないのか」運転手が呟いた。

「……」雨は止んでいた。

男はキーを抜き、先に降りる。そして、「おい」と私を促す。

促されるままに、私はタクシーを降り、男の隣に立つ。

「でかくなったんだな。だから、見つけるのに時間がかかった」

「……」何のことを言っているのか分からなかった。まるで生き別れとなった子供と数十年ぶりに再会した父親のような台詞だ。

黒く濡れたアスファルトにところどころ小さな水溜りがある。男は何やら胸ポケットを弄《まさぐ》っている。タバコでも取り出すのだろう。

この隙に私は右手首を上げないようにして捻り、視線を落とす形で腕時計に目をやる。時刻はまだ九時半になっていなかった。そして同時にリュックから取り出しておいたチタン製のペンをスーツの袖に隠し持った。いざというとき武器として使うためだ。いつかチャンスはくる。

空を見上げる。墨を含んだような雲はまだ少しあったが、雨は完全に上がり、雲間からは陽が差し込んでいた。

ふぅーっと、気付かれないような息をひとつ吐く。

少し歩いて、松林を回り込むと、目の前には、白い木造の洋館が建っていた。

「――――だ」

男が何か言ったようだった。

白く塗られた外壁に緑青の屋根、窓枠はライトグレーに縁取られ、背景には青い空が控えている。これで庭先にひまわりでも咲き誇っていれば、南仏の絵葉書にでもなりそうな風情なのかもしれない。

――かもしれないが、決してそうなることはない確信めいた何かが、この建物にはある。

さらに男の後を、少しだけ歩いて、立ち止まる。

もう一度建物を見つめる。

正面に立って、外壁は三〇度くらいの角度で左右に延びている。ちょうど扇を拡げたような形だ。その扇の要が入口にあたり、入口のある緑青屋根の一部が尖塔のように天空に向かって延びている。これがあたかも鶴の首を連想させ、鶴扇閣の名の由来となったのであろう。

――何故知っている？

男は確かに「カ、ク、セ、ン、カ、ク」と言った。だが、その音が〝鶴扇閣〟に変換されるのだと、何故分かったのだ？

建物が扇形で屋根の一部が鶴の形をしているからか？

そんなはずはない。車から降りたばかりで、建物の形状を把握できていない。俯瞰できる位置にもない。尖った尖塔が鶴の首に見えるわけなどない。ただの塔だ。なのに、何故だ。何故私は「カクセンカク」を「鶴扇閣」と変換し、しかもそれが正しいと信じてしまっているのか？

建物は崖いっぱいに建っているようで、裏手は望むことはできなかったが、右手方向には伊勢湾の大海原が広がっていた。雨上がりで少し濁っているが、走って飛び込めば、あるいは、この男から逃れられるかもしれない。これが最後のチャンスなのかもしれない。水泳はできないが、一か八か試してみる価値はある。この男から、この現実から、突きつけられようとしている事実から逃げ出すには今しかない。しかし、それはかなわなかった。足が錆付いたように動かなかったからだ。

次の瞬間には、頭がくらくらし、今度は沼地にでも立っているかのように足元がおぼつかなくなる。来てはいけないところへ来てしまったせいで、足が、身体が、心が、拒否反応を起こしてしまったのだ。

ふと空を見上げると、上りかけている太陽の横に、もうひとつの小さな歪んだ太陽が見えた。ふたつの太陽——初めて目にする〝幻日〟という不思議な自然現象だった。雲中の氷の結晶が太陽光を受けて屈折し、太陽がふたつに見える現象だ。

細胞が分裂をはじめ、やがて全く同じ形の、別の新しい細胞ができあがる。そんな過程を目の当たりにしている感じ、と言えば他人《ひと》は分かってくれるだろうか？

「こっちだ——」運転手は先に玄関口へ向かう。

男にはふたつの太陽が見えていないのか、「おい」と少し苛ついてさえいる。

同じとき、同じ場所にいて、同じ景色を見ているはずなのに、違う体験をしている。

「おいっ」今度は声高に繰り返す。

何かが分裂し壊れていくのではなく、新たな生命に乗り換えていく。新しい太陽は新しい未来なのだ。——そう思った瞬間、足は勝手に動く。

建物の外壁に沿って左右に延びているウッドデッキ。そこへ上がる三段ほどの石段に足をかけたところで、「ここを覚えているだろう」と男は振り返る。

私にはいまだ何のことか分からない。

サングラスとマスクはすでに外していて、初めて正面から見るタクシー運転手のその顔は、火傷の痕が顔半分に及んでいた。右目の下から垂れ下がる幾重もの赤黒いしわが唇の端で収束する。そのせいか、口角が右だけ極端に上がって見える。また右頬の傷だけでなく、顎から首にかけて溶けてくっついた幾筋もの皮膚の下に、鉤型《かぎ》の深いしわを刻んでもいる。何かの傷跡なのかもしれない。触れてみたら、ぱっくりと口を開けて、どろっとした膿《うみ》が流れ出てきそうだった。

男に続いて、入口のステンレスサッシに手をかける。サッシもガラスもよく磨かれていて、扉を押し開いたとき、ステンレスの鏡面が陽の光を反射して目に刺さる。――反射した光の源はどちらの太陽のものなのか。元の太陽か、分離した新しい太陽か？

沓脱ぎの床は大理石張りで、こちらも良く磨かれている。その奥には板張りの床が続いている。私は靴を脱いで、裸足でそのフローリングの床に足を踏み入れた。

――いつか……来たことがある？

デジャブに似た感覚。何かが思い出せそうで思い出せない。

……私は、ここへ、来たことがある……。

さほど長くない廊下は先へ行って狭くなっていて、二手に分かれている。右に折れ進むと大きなホールに出た。玄関口から天井はなく、屋根裏の軸組――木製の梁《はり》が剝き出しで、その梁が入口からホール、そして南のサッシに向かって放射状に延びている。翼を広げようとしている鶴を思わせた。

海を望む正面には床から軒先まで、大型サッシが少しずつ角度を変えながら連続で並んでいる。つまり南壁面が全てガラスで、その向こうには英虞《あご》湾の海原が広がる。

この建物の用途は何なのだろうか、不意に疑問がわく。そして、なぜ誰もいないのだろう。私はいつしか運転手より先に歩いていたため、振り返らなければならなかった。あるはずの顔のケロイドは気にならなくなり、――それは、どこか以前に会ったことのある、見覚えのある男の顔だった。本当はタクシーに乗り込んだときから、見ていたはずなのだが、ある瞬間から見ようとしていなかったのだ。

「少しは思い出したか」

男は、少し笑ったようにみえた。細い左眉が微かに上がり、切れ長の目尻にしわが浮き上がる。見覚えのある笑いしわだ。

次の瞬間、思わず目を逸らし、視線を流す。記憶が蘇りかけているのを悟られたくなかったからだ。

男はそれを、背後を窺っているとでも思ったのか、

「誰も来やしないさ」不敵に笑い、「それとも、昔の仲間がゾンビとなって、出迎えてくれるとでも思ったか」

立てた人差し指をキーリングに差し入れ、おどけた風にくるくる回してみせる。チャラチャラと金属の触れ合う音がする。冗談でも言ってみたのだろうが、もちろん笑えるはずがない。

「本当は、床は全面板張りにしたかったらしいが、予算の関係でシートになったらしい。天

井の梁も鉄骨製で、木に見せるために、鉄骨の周りを、板を張って隠してある。見た目は木造だが、実際は鉄骨造だ」

そう言われて見上げてみれば、たしかに不自然な継ぎ目がある。

けれど、言われなければ気が付かない。そう、言われなければ分からない。

「もう、二度と燃え落ちないようにな。ハッ、ハッ、ハッ」

男は、今度ははっきりと口角を上げて笑った。

そして、「一部の隔板壁は設けていないから、お前が燃やした鶴扇閣とは少し様子が違うかもしれんが、見た目はほぼ昔のままだ」

——私が燃やした？

……男は確かにそう言った。

「心配しなくていい。今日は誰も来ない。調査済みだ。改修工事は先週終わり、竣工引渡は日取りの関係で来週になる。大安が来週なんでね。だから、今日という日はいろんな意味で貴重なんだよ。じっくり鑑賞して思い出すがいい」

何を言っている？

いったい、何を言いたいのか、……分からない。

「記憶を取り戻すには、最高の場所と最高の日だろう。俺とお前にとって」

私が燃やした……

私が燃やした……？

俺とお前の関係って……、もしかして……

私は無言のまま首を激しく振った。否定の意味でもあったが、あともう少しで何かが思い出せそうな、そんな気がしたからだ。頭を振れば、詰まった何かの滓《かす》が、振り落ちて通りが良くなる、そんな気がしたからだ。

「ほら、これでも知らないというのか」

男は上着の内に隠しておいた新聞を投げて寄越した。首を振ったのを、否定の意味だと受け取ったようだった。新聞は、かなり旧いもののようで、写真週刊誌と同じように黄ばみ、ところどころ破れてもいる。

私は足元に落ちた新聞を拾い上げ、九年前の一九九六年、ここで起きた殺人事件、そして鶴扇閣が炎上したこと、四人の焼死体が発見されたこと、その四つの遺体には頭部がなかったこと、犯人はまだ捕まっていないこと、などが、すぐに読み取れた。見出しだけ眺めただけで、詳細まで読み取れたのだ。

——知っている、この記事を。

——私はこの記事を何度も読んだ記憶がある！

——私は、この記事に…………

若い男女の死体が二体ずつ——たしか、……洋介に、……栄子に、そして、祐子……そんな名前だった。

火だるまで海に飛び込んだ男——新聞では男女の区別は明記されていないが、これは間違いなく男である。それだけは（なぜだか分からないが）すぐに認知できた。

私はやはり何かを知っているのだ。重要な何かを。そして、この事件に大きく関わっているだろうということも、もはや確信に近い。

火だるまで海に飛び込んだ男の消息はつかめていないらしいが、彼が犯人でないことは明白だ。なぜなら男が海に飛び込んだとき、死体は三体しかなかったからだ。しかも首はまだ切断されていなかった。

……では犯人は、残った誰かということになる。死体は四体、男女二体ずつ——残る一体は男のもの……。そう、たしか、宏……。残るはひとり……。

残るひとりとは……？

犯人が西華大演劇部員のひとりであることは疑いを挟む余地がない……。

孝裕が言うように、外部犯を想定し、その可能性を検討し……？

——タカヒロ？——

——タカヒロ——

——そうだ、孝裕だ。

そんな名前の男だった、火だるまで海に落ちたのは。

「本当に思い出せないのか」男の、痰が絡んだような声が耳元で響いた。

「…………！」

何かが私の頭の中ではじけ始めた。

男はさらに何かを強く言い募っていたが、私は聞いていなかった。頭の中では、記憶という極小のピースが急速に引付いたり、離れたり——という動きが活発に行われ、収まるところに収まっていく。

「おい、何とか言ったらどうだ、麻美さんよ」

「あ、さ、み……さん、……」

「思い出せないのなら、教えてやろう」

男の声は怒気を含み始めていた。

「九年前、ここで殺人事件が起きた。犯人は西華大学の演劇部の仲間、篠原洋介を倉庫で殺し、続けて永井栄子を風呂場で殺し、最後に金山宏を殺した。そして総仕上げとして、証拠隠滅のため旧鶴扇閣に火を放ち、灰にした」

「……その、それが……、私と、どう……」

男は、興奮を、激情を押し込めるかのように、ふーっ、と深い息を吐く。

「いいだろう、全て俺に説明させたいのなら、黙って聞いていればいい」と、今度は大きく息を吸った。

「九年前の今日と全く同じ日――すなわち一九九六年八月一九日。西華大学演劇部の一行は、ここへ合宿に来た。その初日、陽が落ち始めた頃から雨が降り始め、程なくして嵐となる。その影響で崖崩れが起き、道路が決壊し、一行はここに孤立してしまった。犯人にとってはお誂《あつら》え向きの状況ってわけだ。おまけに電柱もなぎ倒され、停電で電話も使えない。携帯電話も圏外だ。二〇〇五年の今ならともかく、一九九六年当時は中継アンテナが拡充していなかったからな。当然犯人の計算にはあったはずだ」

「天災まで……、犯人が操作したっていうの……」

「そうかもしれない。脱走犯も荒天も、荒天から起こる崖崩れも、全て犯人が引き寄せたのだと俺は思っている。そんなことが可能だと思わせるぐらいの、悪魔の意思と行動力を持ち合わせた犯人だよ」

「……」それが私？

「殺す方法ならいくらでもあったろうよ。食事に毒を混ぜることもできただろうし、寝静まってから一気に寝首をかくこともできた。その日が嵐で、誰もどこにも逃げ出せない状況が、犯人を大胆且《か》つ狡猾にさせた」

男はいったん目を逸らしてから、続ける。

「建具の修理を依頼されていた洋介は、夕食後、倉庫で作業にかかる。工務店を経営する父親を持ち、演劇部の大道具役をも任されていた洋介にとってはうってつけの仕事だった。皆殺しを考えていた犯人は、一番体格に勝る洋介を先に殺害しておきたかったはずだ。作業している洋介の背後に忍び寄り、特殊な凶器――一メートルほどの角材の先端に、その角材を貫通するほどの長い釘を打ち抜いたものだ。それを持って大きく振りかぶり、後頭部を思いっきり殴打した。殺されるなんて考えもしていなかっただろうから、殺害は案外簡単だったのかもしれない。そして、その凶器を、今度は引戸を固定する道具として使用した。宏に言わせれば、凶器を、密室を構成する部材へ再利用・転用したそうで、いたく感心していた。固定とは言ったが、実際に打ち付けられていたのは板壁の方で、引戸に打ち付けられていると思われた釘は、戸に水平に彫られた溝の中に収まっていただけだったのさ。犯人が外に逃げ出し、戸を閉めると釘が垂直に下へ延びる溝に落ち、引っ掛かってしまう仕掛けだ。まんまと騙された。溝は角材に隠れて見えないし、とりあえずの密室状況を形成するのに十分だった。全員を殺すつもりの犯人には時間稼ぎができれば、それでよかったんだ。密室にした理由は、その引戸から出て行ったことが分かると都合が悪くなるからだ。つまり、そのとき二階の客室にいたことになっていた人物が犯人ということになる。残りの三人は大ホールあるいは厨房にいて、それぞれ確認できる位置にいたからな」

「……」私は首を振る。

「金山宏が倉庫に入る直前に聞いた釘打ちの金槌の音は、犯人が今まさに凶器の角材を板壁に打ち付ける音だったんだ」

「……」なおも激しく首を振る。

「永井栄子殺しの方は単純だ。栄子が風呂に入っているとき、入浴中の栄子に騒がれずに風呂に入れるのは、同性だけだ。唯一の女性といったらもう明白だろう。そして殺害後、偽の悲鳴を上げる。女性特有の高音の悲鳴は識別し難いうえに、嵐による風雨及び鶴扇閣特有の風切り音で悲鳴の主の特定は困難だ」

男の片目が光った気がした。

「次にお前がやったのは、浴室からの脱出だ。偽の悲鳴でホールにいる宏たちをおびき寄せたあと、裏廊下に出て左廊下から隔板壁を飛び越し、大ホールに着地した。それを可能にしたのも、すでにスポーツ義足に着け換えていたからだ。マキシスカートを穿いていたのはそれを隠すためだ。俺以外の人間はお前がスポーツ義足を持っていることさえ知らなかった。恥ずかしいから秘密にしておいてとの約束だったからだ。冷静に考えれば分かることだった。しかし殺人が続くあの状況下で冷静に考えることができなかった」

「……」

「これでもまだ、何の感想もないのかな？」

男は、手の平を返したように笑み、優しく語り掛ける。

「…………」私は、首を振るのを止めた。

「いいだろう。続けよう——」元の不機嫌そうな声に戻った。

「大ホールでは居もしない逃走犯に襲われた風を装い、今度は宏たちを浴室から引き離す。日常用の義足は襲われたときに外れたと言っておけばいい。着け替えるのは短時間でできないからな」

「なぜ、そんな面倒なことをするの」

「決まっているだろ。栄子が殺された時点でも、男ふたりがまだ残っているんだ。皆殺しが目的の犯人が目的を遂行するまで、疑われない方がいいに決まっている。お誂《あつら》え向きの逃走犯――オクトパスマンを利用しない手はない」

「……あら、……そう……なの……」無感情の単語だけがこぼれる。

「仕上げは、初めて栄子の刺殺体を見た風を装い、狂ったように叫びながら、嵐の吹き荒れる山中へ飛び出したことだ。裏口の閂を事前に開けておいたのは言うまでもない。宏たちに追いつかれないためだ。見事な演技だったよ。宏たちは連続殺人を目の当たりにしてパニクっていたため、そのあとを追わされる羽目になった。本当はそこで散り散りになった宏たちを殺す予定だった。ところが予定が狂った」

男はいったん言葉を切ると、唇をなめた。

「宏たちが山中を彷徨っていた間、犯人が行ったことは、予め殺し、顔面を潰していた千堂温子の死体を、倉庫に運び入れることだった。その目的は身代わりにするためだ。両手まで切り刻んだのは、とりあえずの間、千堂温子の死体を祐子本人だと思わせるために必要だったからだ。背格好も似ている温子と祐子の一番の違いは、顔形を除けば、肌の色だ。それを誤魔化すために衣服で隠せない部分を切り刻み、血糊で分からなくしたのだ。ちなみに洋介や栄子の死体を切り刻んだのは、赤い新鮮な血液が必要だったからだ。温子の死体はすでに血液が凝固し始めていたからな。——悪魔の所業だよ。電動丸ノコは手近なところにあるし、作業に大した時間はかからなかっただろう」

「そんなことが起きていたの、信じられないわ。でもDNA鑑定をすれば、すぐに身元は分かるんじゃない」

私の中のもうひとりの自分が喋っているかのように、淡々と話すことができた。男の興奮に反し冷徹になっている自覚があった。

「この二〇〇五年の今ならな。九年前の一九九六年当時のDNA鑑定は旧式でかつ一般的ではなかった。現在の新型DNA鑑定が各都道府県に導入されたのは二〇〇三年になってからだ。これによって精度もスピードもはるかに進歩したのだ」

「証拠はあるの?」思わず言い返す。だが、男はそれを無視して続ける。自信の表れなのだ。

「千堂温子の死体にスニーカーを履かせたままにしておいたのもそのためだ。祐子ではないと気付かれたくはなかったかもしれないが、裸足にしたところで、足裏に傷が全くなければ疑われるのは同じだ。といって脱がせて傷つけるのも面倒だ。それならいっそ千堂が履いていたままで構わない。その方が、手間はかからないし、どうせそこまで検証する時間を与えるつもりもない。だから、まあ、いいや——そう判断した。大胆だよ、お前は。それでも右足だけはちゃんと切り落としたがな。ふっ、ふ」と笑う。

「……………ただの想像でしょう、根拠はどこにもない」

男は何を言っても、動揺しない。時間をかけて調べ上げて今日に臨んでいるのだ。ちょっとやそっとのことでは突き崩せない。

「倉庫の密室トリックは稚拙だ。風呂場の密室にしても不完全だ。祐子が殺されたように見せかけた行為だって杜撰《ずさん》の極みだ。見たことのないスニーカーを履かせておいてはいけない。どれも、これも警察でなくたって、落ち着いて調べれば、誰にだって解明できたことだろう。その程度の謎だ。それはそうだろう。犯人の目的は皆殺しだ。犯人としては、とりあえず疑われず、目的が完遂されるまで、自由に動き回れれば、それでよかったんだ」

男は言葉を切って、じっと私を見つめる。何かを決意している強い眼差しだ。目の下の赤黒いしわが、ケロイドが、歌舞伎の隈取のように迫る。

「——犯人は皆殺しにするつもりだった」

男は同じ言葉を繰り返し、

「部員全員の遺体が発見されれば、警察は精査してまで身元を確認することはないだろうとふんだ。残念ながら計画通りとはいかなかったが、炎に包まれて崖から海に転落するのを、目撃されている。とりあえず、全員がいなくなったんだ。まずまずの成果だったんだろう」

「……でも、生きていたんだ」私は少し微笑んだ。

「そうだよ、皆殺しの犯人役を務める男の遺体は、海から発見されなかった。生き残ってしまったんだよ」

親指を立て、自分に向ける。

「そうさ、それがこの俺だ。孝裕だよ」

波ひとつない水面に落とした小石が波紋を拡げるが如く、孝裕は自分の発した言葉が、どの程度の効果を生じたのか確認するように私を見つめた。

私は落ち着いて、小さくゆっくり、しかし長い深呼吸をした。動揺を気取られないように注意しながら。

静寂が場を支配し、長く感じられる、僅かな時間が経過した。

「結果、俺が演劇部のメンバー全員を殺し、鶴扇閣に火を放ち、自らも焼身転落という三文週刊誌の記事になるわけだ。犯人の思惑とは少しずれたが、警察も死体数の辻褄が合っている以上、厳正な検分など不要だとばかりに事件は落ち着いた」

男は上着の襟を正すと、顎を引いてひときわ大きな声で続けた。

「身元を分からなくするために、死体に軽油を撒いてよく燃えるようにした。永井栄子の死体を引きずって行ったのも、千堂温子の死体を倉庫まで運んだのも、一箇所に集めるため。倉庫には燃えやすいものがたくさんあったことと、軽油を有効に活用するためだ。それでも不安だったので、焼け落ちてから頭部を切断、遺棄した。可能な限り証拠を消すためとはいえ、ひどいことをするもんだ」

「……千堂とかいう人を殺したというのは、いつなんでしょう」

私の口が勝手に動く。

「――とか、いう人ねえ。本当に覚えていないのか？」

男の目つきが鋭くなる。

「殺しの順序で行けば、千堂が最初だ。道路が決壊する前でなければ殺すことができないからな。彼女は嵐の中を約束どおり目薬を届けてくれていたんだ。差し入れのスイカと一緒にね。おそらく鶴扇閣へ辿り着く手前の道路ででも待ち伏せしたのだろう。お前はそこで千堂を殺し、車は海に捨て、死体は仮に山中にでも隠しておいた。しかし、そういった行為のため、お前は雨に濡れた。もしかしたら返り血を浴びたのか――。だから、入浴が必要だったのだ。いつ、いつも寝る直前にしか入浴しない習慣の祐子が、いつも頑なに習慣を変えようとしなかった祐子が、その日に限って夕食前に入浴する、これが理由だったのだ」

男は、完璧な歌唱を終え、万雷の拍手を受けるオペラ歌手のように、ゆっくり両手を広げてみせた。

そして、「え、そうだろ。麻美祐子《あさみゆうこ》さんよ」

最後は恫喝《どうかつ》に近い、唸るような声を絞り出した。まるで突然人格が入れ換わったようだった。

綺麗に整えられた左眉に象徴される、整った左顔の人格が理路整然と話すのに対し、反対にケロイドに引っ張られるように垂れ下がった右顔の別の人格が、地の底から湧いてくるようなどす黒い毒を吐く。

「分かっているわよ、あなた。そう、何度も何度も呼ばなくても」

私は両手で激しく髪を掻き上げ、首を振った。

「ふん、やはり、しらばっくれていたのか！」男の声はついに怒号に変わった。

「違うわ。思い出したのは、あなたの長ったらしい説明の最中よ」

「なに！」

「そんなに、大声出さないでよ。まだ少し頭痛がするんだから。ねえ、孝裕さん」

私はすでに大半の記憶を取り戻していた。この男が誰で、ここで何が起き、そして私が誰であるのか、思い出したのである。

怒号の男——麻美孝裕《あさみたかひろ》は、今にもつかみかからんばかりに私を睨みつけていた。

二三　【現在】…蜘蛛手と十八女《さかり》　事件を検証する

蜘蛛手が記録書を読み終えたとき、卓上の電話が鳴った。

「もしもし、蜘蛛手&宮村探偵事務所――」

「あら、いたんだ。久しぶりね。いつ帰ってきたの」

「その声は十八女弁護士だな」

「そうよ、元気だった」そう問う女性弁護士の声は明るい。

「ああ、おかげさまでね」蜘蛛手も思わず笑みがこぼれた。

「あちこち行っているみたいだけど、少しは日本に落ち着いたらどうなの。ま、でも、居たらいたで、勝手に事務所を引越ししちゃうし――。宮村さん、困っていたわよ。何も相談できないって」

「君もいきなり説教か」蜘蛛手は受話器から耳を離して、眉根を寄せた。

「そうよ。困っているのは彼ひとりじゃないってこと。少しは考えたら。……ひとりで寂しいのもあるんでしょうけどね」

「ああ、考えておくよ。だが、奴は寂しくなんかなさそうだぜ」

「蜘蛛手さんが鈍感なだけよ。……でも、いいわ。本当はもっとお話ししたいんだけど、ちょっと急いでいるのよね。もうじき出かけなくちゃならないし」

「相変わらずだな。――で、用件は何だ」

「宮村さんはいないのね。携帯に電話したんだけど出られないみたいで――」

「ああ、今日は大事なデートでね」

「ああそうだったわね。そういえば昨晩もそんなこと言ってたわ。でもディナーにはまだ早いんじゃない」

「ディナーの前にすることがあるんだよ。花束をアレンジし、予約しておいた指輪を引き取りに行く――」

電話の向こうで、えーっ、と驚いている様子が伝わってきた。

「プロポーズするんじゃないかな。じゃなきゃ、三度の飯より大好きな密室の謎の回答を聞くことなしに、出ていかないさ。それより急ぐんだろ。用件は何なんだい」

「例の記録書は読んでくれた？」

蜘蛛手が「ああ、二時間ほど前、宮村に渡されて、さっき読み終わったところだ」と答えると、それじゃあ話は早いわねと、十八女弁護士は話し始めた。

「オクトパスマンの内縁の妻――ナオミが亡くなったのよ。今朝のことなんだけど。それが眉間を銃で撃ち抜かれたらしいの。だからといって今日までの必要経費は払うから心配しないで」

蜘蛛手は思わず受話器を握り直し、

「そんなことはどうでもいい。いや、良くないか。――で、経緯《けいい》は？」

「私も聞いたばかりで、今言った以上のことは知らないの。とりあえずいち早く連絡しようと思って――。それより、そのせいなのか知らないけど、急にオクトパスマンが接見を求めてきたのよ。今まで、何度、接見したってろくに口を開こうとしなかったのが、一八〇度転換よ。余罪で再逮捕されたって無視を決めこんでいたくせに――。この半年なんだったのよ」

この後、忙しいはずの十八女弁護士の話をまとめると以下のようになる。

少年刑務所から脱走し逃亡を続けていたオクトパスマンは、今春――梅花《ばいか》の候《こう》、ある女性のタレコミで逮捕された。二〇件の窃盗の容疑だ。博多に住む別の女が、東京妻のナオミに嫉妬したのだ。そのナオミから弁護人として雇われたのが、弁護士二年目の十八女翼《つばさ》である。しかしオクトパスマンは最低限のことしか語らず、信頼関係は築けないでいた。

そして一週間前、ナオミは自分のパソコンの中に『鶴扇閣事件の記録』を見つけた。オクトパスマンに質してみたところ、記録書の元となる音声データが存在し、それを録音していたボイスレコーダーが警察の手に渡っていることを知る。その後のナオミの行動は早かった。十八女に鶴扇閣事件の解明を依頼したのだ。

十八女もすぐに動いた。まず音声記録の入手だ。その過程で分かったのが、警察は押収した音声記録の内容を把握していなかった可能性が高いということ。ボイスレコーダーの存在そのものを重要視していなかったことになる。その理由はおそらく逃亡犯が所持していたものであるということと、鶴扇閣事件はすでに被疑者死亡で解決済みであると判断していたからだ。杜撰且つ怠慢といわざるを得ない。

オクトパスマンは少年時代に殺人を犯しているが、それはDVの父親から母を守るために犯した罪で、情状酌量の余地がある。連続窃盗も逃走資金のためで、闇金融社長の自宅とか違法風俗営業しているマンションなどを選んで侵入していたらしい。しかし鶴扇閣の事件に関与しているとなると、四人の殺害と放火にまで及ぶから重罪だ。今のところ警察に動きがないことが幸いだったが、鶴扇閣事件の主犯だと嫌疑をかけられる可能性がないわけではない。オクトパスマン自身も、そのように考えたからなのか分からないが、ナオミに記録書が見つかってしまったこともあり、最近になって事件のことを話し始めたという経緯だ。

「だが、記録書は、オクトパスマン単独犯行説で締めくくられている。公開したら逆効果になるんじゃないか」

「そうなのよ。そこが解《げ》せないんだけど、ナオミはオクトパスマンが犯人ではないことの絶対的な自信を持っていた。何か決定的な証拠を握っていたのよ」

蜘蛛手はしばし黙考した後、

「……。それで、音声記録との整合性はとれているのか」

「昨日徹夜で、二倍速で聞いたわ。ボイスレコーダーの音声記録を入手するのに時間がかかったのよ。さんざん検察、警察と交渉して、やっと手に入れたの。立件された案件とは無関係だからと断られ続けた結果よ。おかげで記録書をちゃんと読んだのも一昨日のこと。この一週間まともに寝ていないんだから」

「それは、大変だったな。――で、どうだった」

「劇団員の声も交じっているけど、大半が宏の言葉ね。オクトパスマンの声はひとつもなかったと思うわ。――それで前半は楽しげな合宿風景が録音されている。でも後半は事件の考察ばかり。強風の中で録ったものが多く雑音がひどいの。それに宏もずい分迷いがあったようで、何度も行ったり戻ったりしながら、推理考察しているので細かな内容の把握にはまだ時間がかかるわ。事件と直接関係なさそうなメンバーへの想いも録音されているしね。でも、聞いた限り、記録書との矛盾はないと思う」

「君がそう言うのなら、記録書は真実だという前提で推理を進めてよさそうだな。でも、いいのか、こんなに話し込んで。どこかに出かけるんじゃなかったのか」

「そうよ、急ぎの用事というのは、九〇分後にそのオクトパスマンと会うことになっているからよ。彼からの急な要望なのよ」

「ナオミが殺されたことで、考えが変わったのかな」

蜘蛛手は回転椅子を九〇度回し、足を組み替えた。

「だと思う。最大の協力者を失ったんだから……。彼は記録書をナオミのパソコンに保存したことをとても後悔していた。巻き込みたくなかったのね」

十八女の張りつめた声が蜘蛛手の内耳に響いた。

「それにしても、ずいぶんと長い間逃げおおせていたみたいだな」

「整形を繰り返して、潜伏先を常に変えていたみたい」

「一〇年くらい前のことだろう、事件が起きたのは」

「あきれた。そんなことも知らないでこの記録書を読んでいたの？」

「あいにく海外にいることが多くてね」と蜘蛛手は言い訳をしてから、「でも当ててみよう。鶴扇閣殺人事件が起きたのは、一九九〇年代の中頃――それも九六年ではないのか」

「そのとおりよ。一一年前の一九九六年の八月一九日から二〇日にかけて起こった連続殺人放火死体遺棄事件よ」

「事件には詳しいのか」

十八女は、「うん、と言いたいところだけど、実のところ、記録書以外では当時の新聞や関連記事を読んだぐらい。でも、本当に情報が少なくて」急にしおらしくなったと思ったら、「だって仕方ないでしょ。急な依頼で、片付けなければならない先約の仕事もあって――。さっきも言ったけど、音声記録を入手するのに奔走していたんだから。おまけに事件当時はまだ学生だし、蜘蛛手さんだって知らなかったじゃない」

「別に責めちゃいないよ」蜘蛛手は笑みを挟んで、「とにかく君も宮村と同じようにほぼ無垢《むく》の状態でこの記録書を読んだばかりというわけだ」

「そういうことになるわね。でもそれがどうかしたの」

蜘蛛手は見えぬ相手の前で胸を張ってみせ、「まあ、それは追々分かってくるよ」

「ふーん、相変わらず勿体つけるのね。——で、九六年と決めた、その根拠というのは」

怒らせてしまったのか、十八女の声は一段と低くなった。

「記録書にはいくつか暗示的な表記がある。宏に栄子も携帯電話を持っていないこと。宏が金田一少年の事件簿の読者だってこと。宏が興味ある女子はギャル系茶髪であること。どれも一九九〇年代に流行《はや》ったものだ。少なくとも二〇〇〇年代には下火になっている。決定的なのは安室奈美恵だ。長い間最前線で活躍しているが、正統派アイドルをやっていたのなら結婚する前だろう」

「あなたもファンだったの。意外」

「他にもルーズソックスが流行ったのもその頃だ。少なくとも二〇〇〇年になると紺ハイだ」

「あきれた、男って、そういうことには詳しいのね」

「広い知識を求めた結果のひとつにすぎない」

「でも、ギャルは違うわね。今でもいるわよ」

「うん？　そうだったかな」

「あら、意外ね。自分の間違いには寛容なのね。宮村さんには厳しいくせに」

電話の向こうで憤慨している彼女が見えた気がした。

「冗談はさておき、本当に決定的だったのは、ボイスレコーダーに使われた記録媒体のことだ。二〇〇〇年代に入るとSDカードだろうし、そのちょっと前――三年前ならメモリースティックが先行していた。S社が開発したものだ。その試作品ということになると一九九六年という結論だ」

「なるほどね、大したものだわ。冗談のセンスは今いちだけど――」

蜘蛛手は苦笑した。

「それより事件に関することは」

「洋介殺しは宏が検証しているようなことが実行されたんだろうな。実証のしようがないのが残念だ。ただ、戸の隙間は二〇センチあれば、極端に痩身な人間でなくても出入りすることは可能だ。やってみれば分かる」

「今の私にできるかしら」

「できるさ。あの頃の君のままならな。まさか肥《ふと》ったわけではあるまい」と蜘蛛手は余計な一言を足した。

「デリカシーがないわね。逆よ、今はもっと鍛えているの。背筋、見せてあげたいぐらい。いい、覚えておいて、女は一年も会っていないと別人に変身するものよ」

「ああ、覚えておくよ」蜘蛛手は苦笑した。

「じゃあさ、オクトパスマンでなくても脱出は可能なわけね」

「そうだ。劇団員で無理そうなのは栄子ぐらいだろうな」

「巨乳だからでしょ。はい、セクハラ発言ね」

「おい、今のは、違うだろ」

「はい、その件はもういいわ。——で、その栄子殺しの方は、実際どうやったの」

蜘蛛手はため息を吐くと、「今、記録書は手元にあるかい」

「ええ、あるわよ」

「あるなら、一階平面図を開けてくれ。それを見ながら説明する。ただし、その前に確認しておきたいことがある。まず鶴扇閣事件での登場人物——劇団員名をおさらいしておこうか」と蜘蛛手はいったん言葉を切って、「リーダーの孝裕、女優で美形の麻美、大道具の洋介、巨乳の栄子、新人の宏、脚本の祐子。宮村はこの六人が現場にいたと思っていたようだ」と続けた。

「えっ、違うの?」十八女の声が裏返った。「だって宮村さんは——」

「まあ、待てよ。記録書だけを読むとそう思えてしまうかもしれないが、実際、現場にいたのは六人ではないんだ」

「……でも、蜘蛛手さん。記録書と音声記録の内容には矛盾はない……」と言いかけて十八女は何かに思い至ったようだった。

「……声には、たしか、……五種類の声……しかなかったような……」

「気が付いたかい。悪天候で屋外での音質は聞き難いものだったんだろうし、時間がないところで急いで聞いたのだから、分かり難かったかもしれないが——」

受話器からはしばらく無言が続いた。蜘蛛手は構わず続けた。

「音声が残っている以上、虚偽の記録書を残すことに意味はない。それに記録書に信憑性を持たせるには録音された会話は、可能な限り忠実に記録書に再現したと予想される。そのため、話し相手に呼びかけるとき、結果的にいろいろな表現がなされてしまったんだ。下の名前だったり、役職名だったり、ニックネームだったり、上の苗字だけだったりだ」

「えっ、どういうこと？」

「記録書では一見、六人いるように見えるが、実は五人だけが存在した。その名前は金山宏、篠原洋介、永井栄子、麻美孝裕、麻美祐子、以上の五人だけが登場人物になる。そしておそらく孝裕と祐子は学生結婚している」

蜘蛛手はいきなり結論を言った。

電話の向こうで、再び息をのむ声がした。あれこれ頭の中で確認しているのに違いない。

「栄子殺害事件のとき、この記録書を読んで君は、宮村が描いた図［栄子殺害時の配置図］のような位置に各人がいたと思う。ところが、大ホールにいた麻美は麻美孝裕で——このとき大ホールには宏と孝裕のふたりしかいなかった。

つまり『麻美』というのは下の名前ではなく、孝裕と祐子夫妻の姓なので、ふたりを呼びかけるときに使われた、というわけだ。だから、ホールで演舞をしていたのはあくまでも麻美孝裕だけだ。彼は日舞をしたかと思うと、ワークデスクで舞台図面を拡げたり、ストレッチをしながら、発注書を確認したりしたわけだ。弱小劇団ではひとりで何役もこなさなければやっていけないからね。孝裕・祐子夫妻は、上はふたりともジャージを着ていて分かり難かったが、夫婦ということを考えれば、部屋着が同じなのは決して不自然ではない」

電話の向こうからはしばし声が返ってこなかった。

「でも、それって、宏君の表現——口述のし方が悪いからだよね」

十八女は一応の言い訳を口にした。

「そうと言えば、そうかもしれない。お調子者の宏らしいと言えばいえなくもない。しかし、彼は彼なりにちゃんと使い分けているのではないかな。記録書が忠実であるという条件の許《もと》でだが」

「……どういうところが？」

「地の文では人物表記は下の名前表記で統一している。したがって〝麻美〟がどうこうしたとは表記していない。あくまで〝孝裕〟〝祐子〟〝栄子〟〝洋介〟〝宏〟の五人だけだ。一部、人称代名詞である〝彼女〟や役職名〝部長〟を使用している箇所はあるけれど、それぞれ『麻美祐子』『麻美孝裕』を指すものだから表記としての問題はない。

会話文では――、

宏は〝孝裕〟のことを『部長』あるいは『麻美さん』、〝祐子〟のことを『祐子さん』あるいは『麻美さん』『麻美様』と呼んでいる。

栄子は〝孝裕〟のことを『部長』あるいは『麻美』。〝祐子〟のことを『祐子』。〝宏〟は『宏』か『宏君』。〝洋介〟のことは『洋介』と呼び捨て。

洋介は〝孝裕〟のことは『孝裕』、二度だけ『部長』。〝祐子〟のことを『麻美』。『宏』と『栄子』はそれぞれ呼び捨て。

孝裕は『洋介』、『祐子』、『宏』、『栄子』と原則全員呼び捨て。『宏』に関しては君付けもある。

祐子は『孝裕』、『洋介』、『栄子』と呼び捨てだが、〝宏〟のことは『宏君』あるいは『金山君』――という風にボイスレコーダーのメモリースティックに残っているのではないか」

「すべては思い出せないけど、蜘蛛手さんが言うのなら間違いないのでしょうね」

十八女がこういう言い方をするときは、後で必ず検証する。

「他にも六人でなく五人であることを示す手がかりはある。例えばロータリーで迎えを待つ場面で、タクシーに四人乗って、洋介だけが迎えを待つ、というのも五人だけしかいないことの暗示だ。また移動の車中での場面。六人分の座席しかないのに孝裕は鍵を探すために鞄の中身をシート上にぶちまけている。そこは空いている隣席しかない。六人いるならぶちまけるシートはないだろう。また、部員募集に関する記述でも、『遅れて来る三人と欠席の二人、合わせてギリ二桁』という箇所だ。全部足すと一一人となり、ギリ二桁という表現はしないだろう。コーヒータイムのカップが三つしかないのに、男である孝裕に三つ目のカップを配するのもおかしい。女性ふたりと部長に敬意を表したんだと考えれば抵抗なく受け入れられる」

しばらく沈黙が続いた。あれこれ思い出しているところなのだろう。ややあって、

「そうね、栄子が夕食を作る場面でも、『いつもと同じ家族五人分の料理を作る延長作業だ』とか、『いつもと同じ人数分の魚を捌いた』とか書いてあったわね。——結局、私も含めて節穴だったってことね」

「いや、君は事件のことについて宮村と話し合ったんだろう。そこで宮村から密室——」

「いいわよ。気を遣ってくれなくて。よけい惨めだわ——」

蜘蛛手はどう取り繕うか迷っていたら、

「ねえ、待って、蜘蛛手さん。ということは麻美祐子と麻美孝裕のふたりで三役をしたってことになるのね」

「そういう見方は少し違う。推理小説などでは、一人二役は古典トリックとして用いられているから、二人三役もあるかもしれないが、その場合は犯人が意志をもって複数の人物を演じている。二人一役の場合でも同じだ。その場合は、二人共あるいはどちらかひとりが悪意を持つ犯人だ。

しかし鶴扇閣事件では、劇団員五人は五人しかいないことを認識している。犯人はもちろん、登場人物の誰一人として意識して他の役を演じてはいないんだ。その点が大きく違う。だから事件の公式記録を調べてみるといい。身元判明死体は孝裕、首のない身元不明死体は男二体、女二体。記録書をもとに勘案すると、男二体のうち一体は洋介で決まり。残りは宏であろう。女二体は、一体は栄子で決まり。残る一体は右足もないから祐子であろう。とすると、下の名前が麻美という人間はどこに消えた。〝麻美〟が実在していたらこの人間こそが犯人だろう。しかし、捜査が行われていないのは、そもそも〝麻美〟なる下の名前を持つ人物が存在しないからだ。この記録書の中だけに幽霊のように存在したことになる」

「……ふーっ」十八女の吐息が漏れる。

「記録書の中で一番違和感があるのは、浴室で栄子の死体を発見した宏と孝裕が、大ホールから女性の悲鳴を聞いた場面だ。『天を突くような叫び声が響いた。今度はホールの方からだ。声は祐子のものに違いない』という箇所だ。女性の甲高い声っていうのは識別しづらい。意味のある言葉を発したのならともかく、叫び声だけなら尚更識別なんかできない。仮に六人目の〝麻美〟なる女性が存在するのなら、祐子の声に違いないと断定はできないはずだ。
しかし宏たちは〝麻美〟なる女性のことには触れてもいない。当然だ、存在しないのだから。
もっと言えば、その少し前——栄子殺しの場面で、浴室の方から〝キャーッ〟という女性の叫び声が聞こえたときには〝栄子だと推察される〟と記されている。このときには祐子もい
たから当然の表現だ」
電話の向こうで、着替えでもしているのか衣擦《きぬず》れの音がする。
「やーね。ほんと馬鹿丸出しだわ。これが推理小説だったら登場人物表書けないね」
「は、は、は、そうだな。——でもな、それと勘違いさせるほどの、あるトリックが用いら
れたからこそ、宮村はともかく聡明な君までが騙されたんだ」
「でも、あなたは解けた。聡明な弁護士じゃなくてごめんなさい」
やはり機嫌を損ねたか。
「宮村は大ホールでの密室の謎が存在し、且つ〝麻美〟だけが、逃げおおせていると信じ込
んでいたが、それは間違っていたのだ。何の情報もなくこの記録書だけを読めば、密室好き
の宮村だからというわけでもなく、六人目がいたと判断しても責められやしない。いわば読
者を選ぶ書物——読者が犯人を決める書物と言い換えてもいいかもしれない」
「……」携帯を置いて袖でも通しているのだろうか無音が続いた。
「まあ、そんなことはともかく、大ホールで行われた襲撃事件の密室——あるトリックとい

うのを説明する」と蜘蛛手は咳払いをひとつ挟んで、

「栄子殺しについて考察していくと、栄子のいる浴室に怪しまれず入って行けるのは女子だけだ。つまり、麻美祐子しかいない。栄子を殺害した彼女は、偽の悲鳴——意味をなさない絶叫音——を上げて孝裕、宏を浴室に呼び寄せておいてから、自らは隔板壁を飛び越えて大ホールの更衣・機材スペースへ身を置いた。大ホールには〝麻美〟なる名前を持つ女性はいないからな」

「ちょっと待ってよ。一六〇センチにも満たない小柄で、しかも右足が義足の祐子が三メートルもある隔板壁を飛び越えられるわけないじゃない、普通に考えて」

「一般的な歩行用の義足ならね。これがスポーツ義足なら話は変わってくる」

「ええっ！　それじゃあ、彼女がマキシスカートを穿いていたっていうのは、義足を見られることが恥ずかしいからっていうわけじゃなく——」

「そのとおり、ジャンプするためだけに機能優先で開発された、板バネというカーボンで出来たスキー板を大きくしならせたような義足だ。一般的なパンツでは到底隠せない。祐子はスポーツ義足に着け換えたところを、万が一見られても誤魔化せるように、早々にマキシスカートに穿き換えていたんだ」

「じゃあ、麻美祐子がオクトパスマンらしき男に襲われて歩行用の義足が外れていたというのは」

「もちろん芝居だ。義足は取り着けたり外したりするのにそれなりに時間がかかる。着けて終わりじゃない。しっくりくるまで調整しなければならないからだ」

「……ふうーっ」その場面でも想像しているのか深いため息が漏れる。

蜘蛛手は見えない相手に頷いて、

「大ホールに着地した祐子は、スポーツ義足を外して隠し、逆に隠しておいた普通の義足を投げ出しておく。着け換えている時間がなかったのだ。だから、祐子は襲われたふりをして、浴室におびき寄せた宏たちを、再び大ホールに呼び戻した。その理由は、栄子殺害をじっくり検証、推理させる時間を与えたくなかったからだ。女風呂に入って声を上げられない対象は、女性だけだろう――そういう思考に至らせたくなかったんだ。残る女性は祐子ひとりしかいないからな」

「でも、ちょっと待って。その前にさ、スポーツ義足って、例えば走り幅跳びなら、現在なら世界記録級のジャンプをするかもしれないけど、その当時にあったのかしら」

「義足の歴史は意外に古い。第一次世界大戦後、地雷で足を失った人が大勢出て、一気に開発が進んだ。一九九六年には今のような板バネによる義足の開発は始まっていた。四年後の二〇〇〇年のパラリンピック、シドニー大会では義足のジャンパーが六メートル越えを果たしニュースにもなったしな。さらにその四年後には両足義足の南アフリカの選手がパラリンピックだけでなくオリンピック競技にも参加するとかしないとか話題になった。いずれ義足はハンデではなくなる。近い将来、逆に規制の対象になると予想するよ。競泳の水着のように」

「すごい。実生活に関係ない知識は豊富ね。あ、褒めているのよ。誤解しないで」

賞賛を表す要素は微塵《みじん》も感じられないが、本人がそういうならそうなんだと収めておく。

「襲われたふりをした祐子が次にとった行動が、孝裕と宏を分離させる行為だ。祐子にはふたりがいずれ浴室に戻ることは分かっていた。落ち着きを取り戻した演技を終えた祐子は義足を着け、再度検分をはじめたふたりの許――浴室へ向かった。その前に裏口の門を外しておくことを忘れなかった。外へ飛び出すときの障害にならないようにだ。普通の義足では駆け足程度は問題ないだろうが、全力疾走はできないのではないか。追いつかれずに逃げるためには早めのスタートしかない。そうしておいて、麻美祐子は栄子の死体を見てパニックになったふりをして絶叫。ふたりを屋外へ誘い出したのだ。ところが、そこで、タコ男と出くわしてしまった。驚いたのは奴も同じで一散に逃げた。それを祐子と間違って、孝裕も宏も山を登って行ったわけだ。実際、祐子は山を登らなかったんだ。どこか藪にでも身を隠していたと思われる。また彼女の荷物は大型のキャリングケースだろ。その中にスポーツ義足と予備の一般的な義足を用意していたんだろうな」

「あらかじめ用意していたってこと？　それなら計画殺人ね」

「障害者が予備の義足を持っていただけだと主張されればそれまでだ」

「そ、そうね。凶器は釘に包丁だし、死体を切り刻んだのは電動丸ノコだとしても、それも——」

「すべて現地調達だ。とはいえ洋介が持参してくることが分かっている工具類と、備え付けの調理器具を使用している。狡猾だよ」

十八女はしばらく無言で考え込んでいた。

「……妻を愛していた孝裕は、彼女のことを何も疑わなかったのね」

「……」蜘蛛手は答えなかった。

「じゃあさ、燃え盛る炎の中に飛び込んだ孝裕って、何だったの」

「一応このとき祐子は顔を切り刻まれて死んでいたことになっていたから、炎の中に飛び込む必要はなかった。しかし現実に祐子本人の助けを求める叫び声が聞こえ——、しかも名指しで救済を求められていたんだからな。もしかしたら顔の潰れたあの死体は妻ではなく、どこかでまだ生きているのでは——そんな思いに駆られたとしても仕方ない。このとき、孝裕に冷静になれというのは酷だ」

「なんだか、せつないね、男って……」と十八女はため息混じりに呟いてから、「ねえ、それじゃあ、オクトパスマンが主張していたこと——鶴扇閣には一度も足を踏み入れたことはない、っていうのは」

「本当のことだと思うよ」

なってきた。

「そう、助かったわ。これで何か進展があっても戦えそう」と途端に電話の向こうが慌しく

「最後にさ、鶴扇閣が炎上する場面で、宏君が『部長』『麻美さん』と絶叫するのは『麻美孝裕部長』ただひとりのことを呼んでいたわけね」

「そのとおりだ。〝部長〟と〝麻美〟という下の名を持つ女性の、ふたりを呼んでいたわけではないんだ。もし炎上する館にふたりいたのなら、焼死体は五つなければ数が合わない。逆に四つしかないからこそ〝麻美〟なる女は存在しなかったということになる」と蜘蛛手も一拍置き、

「繰り返しになるが、犯人は祐子に間違いない。洋介殺しでアリバイがないのは祐子だし、栄子殺しでもアリバイが曖昧なのは祐子だ。麻美祐子が犯人に違いない。祐子が狡猾なのは、栄子殺し以降、孝裕と宏に検証する時間を与えず、ハイスピードで次の行動を起こしたことだ。少年刑務所からの逃亡犯というニュースと、嵐という悪環境をも利用して――。しかし犯人側、祐子側に立って考えてみれば当然だよな。栄子殺しには孝裕、宏とも関与していないのは、ふたりが一緒にホールにいたんだから、お互いが証人になっているということになる。タコ男を犯人に仕立て上げなければ、残るひとりである自分が疑われるんだ」

「うーん、そうかあ。……そうすると、宏君を殺したのも祐子？」

「ああ、祐子が全ての殺人の犯人で、今も生き延びている。となれば、祐子の身代わり死体

が必要だ」

「首だけでなく、右足を切断された焼死体は、千堂温子ね。彼女の運転していた車は海に沈没していたけど、死体は発見されていないし――」十八女は絞り出すような声を上げ、「目薬を届けに来たときに殺されたのね。祐子が夕食の調理をする栄子を手伝わなかったのも、殺害する時間が欲しかったから」

「間違いない。ルーティーンを変えてまで風呂に入ったのは、雨に濡れた痕跡を誤魔化すため。あるいは返り血でも浴び、洗い流す必要があったかだ。もちろん、顔を潰し右足を切断したのも身代わりがばれるのをおそれたためだ。小柄で華奢で義足の祐子が、大柄な栄子を運べるのかという疑問はナンセンスだ。濡れた死体を二〇メートル程度引きずるだけだ。女性の力を見くびってはいかん。本気になれば子供や老人にだって可能だ。温子の死体移動についても同様だ。移動距離は長いのだろうが、キャリングケースを用いたと考えればいい」

蜘蛛手は受話器を持ち替えると、「本当に胸糞の悪い事件だよ。孝裕が友人四人を殺した凶悪犯として、永遠に闇に埋もれていたかもしれないんだ」と吐き捨てた。読後の宮村の気持ちが分かった気がした。

「残る問題はこの記録書を誰が書いたかということだ」蜘蛛手の解説はさらに続く。

「当時では音声データを文字情報に変換するソフトは精度の低いものだったろうから、この記録書は誰かが聞きながら打ち込んだものだと思う。それに後半は風が吹きすさぶ屋外での録音で、聞き取り難いものであったのなら、内容を斟酌《しんしゃく》しながら、時間をかけて記録書を作成したんじゃないかな」

「ご明察よ。レコーダーを拾ったオクトパスマンが自分でやったそうよ。かなり時間がかかったみたい。とっかかりは事件の記憶が生々しいうちに書き起こしたって言っていたわ。それから数年経って手を加えたんだとも。読んでみて意味が通じないところを小説風にしてみたんだって。でも、虚偽の記載にならないように細心の注意を払ったって強調していた」

蜘蛛手はしばらく沈黙してから、「それはどうかな。オクトパスマンがそんなことをするかな。自分を犯人と結論づけている宏の音声記録をわざわざ書き起こすと思うかい。ましてやそれを大事に保存までしている。考え難い」

「じゃあ、誰だっていうの。音声内容と記録書に矛盾はないのよ」

「誰かは、僕の持っている情報だけでは今のところ確定できない」と言葉を切り、重い声で、「とはいえ、警察が捜査をしないのは、合宿の夏、そこに滞在した劇団員全ての人間が死体として発見されているからだ。警察としては、火だるまで海に転落した麻美孝裕も後に白骨死体で引き上げられたことで、被疑者死亡のまま不起訴で、一件落着していたんだろう」

「そう、そうなのよ」憤慨した声が受話器から溢れる。

「記録書については、ところどころ主語がなくて誰が喋っているのか分かり難いところはあるが、五人しかいないと思って読めば、なんとか意味は通る。識別はできるんだよ。逆に言えば、この記録書を書き起こした人物は、事件のとき鶴扇閣にいた人物ということになる。見えない〝麻美〟を描写する必要がないのだからな」

「……どういう意味？」

「宏が残した音声の内容を、何の疑問も抱かずに書き起こしたということは、鶴扇閣には五人しかいないことを、当たり前のこととして認識していた人物でなければならないんだが……」

蜘蛛手は悩んでいた。最後の一手が見つからないのだ。

そのとき電話の向こうで、何かに思い至ったような息遣いが聞こえた。

「ねっ、ねえ、蜘蛛手さん。海に沈んだ遺体ってどれだけもつものかしら」

「どういう意味だ」今度は蜘蛛手が息を飲むことになった。「孝裕は鶴扇閣が半壊してから、例えば二〜三ヵ月後に海中から引き上げられたのではないのか？」

「ううん、ごめん、違うの。孝裕の白骨死体が引き上げられたのは一年前——二〇〇六年のことなのよ。しかも奇跡的に奇麗な状態で見つかったらしいの。音声記録を求めたとき警察がそう言ってた」

蜘蛛手は強い声で、

「多種多様な魚類に甲殻類、さらにはプランクトン、バクテリアまで豊富な有機体が棲息している南伊勢の海だ。一〇年も海底にあったとしたら、骨であっても無傷ではいられない」

「それって——つまり」

「警察はその白骨死体を犯人のものとして幕引きを図りたかったのかもしれないが、そうはいかない。麻美孝裕は一九九六年の事件では死ななかったんだ。それから数年——八、九年は生きていたってことだ」

——だとすると、事件は少し様相が違ってくるぞ。

今、蜘蛛手の脳細胞は目まぐるしく動いていた。

二四　【過去】……「タクシー拉致事件」（八月一九日　午前一〇時前）

「宏はどうやって殺したんだ」

「簡単よ。あの子はあなたと違って、諦めがいいわ。それに優しい子。育ちが良いのね」

ふ、ふ、ふ、私は可笑しくなって笑った。

「あなたは、私の助けを求める声に――まだ生きていると思ってくれたのかしら――、燃え盛る炎の中に飛び込んでくれたわね。そのとき、あの子は『部長』『麻美さん』『部長』『麻美さん』とあなたを繰り返し何度も呼んでいた。あなたが炎に包まれて崖から落ちるのを見たときも、あの子は本当に泣いていた。地面に座り込んで、頭を抱えて泣いていたわ。――そんな子を殺すのは簡単だった。電動丸ノコを持って現れた私を見て、最初は驚いたようだったけど、すぐに諦めたわ。……でもダメね」

「何がだ」

「充電タイプは力が弱いのよ。おまけにすぐ電気がなくなるし。……喉に食い込んだ時点で止まってしまったの。――だから、宏君には少し待ってもらった」

「お、お前はっ――な、何《な》んてことを」

「あの子がポシェットを放るからよ。それを探す間、待っててもらったの。で、見つけたら中は空だったし、お仕置きしてやろうって戻ってみたら、――もう死んでた」

「もう、もうっ、いいっ！　お前というやつは――」

孝裕がふつふつと湧き上がる憤怒の感情を、無理やり押さえ付けようとしているのが手にとるように分かった。

「それじゃあ、わざわざ燃やしてから、首を落としたのも――」

「本当は先に落としたかったけど、無理だった。肉の脂と繊維が刃に絡んじゃってうまく回らないの。あの丸ノコだと人間の首は太すぎるのね。もう少し大きなものにすればよかった。やっぱり、やってみなければ分からないことってあるのね。でもね、骨だけになると金槌で叩くだけで簡単に折れるわよ」

「こっ、この外道がっ！」

「でも、一番簡単だったのは洋介よ。傍で角材に釘を打ち抜いているときも何も言わなかった。私が遊んでいるとでも思ったのね。それが凶器になるとも知らずに」

「友情や愛情は、かけらもなかったのかっ」孝裕の目から熱い涙が溢れていた。

「じゃあ――何故、俺と結婚した」

「……」私は答えない。答えようがないからだ。

結婚した理由など思い出せない。

（ただ、……）

「俺は、お前を愛していた。愛していたから、炎の中にも飛び込んだんだ。顔を切り刻まれ潰されて死んだと、頭では考えていても、炎の中からお前の叫び声が、俺を呼ぶ声が聞こえると、何の疑いもなく、何のためらいもなく飛び込むことができた。愛する妻だからな。愛する妻の助けを求める声に、理屈でなく体が反応しただけだ。それさえもお前は踏みにじった。――そんなに可笑しいか！」

（別に…………）もう笑ってなどいない。

涙を流して訴える目の前の男が、何か不思議な動物に見えて仕方なかっただけだ。

（ただ…………）

「これから芸能界で、せっかく〝ＡＳＡＭＩ〟という芸名で売り出そうという話があったときも、お前が望むから俺は芸能界を引退までした。平凡な生活がしたいからと、芸能人の妻になどなりたくないからと。――それが結婚の条件でもあったからだ。学生結婚して、半年も経っていないのに、殺してしまいたくなる理由って何だ。俺が何をした。嫌われるようなことをしたか。殺されなければならない何かをしたか⁉　洋介や栄子、それに宏が何をしたというんだっ‼　一緒に笑い、語らい、芝居をし、遊んだ仲ではなかったのかっ」

麻美孝裕は泣きながら叫んだ。

「…………」

「言えっ！　それだけが分からない」

「…………ただ」思わず声が出た。

「――ただ、何だっ？」

「……本名の〝御厨友子〟が〝麻美友子〟に変わると、二七画になって非難運で良くない運勢なのよ。〝御厨友子〟のままだったら、剛気運っていって、智謀あり意志強固、発展向上の大吉数なの」

結婚当時の記憶で思い出したのがこれだった。

「なっ、な？？？？？？？？？　な、な、なっ、何を言っているっ！　？？？」

すぐには意味が解せず、孝裕の顔は呆《ほう》けたようになっている。ケロイドで垂れ下がった右目蓋《まぶた》までも大きく見開かれていた。

「それが、〝友子〟を〝祐子〟に変えるだけで、〝麻美祐子〟で三二画となり、帝王運となって運気隆盛に変わる。だから――」

「だ、だ、――だから、改名したっ、――だろうがっ！　下の名前を変えたいと言ったときも反対しなかった、――ろうがっ」

孝裕は怒りで唇が小刻みに震え、酸欠の金魚のようにぱくぱく開閉するだけで、言葉がうまく紡ぎ出せないでいる。

「ううん、実はダメだったの」私はゆっくり首を振った。

「家裁の担当者が年度跨《また》ぎで替わってね。前の担当官は長い間通称名として使ってきたということで、何とかなりそうだったんだけど――。新しいあの女はだめね。『結婚してまだ数ヵ月でしょう。苗字が替わったばかりで、長い間通称名として使ってきたという、〝正当な事由〟には該当しません。五年ほど経って出直してください。保証はできませんが』だって。バカにしているわ。あんな頭の固い公務員に、字画の及ぼす運勢の変化を話して聞かせても無駄でしょう。だからといって下手に出てお願いするのも……私の生き方じゃないし。……それに、やっぱり……」

「や、やっぱり、何だ！」孝裕の怒りは全身に及び、身体を小刻みに震わせていた。

「やっぱり、〝御厨友子〟の三一画の、本名の方が、私には合っている――だって総格だけでなく、天格も外格も大吉数の、最強運なの……」私は無表情で答えた。（だから、本名に戻ることにしたのよ）と付け加えることはしなかった。

孝裕の顔から、一瞬にして涙が引いた。

一時でも自分の弱さ、優しさを見せてしまったことを悔やんだのか、嚙み締めた唇からは血が滲んでさえいる。また握り締めた拳からも想像できるように、全身の筋肉という筋肉が張り詰め、膨張し、今にも着ている洋服を突き破って隆起してきそうだった。

「でも、……、よく探し当てたわね。立派よ」

孝裕の気持ちをすかす気はなかった。ただ、頭の中に浮かんだ言葉がそれだっただけ。

ところが、孝裕の激情に冷水を浴びせる効果になったようで、孝裕は二度、三度、肩で大きく深呼吸をした後、

「あの崖から落ちて、てっきり死んだものだと思っていたんだろうな。残念だったな。俺もお前と一緒で悪運が強いんだ。顔と両手にひどい火傷を負ったが、そのおかげでこの九年間、麻美孝裕だと気付かれることもなかった」

孝裕の声はまた落ち着いた声に戻っていた。

「最初は苦労したさ。全身骨折で内臓も損傷したし、俺もお前と同じように記憶を失っていた。怪我を治しリハビリをして体力を戻すのに五年かかった。不思議なもので体力がつくと記憶も戻ってきた。そのとき、俺は考えた。このまま別人になりすまして、真犯人を捕まえようとね。だが、それからさらに一年以上の時間が必要だった、別の人間として生きていくために」

「どうやったの？」

「よせ、俺のことはいい。お前の方だ。探し当てるのに五年かかった」

「計算が合わないわね。どうしてすぐに行動しなかったの」私は訊く。

「確証を得るためと――」と孝裕。

「復讐方法を練るためかしら」それに重ねる、私。

孝裕は軽く頷くだけだ。かなりの時間を費やして私のことを調べ上げているようだ。

「ストーカー行為や不法侵入までしたのは、やはりあなただったのね」

孝裕はやはりただ頷く。さっきまでの激情は完全に影を潜めている。何かを確認するまでは感情を抑えておこうという強い意志があるからだ。その何かとは、殺人の動機を突き止めることなのか？

「驚いたよ。色白で小柄だったお前が、陽に焼けてたくましくなっている。何しろ背まで伸びているしな、一五センチ、いや二〇センチ近くか。まさか左足まで義足になっているとはな。まるで別人だ。罰《ばち》でも当たったのか。それとも自分でバランスをとるために左足も切断したのかな」と孝裕は低劣な笑顔をみせる。

下衆《げす》な奴だ。身体的な欠点をあげつらって怒らせたいのだろうか。

私は小学生のとき交通事故の傷が因《もと》でＴＳＳ（トキシックショック症候群＝黄色ブドウ球菌が生み出す毒素による急性疾患）を発症し右膝下を切断した。得意だったヨガもできなくなった。そして、一九九六年八月二〇日。鶴扇閣事件。山中に逃げたときの傷が原因で再びＴＳＳを発症し、今度は左足切断に至ったのだ。

誰が好き好んで、自らの足を切断するものか。片足だけでも不便なのに両足なんてその何倍も不便なのだ。――特に入浴。片足だけなら義足を外して入浴できるが、両足の場合は義足を着けた上に防水カバーで養生する必要がある。それでも基本シャワーだけだ。浴槽に浸かるなんてとんでもない。寝起きの排便も同様だ。義足を着けなきゃ便器にも座れないのだ。だが、最近になって考えが変わった。両足義足になって、それにも慣れて、変わってきたのだ。これはハンデではなく、特殊能力を授かったのではないか。時と場合によってアタッチメントを着け換えることで卓越した能力を発揮できるのだ。

夜目が利き一キロ先の人の識別ができる人間、鉄扉を一撃で砕く人間、無呼吸で三〇分潜れる人間、もちろん助走なしで高く、遠くへ跳べる人間——今後、人類はそういう風に進化していくのではないか。私はその先駆者なんだと——そう考えられるようになったのである。

「逆よ——」

「何が逆だ」

「足を一本失ったということは、大事な何かを得るということなの」

「それが俺たちを殺したことの理由になるのか」

「……」私は答えない。

新しい人生を得るためだと答えたところで理解されない。

「では、聞くが、右足を失って何を得た。俺たちとの出会い。俺との結婚ではなかったのか」

「……」うんざりだ。この男の諦めの悪さには閉口する。

「都合が悪くなるとだんまりか。ふん、まあいい。とにかくお前は名前まで変えた。麻美祐子が御厨友子に変わっていたんだ。おまけに本籍地まで北海道になっているし、離婚歴の記載もない。最初は本当に別人かと思った」

「戸籍まで調べたの」

「ああ、確信がもてなかったからな。お前と結婚したとき、お前の本籍は大阪市だったはずだ。そこで除籍簿を閲覧して初めて分かったんだ。お前が本籍を北海道に移したんだってね。本籍を移すことで離婚歴まで消えるとはそのとき知った」

孝裕はいったん、天井を見上げ、それからまた私を見つめ、「出身地が俺と同じだったことがきっかけで付き合いはじめたんだよな」その瞬間、孝裕は悲しい目をしてみせた。

「……」そうだ、たしか、そうだったように思う。

「自分の身代わりを立てるために殺人を犯し、さらに演劇部の仲間を殺し、自分は麻美祐子から本名の御厨友子に名前を戻す。そして、この九年間、御厨友子として暮らしてきた。お前のやったことは全てつかんだ。だが、分からないのは、なぜかだ。殺人まで犯す理由だけが分からない」孝裕は真剣な眼差しで睨んだ。

「分からないの、自分でも。本当に思い出せないの」正直な感想だった。

忘れてしまっているというよりも、別に覚えておかなくてもいいのではないか、という程度の軽い気持ち、感情しかない。

「まだお前は——」言い募ろうとする孝裕を制し、

「いいえ、私がやった殺人は認めるわ。あなたから言われたことでさっき思い出したの。鮮明にね。私が千堂温子を殺し、篠原洋介を殺し、永井栄子を殺し、この鶴扇閣に火を放ち、最後に金山宏を殺したのは私よ。でもその理由が思い出せない」

私は指先を眉間に当て、記憶を絞り出す。

「殺人後、私は山へ入った。そこで足を踏み外して気を失ってしまった。どこをどう歩いたのかは今でも分からないけれど、気が付いたときには近鉄鳥羽《とば》線朝熊《あさま》駅前の小さな公園にいたわ。そのときには殺人の記憶はもちろん、全ての記憶を失っていたの。ただ、ポケットに北海道の戸籍謄本があった。だから、それを頼りに北海道に向かった――」

前頭葉の奥からじんじんする痛みが拡がってくる。

「その先は知っている。また事件後、お前が記憶喪失になったのも嘘ではないと、今では思っている。脳神経科にも通院しているようだし。タクシーの中でも、何度も同じこと――ゴミ出しのことを繰り返し言うしな。ふ、ふ、信じてやってもいい。だが、それでも仲間を皆殺しにする理由にはならない」優しげな眼差しも長続きせず、最後の方はまた威嚇するような目つきに戻っていた。

私はただ、ただ、首を振った。

「おい、どうだ。もっと前、一二歳より前の記憶も戻っているんじゃないのか」

孝裕は唐突に話を変える。

蘇ったばかりの記憶は、司る脳細胞は、すぐにはその振幅についていけない。

私は頭を両手で押さえ首を振る。

「お前と出会ったとき、お前は中学校以前の記憶がない、記憶喪失だと言っていた。両親を車の事故で亡くしたことがきっかけだと――」

――一二歳。

記憶はさらに遡る。二度目の記憶喪失、鶴扇閣炎上、殺人、孝裕との出会い、叔父夫婦に育てられた青春時代、その前は……、最初の記憶喪失は……。

大ホールから見える大海原が青く輝く。

陽は昇りサッシの陰に隠れようとしていた。ガラス越しの太陽はひとつしか見えなかった。歪なもうひとつの太陽は、跡形もなく消えていた。

「……そう！　そうだわ。思い出した」思わず口を突いて出た。

私は全てを思い出した。自分の生い立ちから、両親の運転する車の転落事故、そして鶴扇閣で演劇部の仲間を殺すことになったその理由も。

「すべて、話してもらおうか」孝裕の声には余裕があった。

「あなたに、お礼を言わなければならないかもしれないわね。おかげで何もかも思い出すことができたわ」

「これは、これは、恐縮だな。解離性健忘のままでいたかったのにと、責められるんじゃないかと思っていたんだが」

孝裕が、一歩、私に近づく。手を伸ばせば触れられるぐらいに。

「そんなことないわ。おかげで、これから何をしなければならないかも、分かったことだし」

「この期《ご》に及んで、まだあがくのか。お前がするべきことはひとつ、全てを白状し、罪を償うことだけだ」

孝裕はそう言うと、上着の内ポケットから拳銃を取り出した。オートマティックピストルで、自衛隊で採用されているＳＩＧ製のようだ。

「無策で殺人犯とふたりきりになるリスクを犯すと思うか」

右手で狙いを定め、左手でスライドを引く。

――カチリ――

右手の親指を使って安全装置を外す。後は引き金を引くだけだ。

「さあ、殺人の動機を言え。それだけが、催眠術でも聞き出せなかったことだ。おおよそのことは推理したとおりだったが、殺人の動機になると、なぜかお前は口ごもる」

――催眠術！――

驚きだった。私はしばし、孝裕の瞳をじっと見つめていた。

（孝裕は車中で私に睡眠術をかけていたのか？）

カッターナイフの出し入れする刃音。先端が赤く塗られた規則的なワイパーの動き。考えてみれば、催眠術師が使う振り子法の応用だ。変な味のキャンディー、あれももしかしたら、睡眠導入剤でも混入されていたのかもしれない。

「当然の報いとはいえ、人ひとりを殺《あや》めるとなると、それ相応の覚悟がいる。確実なことが分からないと引き金は引けないからな。後で、間違えましたじゃシャレにもならない。さあっ、さっさと言え」

孝裕は何年もの間、こういった準備を続けてきたのだ。どれだけの時間を費やし、どれほどの努力をしたのだろうか。なんという執念だろう。嫌味でなく、ある意味頭が下がる思いだった。今こうして、私が記憶を取り戻せたのも、孝裕のおかげだと言っても過言ではない。催眠術で掘り起こし、脳に刺激を与えてくれたからなのだ。下手な医者より有能だ。

――でも、だからといって、受け入れたわけではない。

「もう一度言う。皆殺しにした理由を言え」

一段と落ち着いた声で言う孝裕の瞳には、一切の揺らぎが見られなかった。

改めて狙いを私の心臓に定める。

本気のようだ。執拗に動機を求める。粘着質の彼らしいと言えば彼らしい。

(ふ、ふ、だから、嫌いなんだよ) もうひとりの私が吠える。(この程度のことで動揺するとでも思っているのか、その反対だ。左足を失ったのもこのピンチを乗り越え、また新たな人生を得るためなのだ。全てが最終的にはうまくいく、これが〝御厨友子〟の名前に宿っている最強の運勢なのだ)

私は身体が興奮で震えはじめるのを抑えるため、自ら抱きかかえるように両腕を組む。

「私のマンションに忍び込んでまで調べたのでしょう。何年も前から大切な、自分の貴重な時間を無駄にしてまで調べていたのでしょう。催眠術を習い、ストーカーまでしたりして……。入浴中に侵入したときも、義足を養生しているから、すぐには追ってこない。寝ているときも義足を外しているから、すぐには追えない。だからあれだけ大胆に振舞えたのでしょう。それなら分かるはずよ。少し考えてみれば」私は挑発した。

しかし、孝裕は、フン、と鼻で笑うと、「お前はたった今、記憶が戻ったといったが、本当は、そのもっと前に、以前の記憶——子供の頃から両親が事故で亡くなるまでの記憶も、とうに戻っていたのではないのか」

「何が言いたいの。仮にそうであっても、それがどうしたっていうの。栄子たち劇団員全員の、殺害の告白までしたのよ。今さら小さい頃の記憶とは何の関係もないことでしょ」

「さあ、どうかな」と孝裕は鼻を啜ったあと、「お前が稀代の殺人鬼であることは疑いのない事実だ。今さら何を躊躇う必要がある。全てを晒してしまえばいいじゃないか」

拳銃を持っている強みからか、駆け引きもなく直截的に訊いてきた。

「よして、一から一〇まで全て思い出したわけじゃない。記憶喪失という病気を患っていなくても、全ての記憶を覚えている人なんていやしないわ」

孝裕が何を考えているのか分からなかったので、ふたつの意味でそう答えた。

孝裕はチッと舌を鳴らして、「両親の乗る自動車事故を起こした原因はお前だ」

「何を証拠に──」催眠術にかけられて、どこまで喋ってしまっているのだろうか？　それが分からないので、語尾が尻切れトンボになる。

「事故には不審な点がある。交通量の少ない山間の道で目撃者がいないのは残念だが、転落事故が起きたのはゆるいカーブで、ブレーキを踏んだ痕跡が残っていなかった。また、両親は外傷性の怪我で死んだわけではない。転落後の火災で死んだ──いわゆる焼死というやつだ。転落事故の第一発見者からも証言を得ることができた。近くの山でトレッキングをしていたその人は、崖崩れのような音が聞こえてから、現地に到着するまで一五分はかかったと言っていた。しかし火の手が上がったのは到着の直前で、爆風と一緒に一気に燃え上がったそうだ。おかしくないか。爆発するならもっと早くてもいいんじゃないか。それまでに火が点いて燃えていたのに、爆発するまでの時間が長いんだよ。不自然極まりない」

「ディーゼルだからじゃないの。軽油はガソリンに比べ引火点（温度）が格段に高いのよ」

「残念だな。ガソリン車だ。零下でも気化し、火種があればすぐに燃える」

（まったくもって、よく調べていやがる。くそっ、どうする）

「動機は何なの？」

「こっちが訊きたいことだ。お前は崖下にいて、何かに取り憑かれたみたいに目が飛んでいて、声をかけてはみたが、忽然と燃える車を見ていたそうだ。ここまで聞けば思い出したんじゃないか」

（おまけに催眠術にかけられていたんだ。どう取り繕っても一緒か？　いやっ、肝心なことは喋らない方が得策だ。だが、どうする……？）

「……だったら、どうなの？」

長い沈黙があった。

「お前は崖下に降りていた。右足に怪我はしていたが大きなものではなかった。車にいた両親もウィンドウガラスを突き破って投げ出され、重傷ではあったが、まだ生きていた。時間は一五分もあった。なのに、お前は両親を助け出そうとはしなかった」

「崖を下り切ったところだったのよ」

あえて視線を外す。

「おや、記憶は戻っているようだね」

孝裕はもう一度、拳銃を構え直した。

空気が凍りついた。

どこかで海鳥の泣き声が響いた。

雲の動きが止まった。

そして――、
銃声がとどろいた。

二五　【過去】……［タクシー拉致事件］（八月一九日　午前一〇時過ぎ）

今日、二〇〇五年の八月一九日から丸九年前の、一九九六年同月同日、当時二一歳の私はこの鶴扇閣で、私のことを最も良く知る夫の麻美孝裕と演劇部の仲間全員を殺すことを計画し実行した。私の身代わりには背丈が同じ千堂温子に白羽の矢を立てた。夫の麻美孝裕には逃げられたが、結果的に犯人役に仕立て上げられたことで、計画はおおむね成功したと言っていい。想定外だったのは、それまでの記憶を失ったことぐらいで、その結果、北海道での水商売、Z建設での現場監督と、苦労を強いられることになる。左足まで失うことになったが、あながち悪いことばかりだとは思っていない。ちなみに、これが二度目の記憶喪失ということになる。但し世間一般的な言い方だと。

私の言い方に直せば、記憶喪失ではなく『記憶の新構築』となる。

最初の記憶の新構築は、さらに遡ること九年、つまり一九八七年。私が一二歳のとき両親が自動車事故で他界した直後になる。両親と私を乗せた車がドライブ中に崖から転落し炎上したのだ。孝裕に言わせるとこの事故までも私のせいらしい。このときにも事故がきっかけで私は記憶喪失を経験する。これが最初の記憶喪失だ。事故後、叔父夫婦に引き取られ、地元大阪の中学、高校と卒業し、西日本の西華大学に入学する。そこで孝裕と出会った。

振り返ってみれば、その期間が一番平穏だったのかもしれない。少女時代の記憶がない(医者には過酷な状況を経験したために起こる解離性健忘だと診断された)ことも周りが気の毒な少女と気を遣ってくれ、無理に思い出す必要に迫られなかった。私にしても、思い出さない方がいい、その方が自分のためにもいいと、固く信じていた。表に出てくることのない、深く、深く、意識の底に眠った強い意思がそうさせたのだろう。

自動車事故並びに鶴扇閣殺人事件の詳細も孝裕が指摘したとおりなのかもしれない。〝かもしれない〟というのは、もう自分でも何が真実で、何が虚偽なのか分からなくなってしまっているということだ。詭弁でなく、記憶が全て正しいとは限らないし、事実が正しく記憶(記録)されるわけでもない。催眠術で引き出された事象だって、それが真実だと誰が証明できるのか。朦朧《もうろう》とした意識の中で紡ぎ出された、ただの言葉の羅列、ただの記号にしかすぎないのではないか。人間の記憶というものは、時が経つにつれ、嫌な思い出したくもない記憶は、いずれ忘れ去られ、良い思い出へと変貌・変化して行く。そうしなければ人間は生きていけない。心のバランスがとれないからだ。都合のいい解釈でなく、そうしたメカニズムなのだ。人間が生きていくうえで獲得する自然のメカニズム、本能のメカニズムなのだ。

過去の出来事を、ああでもないこうでもないと、考えたところで何も解決しない。それならいっそ、考えるのは未来のことだけに集中するべきなのだ。明日こうしようと計画し、今行動を起こすのだ。それに、記憶とは個人が主体であるべきもの。誤解を恐れずに言い換えれば、記憶とは自分が思っていることだけが真実であり、他人がどうこう口出しすべきものではない。私の記憶なのだ。誰にも介在させはしない。

「……だけど、大学に入学した頃から、私の脳は変調の兆しをみせ始めたの。物忘れが多くなっていったのがきっかけだったわ。幸い孝裕や演劇部のみんなには、天然だから仕方ないよねと、天然キャラとして勝手に決め付けてくれたので、生活は楽しかったわよ。けど、内心は恐怖で怯《おび》えていた」

私は訥々《とつとつ》と語り始めた。

「私の脳が崩壊をはじめた――〝若年性アルツハイマー〟だと診断されたのは、孝裕との結婚が決まった直後だった。単なる物忘れから始まって、湯を沸かしながら野菜を刻む、なんていう単純な同時進行ができなくなっていった。空焚《からだ》きするまで食べきれないキャベツの千切りを作ってしまったのよ。友人に会っても名前が出てこない、昨日も一昨日も顔を合わせているのに。通っているはずの学校までの道に迷ってしまう。――そういったことが日常的に起こるの。いずれ身の回りのことが出来なくなり、介護なしでは用も足せなくなる。最後には、家族の顔も忘れ、自分自身が誰かさえ忘れる。……これって何の意味がある？　生きていることの意味があるっていうの。人は記憶があるからこそ生きていられる。幸せを感じるのも過去の不幸があるからでしょ。喜怒哀楽、人の持つ感情は全て相対的なもの。比較する過去があるからこその感情なのよ。何も感じない人生なんて考えられない。肉体は息づいていても、記憶がなければ死んでいるも同じよ。記憶が無くなっていくということは、死を宣告されたのと同じ意味なの。いえ、肉体が若い分、かえってみじめよ」

　私は泣き声になっていた。

「私は悩んだわ。自殺まで真剣に考えた。カッターナイフを手首に当てたことは数えきれない。でも、私は自殺したいんじゃない。生きる場所がないだけなんだと気付いたの。私が生きる場所を、生きていける新しい世界を探すべきなんだと気付いたの。そうやって、視点を変えたとき、ある考えが浮かんだ。悪いことばかりじゃないかもしれない。記憶が無くなるということは、逆に考えれば、過去の嫌なことを引きずらなくても済むんじゃないかって。過去に引きずられることなく、新しい良い人生が送れるんじゃないかって。新しい友人もできるし、新しい恋だって始められる。新生活が待っているのよ。つまり、人生がリセットできるのね。そう、リセットよ。そんな閃きが芽生えたとき、気持ちがとても楽になった」

　このとき私の瞳は濡れていたはずだ。

「だから……、だから私は、私に近い人間の記憶を消し去り、私自身も別の人間に生まれ変わる決心をした。かわいそうだけど、みんなには消えてもらうしかなかった。自分勝手な考えであることは分かっているわ。非難されても仕方がない。許されるわけもない」

私は大粒の涙を流していた。頰を伝い、顎先へ収斂し、落下する。確かに涙を流していた。

「き、稀代の、……ペテン師だな」孝裕は断じた。

「……ひどいことを言うのね」私は両手で顔を押さえた。

だが、何故か手の平は濡れていなかった。

「お前の言うことが真実なら、……アルツハイマーと診断されてから、一〇年近くになる。……五、六年で、介護なしでは生活できなくなるのがこの病気だ。……早ければ二、三年だ。だが、お前はちゃんと会社勤めし、化粧もできるし、普通に生活している」

「脳の研究はこれから開拓される分野なの。分からないことが多い分野なのよ、脳科学の世界は。どうやら、私の場合は遅延性のものなのかもしれないし、一時的に進行が止まっているだけなのかもしれない。——通っている病院で、ＭＲＩの画像を見せられたとき、大脳皮質が萎縮していると医師は、はっきりそう言ったの」

「海馬の萎縮の、……間違いじゃないのか」

「……。そうだったかもしれない。聞き間違ったのかもしれないし——」

「大脳皮質と海馬を、どうやったら、聞き間違えるんだっ」

「分からないわ。とにかく、そう聞こえたの。最初の医者がそう診断したのよ。……そういえば二番目の医者は前頭葉と側頭葉に異常がみられるとか——。はっきりしないから、今の医者に変えたの。でも今の医者も同じ。まだら認知症とか、病名にもならないことしか言わない。脳医学の限界なのか、能なしの医者ばかり引き当ててしまうのか」

孝裕は思わず咳き込むと、「ふっ、まあ、いい。だがな、信じられるか、そんな都合のいい病気なんか。……それに百歩譲って、認知症に罹患していることが……事実だとしても、俺たちを殺していいなんて……理由にはならない」

「分かっているわ。犯した罪を正当化しようなんて思わない。でもね、これが真実だし――」と息をひとつしてから、「だって、あのままだったら悪い運勢なのよ」

「なにっ？」孝裕は呆れたように黙ったままじっと私の顔を見つめていた。ややあって、

「お前は、本物の殺人鬼だ。……そうじゃなきゃ、親殺しの説明にはなっていない」

「…………え、えっ？」

「やっぱり、両親を殺したんだよ……、お前は。一二歳のとき……すでに人生を一回リセットしていたんだ。俺と結婚したのも、再度……人生をリセットしたくて、そのために新しい名前が欲しかったからなんだ。……殺人を犯す前に籍を抜き、北海道の本籍に戻していたのがその証拠だ」

孝裕の叫びに似た指摘に、私はただ首を振ることしかできない。

(あまり時間をかけない方がいい)――そう自分に言い聞かした。

「……どうした、なぜ急に黙り込む」

「お願い信じて。一二歳までの記憶がなかったのは本当だし、今日までこの鶴扇閣で起きた

事件も覚えていなかったの。嫌な記憶を消したいという意志が脳に働きかけ、記憶を封じ込めていたのよ。でも、あなたのおかげで思い出すことができた。ある意味感謝している」

「感謝している……？　どういう意味だ」孝裕はか細い声で問い、「……分かったぞ。催眠術でも、……動機を言わなかったのは、喋ってはいけないという拒否反応、……強い意志があったからではない。ただ、……動機がな、か、か、かったからだ。人が水を飲むように、空気を吸うように、排泄するように……お前は人を殺すことに、抵抗がない。……むしろ楽しんでいる」

「お願い、孝裕、信じて。いえ、信じるのよ！　信じれば、人は変われる」

私は叫びに近い声を上げた、ように思う。

「……そういうことか。人は過去に嫌なことがあったりすると、……自分に都合のいいように、記憶を改ざんしようとする……働きがあると聞いたことがある。それによって精神のバランスを保とうとするらしい……。お前の場合はそれを、邪悪な意志を伴って実行した……」

「そうよ、孝裕。強く何度も何度も自分自身に言い聞かせれば、いずれそう信じられるようになってくる。そして、それが記憶となる。記憶となってしまえば、その信じた事実こそが記録となるのよ。人間の脳ってそんなものなのよ」

私の声は非常に落ち着いたものに変わっていた。

「……なるほど、時間とともに……、自分の記憶が失われていくのなら、……自分を知る周囲の、記憶を持っている人間を消してしまえばいい。……そうすれば、見かけ上、記憶が崩壊していく時間が、緩やかになる……。ふ、ふ、ふっ。……ただの詭弁で、本質的には、……何も解決していないのに――」孝裕はかすれた声で言う。

「そうかもしれないわ。でも、この病気は解決に至らない病気なの。死を宣告されたのも同然の、私の気持ちなんて、誰が分かると言うの。残り少ない限られた時間を、嫌なことを忘れ、明るい未来のためだけに費やそうという意思を、誰が否定できるの。時間を限られた者にとって、一瞬一瞬が貴重な何物にも替え難い黄金の時間なの。他の病気と違ってどこかが痛くなるわけじゃない。身体が健康なのに記憶だけが死んでいく。健康な人には分からないわ。毎日、毎日、学校や会社であったくだらない出来事でお喋りをし、つまらないテレビを視たり、生産性のないゲームをして時間を潰す。バカじゃないの」

私は眉間にしわを寄せ、眉を上げる。さらに、語気を強め、

「健康なあなたたちがだらだらと時間を費やしているのを見ると、余計いらいらするのよ。そんなあなたたちに囲まれ、そんなあなたたちのことを忘れないように努力することに、私の神経を使い、黄金の時間を費やすことなんて許されない。さっきあなたはバランスをとるために自ら足を切断したのかって言ったけど、足を失ったことのないあなたに何が分かるの。どれだけ悲嘆にくれ、どれだけの失望を乗り越えてきたか」

最後には怒りで涙を流していた。私のこの悩みなど誰にも理解できない、できるはずがない。だから余計腹立たしい。

孝裕は腹部から手を離し、血にまみれた両手を頭上にかざしながら、引きつるように笑った。もみ合った末に銃を持つ手首を返され、自らの腹に弾丸を撃ち込んでしまったのだ。

「……どうして、……アルツハイマーなどと、この期《ご》に及んでそんな嘘をつくんだろう。……ずっと考えていた。こんな状況になってまで、嘘をつきとおす必要なんかない……と思っていたが……。お前は……三度目のリセットをするつもりなんだな」そう言うと、横たえた身体を少し斜めに起こしてから、「俺はもうじき死ぬ。……腹に撃ち込まれた弾丸は、致命傷にはなっていない。今すぐ……病院に行けば助かるかもしれない。しかしお前はそれを許さない……。もう一発撃って、とどめを刺したいが、……そうはできない。その前に、やるべき……ことがある」孝裕はもう一度笑った。肺から空気が漏れているような引きつった笑いだった。

「死体処理は簡単だ。崖から落とせばいい……。海洋生物が、いずれ白骨にしてくれる。九年前ここで行方不明になった俺だ。……白骨が発見されても、問題はない。……ああ、やっぱり火だるまで、落ちたときに、死んでいたんだとなる。……車の処理も簡単だ。シールドなど、……違法改造しているなら、正規な手続きを踏んでいない……。たとえ発見されても……俺の身元まで到達することはない。しかし……、お前に関する情報を俺がどこまでつかんで、どういう風に保存しているか、……皆目見当がつかない。もし記録を残しているのなら、……消去しなければ、やばい。だから……」

「だから？」私は思い切り優しい声で囁くように促した。

「アルツハイマーという病気を患っていたことで、同情を引き……、俺から……情報を引き出そう……、とした」

私はゆっくり、しかし大きく首を振った。

「信じてもらえないの。アルツハイマーと言われたのは本当のことよ。仮に、アルツハイマーでないにしても認知症であることに間違いはないわ。そうでなければ、あなたたちを殺そうなんて思わない。ただ、失踪すればすむことじゃないの。殺人なんて証拠隠滅にも結構神経使うし、身元を変えるのだって思ったより難しいのよ」

なぜか穏やかな笑みがこぼれてしまうのは何故だろう。

「でもね、今分かったことがあるの。て、ゆうか、確信めいたものだけど、それはね、何故病気の進行が遅いのかということなんだけど、それはね、こういった、例えば命のやりとり──刺激的な経験が、脳を活性化させ、病気の進行を遅らせているんじゃないかって。ひょっとしたら快方に向かっているのかも……」

「──さ、殺人を、刺激的な、経験で、片付けるつもりかっ──」孝裕は怒りを声に乗せる。

「そういうつもりじゃ、ないけど……」私はわざと口角を上げて微笑んだ。

「当時、陸の孤島と化した鶴扇閣は……理想的な状況だった。……新しい人生をリセットしようとする、お前にとっては……。なんせみんなが一斉に……いなくなるんだからな。本格ミステリ好きの宏が、密閉空間で皆殺しを行うなんてあり得ない……と言っていたが、今なら分かる。……お前のような鬼畜が世の中にはいるんだって、教えてやりたいよ」

瀕死の孝裕の最後の皮肉だった。

「そう、残念ね。でももう、できなくなっちゃったね」

もしかしたら、私は大声で笑っていたかもしれない。

「……いくら粘っても無駄だ。俺がどこでどうやって生活していたか、……そんなことは一切喋らない。ふ、ふ、俺が死ねば……これまでの記録は、自動的に、明るみに出るように、……なっている。ある信頼すべき男に託している。……残念だったな、……諦めろ」

「ごめんなさい。あなたの人生最後の大芝居も通用しないわ」私は優しく首を振り、

「嘘よ。記録が明るみに出ることなんてない。身分を偽って復讐のためだけに生きてきた男に、何かを託す友人なんかいるはずがない。男の嘘なんて、女にはすぐ分かるものなのよ」

「ど、どうかな。……俺はこの期に及んで……嘘なんかつかない。……物静かな男だが、行動力のある男だよ。……ひとつだけヒントをやる。お前にも……所縁《ゆかり》のある人物さ」

苦しそうに顔を歪めながらも口元は笑っていた。最後の意地なのだ。

「ええ、お待ちしているわ。でもね、もうどうでもいいの。おおよその見当はついているし」

「……何が、だ？」

「あなたは私と同じマンションに住んでいる。しかも私の部屋の真上――。ううん、違うわ。そこは六ヵ月前から空き部屋」くすっと微笑み、「隣の柴田宅の真上よね」

孝裕の顔から、どんどん血の気が引いていくのが分かる。出血のせいなのか、指摘が的を射ていたせいなのか。

（ふ、ふ、どちらでも同じことか）

「タクシーの中で私が『合鍵を作ったのね』と言ったとき、あなたは『あんなとろい』と言いかけて止めたわね。その後は何て言いたかったのかしら。『あんなとろい奴と一緒にするな』とでも言いたかったのかしら。慌てて、この顔を誤魔化せるかみたいなことを言い直していたけど――。たしかにマンションの消防設備点検に来た人は、少し抜けた人だったわね。ズボンのファスナーは半分開いているし、ペンを忘れたというから貸してもあげた。でも、何故知っているの？　マンションの住人しか知り得ないことを、あなたが知っているのは、あまりにも不自然よね」

孝裕は唇まで真っ青だった。

「そう考えれば、いろいろなことにも辻褄が合う。日曜の深夜にゴミ捨てしているといっても、一〇分程度の誤差は毎週のようにある。また、シャワー中に侵入されたとき、私は義足の養生カバーを着けたまま、下着も着けずにガウンだけ羽織って、すぐ部屋を出たのよ。人に見られてもいい覚悟でね。そしてエレベーターに乗り、表通りに出て辺りを探し、人影もないことを確認してから、すぐ部屋に戻った。その僅かの間に、あなたはまた舞い戻って来ている。無理よね、どうやったって。あのときエレベーターは一〇階で止まっていた。下へ逃げたのなら、なぜエレベーターは一階で止まっていなかったのか、あるいは下降中でなかったのか。なぜ、一〇階で止まっていたエレベーターを使用しなかったのか。答えは簡単。階段を使って上階へ逃げたから、――でしょ。さらにもっと言えば、ベランダから逃げるといっても、ぐずぐずしていたら誰かに見つかるかもしれない。その危険性が最も少ないのは、同じマンションの直上階に住むことだわ。柴田のベランダには避難ハッチがある。ということはその直上階にも床ハッチがあるということ。スタントマンじゃあるまいし、ロープ一本で登ったり降りたりはあまりにも危険よね」

「……」孝裕は答えない。いや、答えられないのだ。

「柴田が、奇妙な音を聞いたというのは、床に穴を開ける音だった。悪夢の原因もそれだった。開けた穴から内視鏡を差し込んで部屋の中を盗撮していた。このときは隣の空き部屋にベランダ越しに忍び込み、部屋に入ると、畳を捲って、コンクリート錐で床に穴を開けていったのよ。音を立てないようにゆっくりと。さらに、私が毎日のルーティーンを変えないことを、あなたなら十分承知している。朝はベッドでヨガを真似たストレッチをしてから義足を着け、洗面で髪を洗い化粧をする。夜は音楽を聴きながら三〇分はシャワーを浴びる。義足は濡れないように養生しているから、浴室を飛び出してくることはない。だから型ガラス戸越しに対峙しても落ち着いていられた。

「……」

「――いいわ、何も答えなくても。帰って調べればはっきりすることだから。そうやって私の留守を確認し、何度も侵入していたのね。部屋に入り、これ見よがしに鹿児島土産の菓子くずまで残していって――。パソコンまで覗いたりして――。度が過ぎたわね」

私は足元に横たわる男――孝裕の暗い瞳を睨みつけた。

「……お前は……鋭いよ。大体は正解だ。だが……、少し違う。俺が侵入したのは正確には二回だけだ。ワインを置いていったあの日と……一ヵ月ほど前のときだけだ。先週は入ろうと思ったが……、途中でやめた。……、侵入、侵入と、簡単にいうが……、深夜に一一階から、登ったり降りたり、……そう何度もできる芸当じゃない。……お前も言っていたように、いつ、誰かに見つからないとも限らない……しな」孝裕はすでに息も絶え絶えだ。

「鹿児島なんか知らない。……行ったこともない。もし、そうなら、俺は鹿児島土産そのものを、置いていく。ワインと一緒にな……。パソコンも覗いてやしない。……そんなことするものか……」

私は何だか急に腹立たしくなり、強引に孝裕の腰の辺りをつかむとぐいと起こし、ズボンのポケットからキーリングを取り出した。車のキーが着いたリングから別のキーをつかむ。

「これが、マンションの鍵ね。律儀に一一〇三ってタグまでついているわ。余裕をかまして、キーリングを回して見せたのが失敗ね」

「……くっ」

「何が真実かなんてどうでもいいことじゃないかしら。あなたはあなたの人生を全うすればよかったのよ。私のことなんか忘れて。簡単なことなのに、忘れるなんて」

私は奪い取った銃のスライドを少し引き、薬室に弾が入っていることを確認すると、右手に持ち替え、そして構えた。

孝裕の目が大きく見開かれた。

「あら、この期に及んで、まだ命が惜しいの」

「……」沈黙の後、孝裕は、おもむろに口を開いた。

「……何故だ？」

「え、……時間稼ぎがしたいのかしら」

「何故、銃に詳しい……。プレスチェックして、……弾が送り出されているか、……確認するなんて芸当は、……銃を撃ったことがある、……しかもただ撃っただけでなく、……撃ち慣れていなければ、出来ない芸当だ。……いや、習慣といった方が、……正しい」

孝裕は私が構えた銃をじっと見つめている。そして、「銃を……奪われたのも、……スライドをつかまれたから、……引き金が……引けなかったせいだ！」

悔しくていきんだからか、押さえていた指の間から、血が一段と噴き出した。その飛沫が私の顔に飛んできた。

今度は私が沈黙する番だった。顔についた血は気にならなかった。孝裕の言うように、私はこの銃がＳＩＧ社製だとすぐに認識した……。

私は手にした銃に目をやる。

……そうだ、そのとおりだ。私は銃を知っている。

「……左利きのお前が、……わざわざ右に、……持ち替えたのも……」

「そうよ、銃は右利き用。原則、拳銃は全てといってもいいほど右利き用だわ。安全装置等のレバーも右手で操作し易い側についているし、何より撃った後の空薬莢《やっきょう》は銃の右斜め後方に飛び出す。熱い空薬莢が顔に当たらないためにも、右手で撃つ方が良い」

喋るのが辛そうな孝裕に代わって、私は思い出しながら、答えてあげた。そして、「これでも女の子だから、顔は傷つけたくないのよ」と笑顔を加えた。

「……その、……技術を、……やはり、どこかで……使ったんだな、おまえはっ。何人……いったい何人、殺してきた？　何人……殺せば、……気が済むっ」

「殺人が趣味みたいに言わないで。私は、私にとって都合の悪い人しか、退場してもらっていないわ。私の人生という舞台から」

「サイコパス――」

「えっ、今なんて言ったの」私は訊く。

「お前は、認知症かもしれないが、同時に、……生まれついてのサイコパスで、……多重人格者なんだ」

「あら、解離性同一性障害ということ？　もうこれ以上新しい病名を増やさないでくれる。どうせ、忘れるんだから」

「……黄金の時間とか、……新しい人生をとか、……きれいごとを並べているが、……本当は最初に言った、……名前の字画数が良くないから、……本名に戻すために、……俺たちを、……殺しているだけじゃないのか。……ぺっ」孝裕は最後につばを吐いて笑った。

「そう思いたいのなら、それでもいい。でも、あなたにはお礼を言わなくちゃね」

「……」

「あなたは今日、私の記憶を一時的かもしれないけど取り戻させてくれた。タクシーでの刺激が効果的だったのよ。どの医者よりも優秀だわ。ありがとう。あ、あとね、また思い出したことがあるの。あなたの消え入りそうな声、青ざめた顔、小刻みに震える唇を見ていて、思い出したの」

「……」孝裕の、かろうじて開けた目の睫毛《まつげ》が濡れていた。

「あのとき、一二歳の頃、車から投げ出された父と母も、今のあなたと同じ顔をしていたわ」

「私はそのとき、今まで感じたことのない昂揚感に浸《ひた》っていた。どきどきしながら車が燃えるのを見ていたの」

「……」

「……」

「今もどきどきわくわくしているわ。――もうじき新しい人生がはじまるもの」

孝裕は最後にもう一度目を見開いた。

「……。違う。お前こそ……逆だ」

「――は？　何が」

「足を失ったから、……代わりに、新しい人生を得るんじゃない。お前は……人を殺したから、その罰で、足を失っていったんだ。……最初は一二歳のとき、両親を。……だから右足を失った。……二度目は、二二歳のとき、劇団員を。……だから左足を失った。他にも、そのピストルで、誰かを殺している。……次は何を失うのかな。……腕か、それとも……首か」

死にゆく男の最後の抵抗か――。

「できれば、二発目は撃ちたくないの。なぜだか分かる」

私は感情のない笑みを浮かべ、「今の出血は内臓損傷によるもの。おそらく骨は傷つけていないわ。不用意に二発目を撃って弾丸で骨を傷つけたくないのよ。最近の科学捜査ってすごいじゃない。このまま失血死してくれれば、後は海に放り込むだけ。それが理想なのよ。でもあなたはしぶとい。なかなか死んでくれない。だから、最後の希望を断ってあげる。ケ、ケ、ケ」今度は感情をこめて笑った。

「その胸ポケットに入っているICレコーダー。それがあなたの切り札なんでしょう。さっきからしきりに気にしているの、分かってるわ。タクシーを降りてから私との会話を録音していたのね。初めはタバコでも取り出すのかと思ったけど、そうじゃなかった。録音スイッチを入れたのね。そしてそのデータをもって私を糾弾しようとした。でも、分かっちゃったから諦めなさい。あなたが死んだら、ちゃんと跡形もなく消去してあげるわ。ケ、ケ」

孝裕は右手で腹部の傷口を、左手で胸ポケットを押さえていた。その手は震えていた。

「そういえば、宏君もそうだった。彼は当時最新のボイスレコーダーをポシェットに入れて首から下げていた。記録媒体は確かメモリースティックだったわ。それが今じゃ、超小型のマイクロSDカードに記録できるようになって、本体もさらに小型化した。便利になったものね」私は落ち着いて苦しむ男を見ていた。

「あのときは最後に宏君に足をすくわれたけど。今度ばかりは見失うわけにはいかないの。――そしてどうやってかは知らないけど、あなたがそのレコーダーを入手したのね。さっき言ってた事件の記録というのは本当のことだったんだ」

「ああ、そのとおりだ。……それを分かりやすく……文章化したものも……、預けている」

「そう、でも、あるのならどうして公開しないの。すればいいじゃない」

私は知らず微笑んでいた。

「公開できないのよね。したところで役に立たないからでしょう。だって宏君は私のことを全く疑っていなかったもん。気が付いたのは電動丸ノコを手にした私を見たとき。驚いて目を丸くしていたわ」私はふっと息を吐いて、

「でもそのときには、もうレコーダーは持っていなかった。私が犯人だなんて録音できるわけがない。次の瞬間には丸ノコは回転していたし――」

「ぐ、くっ、……お前という、やつは……」孝裕はもう虫の息だ。

このとき私はかなり調子に乗っていた。だから、孝裕の左手の動きが気にならなかった。

「そ、それも、……ここまでだ。……レコーダー、じゃない」

震える手で孝裕が胸ポケットから取り出したもの――。

それは携帯電話だった。しかも通話状態の。

「九年前と違って、今は通じるんだ。……は、は」

二度目の――三連発の銃声が轟いた。

思わず力が入ってしまった。

――本当だったのか、孝裕が言った協力者がいるというのは。

私は息絶えた孝裕から、繋がっている電話を取り上げ、耳にあてじっと待った。が、反応

はなかった。後で調べてみたところ、このときのためだけに用意された携帯電話だった。

私は動かなくなった足元に横たわる骸の衣服を剝いで崖下に投棄した。

それから少しの間、崖の先端に佇み、考えていた。

たしかに瀕死の状態の孝裕を助けた人間がいる。おそらく身内の人間ではないだろう。身内なら孝裕を行方不明のままにしておくわけがないからだ。死んだとみせかけてこの九年間生きてきたからには、協力者がいると考えた方が良い。私のことを調査するのにもあの容姿では目立ちすぎる。やはり誰か協力者がいる。しかも五〇〇万円もかけて特殊装備のタクシーを手に入れているのだ。裏の世界で生きている人間に違いない。とすれば、まだ、対処のしようがある。


改造タクシーを運転して半島を出る頃には、陽が傾き始めていた。

高速は使わず、ひたすら裏道を走る。Nシステムを避けるためだ。ガス欠になる前にタクシーを処分する場所を決めなければならない。そんなことを考えながら、頭の中にはある疑問が渦巻いていた。それは孝裕の言った「侵入したのは二回だけだ。鹿児島なんか知らない。パソコンも覗いていない」ということだった。

あれは、どういうことなのだろうか。

嘘をついたようには思えない。真実だとしたら……。

他に誰か、侵入したというのか？

果たして、誰かが本当に、侵入したのだろうか？

もしかしたら、誰も侵入してなどいないのではないのか。あれは私自身がやった行為で、それを忘れてしまっていただけではないのか……。

柴田が灰皿の場所を知っていたのも、過去に招き入れたからだろうか。本当は近所付き合いがあったのに、嫌な奴だから記憶から外れていたのではないか？

紅茶の美味しい店も、逆に柴田から教わったのでは……。

そういえば、柴田が旅行へ行った行き先は、……確か……、九州鹿児島では……。

そもそも、私は何故、柴田哲子の名を知っているのか？　彼女も表札を掲げていないのに。

……分からない。

……思い出せない。


もうひとつ気になることがある。七日以内に消えると言ったあの占い師だ。あれは今日この日のことを言っていたのだ。孝裕を始末し、新しい人生をリスタートさせる、その記念日のことを予言していたのだ。不気味な男だと思っていたが、考え違いだったようだ。

＊

窓を全開にし、風を受けながら、ふと、九年前の鶴扇閣を思い浮かべる。

門が開けられた裏口が見える。

風を受けた重い扉を開けると、雨に濡れたウッドデッキがあった。

あの日、嵐の夜、少年と目が合った。

頭が尖って見えた。

あの少年――あの琥珀色の瞳は、……最近どこかで、見たことがある。

私は思い出そうとしたが、脳の、記憶の消失のスピードの方が速く、結局、思い出すことはなかった。

エンディング1（対プロローグ）

男は車が転落した際、サイドウィンドウガラスに頭から突っ込み、車外に投げ出されていた。

額の傷はこのときのものだ。他にも全身をあちこち強打していて、どこがどう痛いのかさえ自覚できていなかった。だから、立ち上がりかけては崩れ、ということを繰り返していた。

転落した車はその衝撃で、積み荷であるキャンプ用アルコール燃料に引火したようで、後部座席に積んでいた荷物が燃えていた。幸いにもガソリンタンクには引火していないようだ。

しかし周囲をよく見ると、赤みがかった透明な液体――ガソリンが漏れ出していて、岩床を這うように、その範囲を広げている。いつ飛び火してもおかしくない。

燃える車の向こうには女が倒れている。女はおなかを抱きかかえるようにしてうずくまったまま、足は変な具合に曲がって、立てないようだ。

「た、す、け、て……」

今にも消え入りそうな声で、女が助けを請う。

早く助け出さないと、いずれガソリンに引火する。

男が女に近づこうと立ち上がったとき、目の前に少女が現れた。

手にはマッチを持っている。

「何をする気だっ」

男は額から流れる血を手で拭いながら、叫んだ。

「止めろ、止めるんだ！　ゆうこ」

ゆうこと呼ばれた少女は、マッチを擦って、無表情で投げた。しかし投げた勢いで火は消えてしまった。

次に三本同時にマッチを擦った。

そしてその炎をじっと見つめている。微笑みをたたえたまま。

「――や、やめろ。母さんまで殺す気か」男は叫ぶ。

少女は目をきっと吊りあげ、今度は消えないように、その場にゆっくり腰を下ろし、そして岩床を流れるガソリンに、そっと置くようにマッチを投げた。

火が走り、ガソリンタンクに引火した炎は、あっという間に爆発炎上した。

少女は、驚いた顔をして焔を見つめていた。

焔が消えたときには、少女――一二歳の御厨友子《みくりやゆうこ》も消えていた。

エンディング2（対イントルード）

女は後悔していた。

射殺したことではなく、時間をかけすぎたことに。

本来なら一分とかからない予定だった。それが七分もかかってしまった。貴重な時間なのに六分も無駄にしてしまった。

話す気などなかった。玄関が開いて、中に入ったら、戸を閉め、コートのポケットに忍ばせていた拳銃を構えるだけ――、のはずだった。

なのに、つい――、相手の言葉に応じてしまった。

石田福子の何も疑うことのない、しわくちゃの笑顔を見て、思わず手が止まってしまったのだ。

僅か三ヵ月という短い期間だったが、世話になった日々の記憶が、津波のように一挙に押し寄せてきて、忘れていたはずなのに……。

福子はおせっかいなぐらいに気を遣ってくれて、つっけんどんに反応しても、怒ることもなく、またさらに優しく接してくれる。あんなに優しくされたのは、女の人生の中で、あの三ヵ月だけだった。赤の他人である女に、どうしてあそこまで親切に出来るのだろうか。女の理解を超えていた。

できれば殺したくはなかった。しかし、女の一番無防備な時期を知っている他人を生かしておくわけにはいかないのだ。これから新しい人生を東京で送ろうと計画している女にとって、ターニングポイントを知る人間が存在してはまずい。女の過去を知る人間は、いないにこしたことはないのだ。

銃を構えたときだけ、すこし足が震えた。

……でも、引き金を引いたときには、震えは止まっていた。

涙も止まっていた。

女は駅へ向かう道中で、銃を川に捨てた。

銃と共に、数分前の嫌な記憶も川に捨てた。

女の顔からは、表情が消えていた。

目には輝きがなく、白目がちになっていた。良く注意して見なければ分からないような、微かな笑みだけを残して。

二六歳の御厨《みくりや》友子《ゆうこ》はコートの襟を立て、駅へと向かう雪道を急いだ。今晩中に北海道を発って、明日には東京にいたかったからだ。

二六　【現在】…謎解き、そして新たな事件の始まり

十八女弁護士とは、後でオクトパスマンとの接見内容を教えてもらうという約束で電話を切った。おかげで蜘蛛手は夕食を奢《おご》る羽目になった。酒豪の彼女のことだ、夕食だけでは済まされないだろう。

それよりも気にかかることがあった。

生きながらえた孝裕はいったい何をしていたのだろうか。一九九六年に崖から転落して七、八、いや九年ぐらいは生きていたはずだ。その間何もしなかったのか。消息が知れなかったということは、裏の世界で息を潜めて生き、復讐の機会を窺っていたからではないのか。

結果、一年ほど前に因縁の海で白骨になって発見されたということは、麻美祐子に返り討ちに遭った可能性がある。

蜘蛛手は息を飲んだ。

また、オクトパスマンと孝裕は接触していた可能性が高い。というのも例の記録書は宏の視点で描かれているが、中には首を捻りたくなるところがある。例えば崖崩れに伴う停電の

場面だ。

厨房に姿を見せたのは洋介が最初で次に宏だ。それを〔地震だ、という声とともに、洋介が、厨房に姿を現した。手には金槌と懐中電灯を持っている。～遅れて宏も現れた〕というような表現は不自然だ。宏視点なら〔宏が厨房に着いたときには、金槌と懐中電灯を持った洋介がすでにいた〕となるのではないか。その後も二階に行ったはずの宏が、厨房にいた栄子と孝裕の様子を描いている。知り得ないはずだ。どちらかに聞いて知ったのだとしても、事件記録として残すような内容ではない。

洋介の死体を発見した際も〔宏と入れ替わりに倉庫、物品庫から出て来た者はなく、隣のミーティングルームに隠れていた者もいなかった〕これは誰が俯瞰していたのか。

洋介殺しのトリックを解明したときにも、〔宏の皮肉に付き合う気は孝裕にはなかったが、急に変わった声音が気になった。見ると、宏の目の焦点は定まっていなかった〕これこそ宏の視点ではない。

宏は炎上半壊した鶴扇閣で、夜が白むまで音声を残していたのだから、少なく見積もっても一時間程度の猶予はあった。だから、宏自身の考え、想いを録音することはできた。となれば、文書化にあたり、宏の内心を表記することは〝あり〟とみなしてよい。しかし、たとえそうだとしても、宏が自身の行動を客観的に録音するのはおかしいと言わざるを得ない。

だから建物の中に入らなかったオクトパスマンが文書化したというのは間違いなく嘘だ。

中の様子を知らずに書けるわけがない。文書化したのは、鶴扇閣に五人しかいないことを当然の事実として認識している人物で、その後数年間生きていた孝裕でしかあり得ない。

ただ、最後の数文――〝宏の検証はここで終わる〟から以降の描写の、特に後半部分は誰が見ていたものなのか。まさか孝裕が想像をたくましくして書き起こしたわけではないだろう。そんなことをしたら折角の記録書の信頼性が崩れる。

当然、殺されてしまった宏ではない。海に落ちた孝裕でもない。犯人が書くわけもない。とすれば、炎上時、山中にいたオクトパスマンしかいない。奴は下山してレコーダーを拾ったと言っていた。もしかしたら宏が殺されるところを目撃していたのかもしれない。さらに、焼死体の首を落としているところも――。

これでオクトパスマンと孝裕が繋がった。記録書はふたりの合作なのに違いない。

考えてみれば、孝裕は火に包まれて崖から転落したのだ。無傷で済むわけがない。誰かに手当てしてもらわなければ助からなかっただろう。それがオクトパスマンだった可能性が高いのだ。どういう心理が働いたのかは分からないが、その後ふたりが親密な関係になったと予想される。

しかし逃亡を続けるオクトパスマンに重傷の孝裕の面倒をみる余裕はなかったはずだ。それができたのはナオミではなかったのか。とすればナオミが一連の事情に気が付いていると考えた方がいい。ひょっとしたら孝裕がボイスレコーダーから記録書を書き起こしているのを見聞きしていた可能性だってある。

オクトパスマンは孝裕を助け、回復した彼にレコーダーの音声記録を聞かせ、炎上後の目撃情報をも伝達した。生真面目な孝裕はそれを基に『鶴扇閣事件の記録』を書き起こしたのだ。自分に対する共犯疑惑や礼讃も含めて宏の肉声に基づいて実に忠実に文書化したと思われる。事件を正確に描写することが、殺人鬼〝麻美祐子〟を糾弾するために必要だったからだ。

孝裕には事件について違うものが見えていた部分もあるのだろうが、それを書き加えるわけにはいかなかったのだ。もちろん音声記録との整合性とその信頼性を担保するためにだ。海に落ちて死んだことになっているなら尚更だ。

そのとき、蜘蛛手の携帯電話が鳴った。十八女だった。

「大変、蜘蛛手さん――」緊迫した声がすぐに聞こえた。

「どうした」

「オクトパスマンからマイクロSDカードを渡された。頭皮の梵字のタトゥーの中に埋め込んで隠し持っていたの。だから頭は絆創膏が貼られてて。自分で切ったって言っていた。今度こそ祐子を確実に糾弾できる証拠だって。――どう思う」

興奮しているらしく、正しい日本語ではなかったが、要点だけは伝わった。

「それで、そのＳＤには何が――」

「待ってよ。今やっと車に乗り込んで、これからパソコンにセットするところよ。でも、早くここから離れたいしね」

拘置所の駐車場から連絡をくれたようだ。

「でね、蜘蛛手さんの推理を聞かせたら、驚いていたわ。大正解ね。だからオクトパスマンはすぐに語り出したの」といったん言葉を切って、「孝裕は真犯人の祐子を探し当てたそうよ。そして二年前の八月一九日に改造タクシーで拉致して鶴扇閣へ連れて行った。全てを白状させたうえで復讐を遂げようとしたのね。とにかく何故あんな事件を起こしたのか、動機が知りたかったみたい。ところが返り討ちに遭ってしまった。そのときのやり取りをオクトパスマンが携帯電話で聞いていて録音もしていた。その音声がマイクロＳＤカードに記録されているようなの。内容はこれから確認するけど、彼が言うには、麻美祐子が劇団部員を皆殺しにしたことに間違いはないらしい。犯行動機からその方法まで詳細に語っているということよ」

「返り討ちか、手ごわい相手だな」蜘蛛手は嘆息した。

「そうね。それと今朝殺されたナオミの続報なんだけど、自宅からパソコンが持ち去られていたらしい。つまり証拠隠滅のために殺されたのね」

「間違いないな。記録書とそのＳＤカードのデータがあると判断して、持ち去ったんだろうが、一足遅かったわけだ」

　麻美祐子はやはり動いていた。

「ところでSDカードではなくて、ボイスレコーダーの方の音声記録について確認したいんだが」

「何？」

「宏の最後の声は何て入っている？『生きていたんだ』って音声で終わっているかい」

「ううん、違うわ。そんなことは、その前にも言っていないわ。彼女に向けてごめんなって言って終わっている。――蜘蛛さん、それって」十八女も記録書の最後の部分を思い出したのであろう、声が裏返っていた。

「ああ、宏が殺されているところをタコ男が見ていたってことだ。『生きていたんだ』っていうのは宏の発した本当に最後の言葉だったんだろうが、宏には録音している間はなかった。ボイスレコーダーはすでに隠した後だったからだ。しかし電ノコはその直後回転した」蜘蛛手は一拍置くと、「詳しいことは後で話すとして、タコ男は孝裕と、どうやって知り合ったんだ」

　十八女の返事は蜘蛛手が予想していたことを裏付けた。孝裕を助けたのはオクトパスマンだったのだ。孝裕は瀕死の状態で、傷が癒え記憶が蘇るまでに五年もかかった。それを実質的に手助けしたのがナオミだ。オクトパスマン自身はナオミの住居に数ヵ月に一度程度しか姿を現さないように——逃亡生活を続ける犯罪者ならではの賢い選択——していたのだから尚更だ。治療や生活を支えた彼女が事情を詳細に把握していたのは間違いない。

「傷が癒えた頃から孝裕は音声データを文書に書き起こしていったそうよ。記憶のリハビリも兼ねていたらしいけど」

「だが記録書、即ちボイスレコーダーの音声記録だけでは決定的な証拠にならなかった。だから、タクシー運転手に扮して確証をつかもうとしたのか」

「そうなるわね」

「そのマイクロSDカードの存在を知っているのは」

「祐子を除けば、もちろんオクトパスマンと孝裕だけ。ナオミは具体的には何も知らされていない。記録書だって正確には知らなかったんだから」

ナオミは、記録書の中にオクトパスマン犯行説を見つけても、彼は関与していないという確信があった。それは記録書にある宏のオクトパスマン犯行説はただの推論にすぎず、その根拠となるものも秘密の出入り口が存在して初めて成り立つものだからだ。設計図や建物所有者を調べれば、そんなものが存在しないことは簡単に分かるはず、だから大丈夫と考えた。しかし一抹の不安はある。警察が同じように判断してくれるとは限らないからだ。宏の推論を真に受けるかもしれない。——悩んだ挙句、十八女に相談した。

(そういった一連の行為が祐子に知れ、殺されることになろうとは)

蜘蛛手はその考えを胸に仕舞った。

「しかし、どうして孝裕を助ける気になったのかな」

「訊いたんだけど、じっと睨むだけなのよ。ただね、現場から離れた海岸沿いを徒歩で逃げているると、発泡スチロールの容器にしがみついている孝裕を発見したみたいよ。放っておけなかったのね、きっと。根っからの悪党じゃないのよ、オクトパスマンは」

電話の向こうで、シートベルト未着用の警告音が聞こえた。「こうなるまで話してくれないなんて、結局、私はまだクライアントの信頼を得られていないのね」

警告音は三度鳴って止んだ。装着できたようだ。

「考えすぎだよ。おそらくタコ男は自分で片を付けるつもりだったのさ、非合法な方法でね。ところが拘束され身動きが取れないから——」

「打ち明けてくれたわけね。でも、今日は今言った以上のことを聞き出している余裕はなかったの。SDカードの中身を早く確認したかったし——」携帯を顎と肩に挟み、ハンドルを握り、さらにパソコンを立ち上げようとしている様が浮かんできた。

「ああ、そうだな。分かった。……無理するな」

「うん。大丈夫。……でも、麻美祐子ってただの殺人鬼なのかしら。何かわけがありそうな気がするの」

「殺人鬼が常に蛮行しているわけではない。愛犬家の殺人鬼だっている。反対に善良な人が生涯に一度も悪行をしないかというとそうでもない。直前で踏み止まっているだけの人を入れればかなりの人数になるはずだ。だが、勘違いするな。中には理解不能な凶悪な殺人鬼だっているんだ。だから捕まえてみなければ何も分からない。案外事件はこれからが始まりさ」

「……そうね、分かったわ。今から、そっちに向かう。でも、その前に少し気になることを思い出したんだけど……」

「何だ」

「宮村さんの彼女って、どんな人なの」

「出がけにスマホの写真を見せてもらったが、色白で髪の長い美人だったな。何より宮村より背が高いんで、今日は一番ヒールの高い靴を履いてきたと笑っていた。それがどうかしたのか」

「その人、義足じゃない？　両足共」

「何？　どういうことだ」

「私が行くスポーツジムが宮村さんと一緒なの知っているでしょう」

「ああ」

「私は会ったことはないんだけど、ジムのオーナーが、宮村さんが先週、今言った容姿の彼女とやって来て一時間ほど汗を流して帰っていったらしいの。で、その彼女が両足義足なのに、普通にランニングしてたって――。まさかとは思うんだけど」

「そのまさかの可能性がある。出会ってから半年にも満たない短期間で宮村は結婚を決めた。彼の性格からは考えられないほど速い決断だ。それだけ彼女の方が積極的だったということだろう。タコ男の逮捕が半年前なら、出会いはその直後だ。しかも年齢は三二歳だとも言っていた」

「でも私が鶴扇閣事件の依頼をしたのはつい最近のことよ」

「ナオミが君に弁護を依頼したのは半年くらい前だろ。その頃から君のことを見張っていたんだよ。そして探偵事務所の宮村とはスポーツジムに通う仲。祐子には不穏な動きに感じられたのさ」

「でも祐子が義足なのは右足だけで、小柄だったんでしょう……」

「女は一年会わなければ別人になるとは君の言葉だ。両足が義足になれば身長を変えることは可能だ。さすがに一年前ではないだろうがな。よし、予定変更だ。そのまま大手町《おおてまち》に向かってくれ」

「えっ」ブレーキを踏み込んだ勢いでクラクションに触れたのか警笛が響いた。

「大丈夫か？」

「ええ、なんともない。それって――」

「宮村のデートの場所だよ」

「どこにいるのか知っているの？」

「いや、そこまでは分からない。携帯電話も切っているみたいだし、連絡は僕もつかない」

「じゃあ、どうするの」

「今日のいでたちからすると、小奇麗なイタリアンレストランで食事だろう。そこでサプライズを考えているのなら、顔なじみの店長がいる店を選択する。すると二軒に絞られる。どれも昔、彼とよく通った店だ。後は動くだけだ。とりあえずクアドリフォリオから行くぞ」

「フレンチってことはないわけ」

「宮村は堅苦しいのが苦手だ。それにフレンチシェフの友達はいない」

蜘蛛手は検索したイタリアンレストラン二軒のマップを十八女に送信し、「だから、宮村だけじゃなく、君の方こそ気を付けなければならない」

「ありがとう。心配してくれて」十八女は礼を言った。

(孝裕の計略に嵌まって、鶴扇閣事件の顚末《てんまつ》を話してしまった麻美祐子が、何もせず大人しくしているはずがないんだ。考えが甘かった）蜘蛛手は口を真一文字に締めた。

「だが、安心しろ。こういうときのために僕がいる」

蜘蛛手はそれだけ言うと、椅子を蹴って立ち上がった。

＊

一九九六年に起きた鶴扇閣連続殺人事件が一一年ぶりに真の解決をみる。——そう断定しても構わない。蜘蛛手のあの自信から、それは間違いがないと宮村は思っている。これはグッドニュースだ。吉報は、後に取っておけばいい。

それより今の宮村には乗り越えなければならないハードルがある。人生の中でも最大級のハードルと言っていい。

そう、彼女にプロポーズした――その返事を今日聞かせてもらうことになっているのだ。もしこれがうまくいけば、二〇〇七年という年は忘れられない年になるはずだ。手ごたえはある。まず間違いはないと思うのだが、生来のネガティブさが、万が一を考えてしまう。


宮村は赤坂のジュエリーショップを出て、電車を乗り継いで大手町で降り、花屋に寄った。途中ショウウィンドウに自分の姿を映し、ネクタイの緩みを直し、待ち合わせ場所である、丸の内の丸善前に向かう。リングを収めた内ポケットを確認しながら、紙袋からはみ出した花束を抱えて。

彼女は先に来ていた。

笑顔で宮村を迎えてくれている。

素敵な笑顔だ。

少し前までは片頭痛に悩まされていると言っていたが、今はすこぶる調子がいいらしい。

あなたに出会ったせいかしら、そう言ってはにかんだ彼女の笑顔が忘れられない。

彼女との距離が縮まる。

彼女から提示された唯一の条件——夫婦別姓——はすでに受け入れることを決めている。

それさえ伝えれば、あとはうまくいく。

緊張が高まる。

笑顔が手に届く。


その後、彼女のお気に入りのフランスレストランへ向かい、途中何を話したか思い出せないが、ただ、開口一番、

「夫婦別姓は大丈夫だよ」と言ったことは間違いない。形式にとらわれない事実婚で十分だ。

笑顔の彼女の口角はさらに上がり、透き通るような白い肌に、白い歯がきらりと輝いた。

ワインを飲みながら、夫婦別姓にしたい理由を尋ねたが、彼女は口元を押さえ、

「だって字画が悪くなるでしょ」

友子《ゆうこ》は小声で答えたようだったが、宮村の耳には届いていなかった。


(the beginning)

《門前典之　著作リスト》

『死の命題』（一九九七年）新風舎　※第七回鮎川哲也賞最終候補作「唖吼《あく》の輪廻《りんね》」を改題
『建築屍材』（二〇〇一年）東京創元社　※第十一回鮎川哲也賞受賞作
『浮遊封館』（二〇〇八年）原書房
『屍《し》の命題』（二〇一〇年）原書房　※『死の命題』を改稿・改題
『灰王家の怪人』（二〇一一年）南雲堂　※ノンシリーズ作品
『首なし男と踊る生首』（二〇一五年）原書房
『エンデンジャード・トリック』（二〇二〇年）南雲堂
『卵の中の刺殺体――世界最小の密室』（二〇二一年）南雲堂
『友が消えた夏　終わらない探偵物語』（二〇二三年）光文社（本書）

光文社文庫

文庫書下ろし

友が消えた夏　終わらない探偵物語

著　者　門《もん》　前《ぜん》　典《のり》　之《ゆき》

2023年2月20日　初版1刷発行

発行者　三宅貴久
印　刷　新藤慶昌堂
製　本　ナショナル製本

発行所　株式会社　光文社
〒112-8011　東京都文京区音羽1-16-6
電話　(03)5395-8149　編集部
8116　書籍販売部
8125　業務部

ISBN978-4-334-79483-5　Printed in Japan

組版　萩原印刷